El estandarte

A*

Alexander Lernet-Holenia
El estandarte

Prólogo de Ignacio Vidal-Folch

Traducción de Annie Reney y Elvira Martín

Libros del Asteroide

Prólogo

… Se me está terminando el plazo para escribir el pró-logo de *El estandarte* y debería ser capaz de decir algo sobre esa novela, algo más que las vaguedades que pueda encontrar en la enciclopedia sobre su autor: que nació en Viena en 1897, combatió en la primera guerra mundial, publicó muchos libros, algunos de ellos inspirados en sus experiencias en esos combates, obtuvo el reconocimiento de sus compatriotas, recibió honores, y murió en 1976.

La verdad es que sobre *El estandarte* apenas sé nada (¡pero quizá decirlo tenga cierto mérito, quizá sea yo el primer prologuista que declara su ignorancia sobre el asunto del que escribe!), y menos sobre su autor, quiero decir: nada que me dé autoridad para hablar ex cátedra de *El estandarte*, y encima desde las primeras páginas de la que está considerada una de las mejores novelas si no la mejor de Lernet-Holenia, y desde luego la más significativa de su quehacer literario, de su visión del mundo y de la tragedia histórica que tuvo que vivir y que le afectó tan íntimamente que se puede decir que le constituye, que él es fruto de ella: la destrucción del

Imperio Austrohúngaro como consecuencia de la derrota en la primera guerra mundial, en la que tomó parte como soldado de caballería.

Se han publicado en español seis novelas, entre ellas las mejores que escribió este autor prolífico, de las casi veinte suyas, además de varias obras de teatro, varios poemarios, ensayos, crítica, biografías, guiones para varias películas, y traducciones. Diré que ya desde las primeras páginas de la primera novela de Lernet-Holenia que leí, que fue *El barón Bagge* —esa joya, esa miniatura—, caí, como probablemente le pasará al lector de *El estandarte*, hechizado por el mecanismo del preámbulo o primer capítulo: tanto en *El barón Bagge* como en *El estandarte* el autor, desmovilizado después de (perder) la guerra, casualmente se encuentra en Viena con el protagonista —Bagge, Menis—, que es un hombre de alta posición pero con un aspecto de su personalidad sombrío, incluso ominoso, y muy perceptible; este *necesita* explicarle la razón profunda de algunas notorias excentricidades que se le reprochan, y le narra, en primera persona, las singulares, las trascendentes aventuras que ha corrido en el frente. Esta estrategia de «enmarcar» el relato poniéndose el autor como intermediario entre el lector y el protagonista como si quisiera contextualizar la historia, y al mismo tiempo sacudiéndose la responsabilidad o parte de la responsabilidad asociada al «yo» narrativo, contribuye a darle otra capa de ambigüedad moral, de distancia, de profundidad a su aura mítica y misteriosa.

La narrativa de Lernet-Holenia se basa en valores y principios tradicionales y tradicionalistas, y en una prosa sin más preocupaciones formales que las de su eficiencia y elegancia, cuyos protagonistas suelen ser aristócratas del imperio, distinguidas señoritas hijas de terratenientes con propiedades en Galitzia y oficiales del arma de caballería; y a la vez es de una naturaleza heterodoxa, insólita, extraña, por la presencia de elementos irracionales o fantásticos, la liquidez de las lindes entre el «mundo real» y el onírico, y la plena conciencia y constatación del autor, y de sus álter ego protagonistas, de sobrevivir a un mundo condenado por la historia pero a costa de haberse convertido en un anacronismo viviente. Si hay una cosa a la que uno con el tiempo fatalmente se acostumbra es a convertirse en la propia caricatura, y Lernet-Holenia, que empezó como poeta, celebrado por Hoffmannsthal, por Rilke, por Zweig, acabó como crítico cascarrabias de colegas más jóvenes que no sabían manejar correctamente ni la pala de pescado ni la pluma, de manera que no creo que le extrañase que Billy Wilder se inspirase en él para su personaje del barón Holenia, miembro de la corte del emperador de la que hace befa en *The Emperor Waltz*.

Con *Las dos Sicilias* Lernet-Holenia inaugura una línea de crítica de la clase dirigente del imperio como responsable de la catástrofe; *El joven Moncada* se puede encuadrar en la producción más frívola o *boulevardière* del autor, al que no se le caían precisamente los blasonados anillos si de vez en cuando tenía que escribir novelas y agradables obras teatrales para financiar el elevado tren de vida que creía le correspondía, y que mantuvo siempre gracias a la popularidad de las mismas; *Marte en Aries* se ambienta en las vísperas y en los primeros combates de la invasión de Polonia en 1939 y está claramente inspirada en las experiencias bélicas del autor en aquellos días. Pues Lernet-Holenia, que ya había participado en la primera guerra mundial como voluntario y servido en Polonia, Hungría, Eslovaquia, Ucrania y Rusia, en el 9.º regimiento de caballería, combatió también, y otra vez como voluntario en la segunda, aunque esta vez solo durante 48 horas: fue herido al segundo día y retirado de los combates; al año siguiente publicaba por entregas, en la revista *Die Dame*, su novela *La hora azul*, que al ser editada como libro bajo el nuevo título de *Marte en Aries* fue secuestrada por orden de Goebbels, incluidos los ejemplares propiedad del autor.

En *Marte en Aries* de nuevo los muertos, y las muertas más seductoras, vuelven del trasmundo y se aparecen a los vivos para darles consejos y seducirlos, y los misterios sobrenaturales que apuntan a un sentido oculto de la vida, y las atmósferas oníricas se funden armoniosamente con el realismo detallado y las observaciones exactas sobre tiempos, lugares y combates concretos; pero lo que hace de esta su novela más decisiva es que fue la única novela austriaca donde se manifiesta claramente la desafección al régimen nazi: esto el lector español lo advierte en las reticencias más o menos explícitas a la invasión de Polonia, en los elogios a los combatientes polacos, lejos de considerarlos infrahombres como imponía la propaganda, y en la figuración de una red vienesa aristocrática, habsburgizante, de resistencia al régimen. Pero además una infinidad de detalles «cromáticos» y de ambiente y de alusiones críticas pasaría desapercibida a los lectores de hoy si no los pusiera de relieve Robert Dassanowsky en su ensayo *Phantom Empires*.

Marte en Aries fue decisiva en la consideración pública del autor después de la guerra, porque Lernet-Holenia quedó limpio de toda sospecha de connivencia con el nazismo pese a haber estado empleado como jefe de guionistas para unos estudios cinematográficos estatales de Berlín. Después recibió muchos honores y se le concedió un apartamento en la Cancillería en el palacio imperial del Hofburg, donde él y su esposa pasaban los meses de invierno. Declinó el puesto de embajador en Washington que le fue ofrecido.

En *Il mito absburgico nella letteratura austriaca moderna*, Claudio Magris se refiere a Lernet-Holenia como a un autor menor. «*El estandarte* es su obra más significativa, cuadro de la destrucción habsbúrgica, relato no desprovisto de calor, de sugestiones y de un íntimo sentido de trágica fatalidad, de la irreparable ruina del viejo imperio.» Hombre, yo creo que Magris aquí no ha sido muy generoso con él; podía, como se dice ahora, «haberse estirado un poquito más». Desde luego la decadencia y el fin del imperio ha sido objeto de descripción y meditación en obras maestras de la literatura como *La marcha Radetzky* de Joseph Roth, quien por cierto consultó con su amigo Lernet-Holenia los detalles de carácter militar, armas, tácticas de combate, etcétera, para la parte final de su novela, la peripecia del tercer Trotta en el frente; como *Los sonámbulos* de Broch; como *El hombre sin atributos* de Musil, en fin, como las obras de Kusniewicz y de Rezzori. Todos estos son libros de gran aliento y ambición totalizadora sobre el Finis Austriae, y si se compara con ellos *El estandarte* puede parecer una pieza de menos peso específico, una novela muy competente del género de aventuras que también está traspasada, aunque en un plano menos explícito y con una atención menos exhaustiva, por una meditación elegiaca sobre la catástrofe de la desaparición de *El mundo de ayer*, un mundo, según las memorias de Zweig, aburrido y previsible, ligeramente incompetente, trasnochado y burocratizado, desde luego con sus conflictos larvados pero en el que reinaba una sensación de seguridad y paz y desde luego incomparablemente superior a lo que vendría a continuación, que sería el siglo más catastrófico de la historia de Europa. Roth añoraba a los Habsburgo entre otros motivos porque no eran antisemitas: el imperio era para él una cuestión de supervivencia. Lernet-Holenia se hallaba en una posición social y racialmente más confortable, y desde un punto de vista si se quiere más elitista lo añoraba por su grandeza histórica y puramente territorial, y porque la convivencia de diferentes naciones, idiomas y etnias —eslavos, germánicos y magiares, y también italianos y francos— le parecía vital, estética e intelectualmente mucho más estimulante que el provincianismo inevitable de las homogeneidades identitarias. Era demasiado snob para ser nazi. Ni un estado nación reducido a la insignificancia ni un Reich germánico podían satisfacerle como sustitución del imperio danubiano.

Tengo también mis motivos personales para venerar *El estandarte*. Me pasa aquí lo que le pasa a todos con sus novelas favoritas: que estas no son necesariamente las que el canon, con su fundamento crítico de aspiración objetiva y desapasionada, declara que son las que tienen mayor merecimiento, sino aquellas que a menudo por motivos fortuitos están impregnadas de la propia experiencia vital, sea por las circunstancias en que se entró en contacto con ellas o por aspectos en principio secundarios pero que tocan una fibra sensible. Mi ejemplar de esta novela, en una edición de la colección Reno de Plaza y Janés, de 1968, con una portada vigorosamente ilustrada por Joan Palet, pintor olvidado aunque de mérito, padre de mi amiga Olga, portada que efectivamente representa a un húsar a caballo sosteniendo el estandarte ante un paisaje en llamas, lo encontré hace unos años en la calle, abandonado con otros libros junto a un contenedor de basura. Lo recogí pensando que Lernet-Holenia se hubiera llevado un tremendo disgusto si se llega a enterar.

¡Naturalmente que rescaté ese estandarte del suelo y de la condescendencia de Magris! Diré que el libro, salvo algún desfallecimiento o morosidad en las escenas penúltimas, en los subterráneos del castillo de Konak, que de todas formas eran narrativamente imprescindibles porque operan como episodio de tránsito de un estado de alma a otro, pasaje de las transformaciones decisivas, dispone el suspense en un collar de escenas de mucho efecto dramático y mantiene un ritmo sostenidamente acelerado; es un artefacto novelesco sin tacha. Los primeros capítulos, en los que el protagonista, impresionado por la belleza de una joven a la que entreví en un palco de la ópera, salta con audacia y desenvoltura por encima de las conveniencias y los protocolos sociales, inician un idilio nervioso lleno de urgencia y delicia, sobre el fondo de la guerra y el peligro de muerte inminente, que Stendhal no hubiera desarrollado mejor. Idilio romántico pero lúcido: en una escena que resume el sentido último del libro el alférez Menis porfía para que Resa se le entregue, que se le entregue esa misma noche. Ella se resiste apelando a su propio decoro, dignidad e idea de excepcionalidad: «¿Qué adelantaríamos con hacer una cosa que puede hacer también la gente que no se importa demasiado a sí misma?(...) ¿Por qué no me pides cualquier otra cosa que la que quieren todos de la mujer a quien hacen la corte?». Y él le aclara: «No tiene sentido entregarse a ilusiones y perder el poco tiempo que nos queda. Somos iguales que los demás, con la diferencia de que tú eres más hermosa que casi todas. Pero, fuera de esto, somos como todos. De seguro no somos excepcionales. En general, ya no estamos en la época de las excepciones, es el momento de las cosas comunes».

En continuidad, oposición y superación de este idilio se da en Menis y en el texto la transferencia a un fetiche, el histórico estandarte donde la novela encuentra su carácter de excepcional. Porque ese pedazo de tela descolorida para Menis es el símbolo de mil años de imperio y del sufrimiento de generaciones de guerreros, un Aleph de la Europa pluriétnica, plurinacional, imperial; es también el símbolo de la superioridad de la idea sobre la materia perecedera, a la que infunde un sentido de eternidad; las fuerzas sobrenaturales, las fuerzas del hado que nunca dejan de acudir a sus citas con las novelas de Lernet-Holenia acuden también a ese glorioso trapo negro y amarillo, elevado a la categoría de objeto sagrado por la devoción fanática, inevitablemente condenada a la decepción, de quien cuando no puede hacerlo flamear en la punta de la pica, se lo enrolla alrededor de la cintura…

De modo que además de los planos de significado ya mencionados, ya detectados y explicados por los germanistas y biógrafos de Lernet-Holenia, además del muy entretenido artefacto narrativo, del canto elegiaco por el imperio difunto y la dificultad de integrarse, de resignarse a la derrota y a la pérdida (pérdida de la juventud, de los amigos caídos en combate, de la presunción de ganar, de los territorios imperiales, de la misma figura patriarcal y casi paterna del emperador, más catastrófica en Lernet-Holenia, hijo de madre divorciada que creía ser hijo natural de un archiduque Habsburgo), funciona también, y de qué forma tan turbadora, como la historia de un fetichismo delirante, involuntariamente filosurrealista, incluso con una sospecha de frikismo, aunque sabemos que a la luz de la razón y el análisis diurno todo fetichismo es friki, como toda carta de amor es ridícula y toda exaltación una exageración. ¡Pero leemos de noche! En ese contexto histórico solo he encontrado algo parecido al estandarte en «El busto del emperador», el tragicómico cuento de Roth. Es este elemento de fetiche paranoicocrítico, de gran violencia lógica, lo que eleva *El estandarte* todavía por encima de su propio valor narrativo y de su elegancia literaria y lo hace merecedor de una lectura atenta y de un lugar distinguido en la biblioteca.

IGNACIO VIDAL-FOLCH

El estandarte

Ante Dios Todopoderoso prestamos sagrado juramento de fidelidad y obediencia a Su Majestad, nuestro Serenísimo Príncipe y Señor, juramos obedecer a sus augustos generales y a todos nuestros superiores, honrarlos y protegerlos, cumplir sus órdenes y mandatos en todos los servicios, sea quien sea el enemigo y siempre que lo exija la voluntad de su Majestad Imperial y Real, por tierrra y por mar, de día y de noche, en toda clase de batallas, asaltos y combates; juramos luchar con valentía y gallardía en todo lugar, momento y ocasión, no abandonar jamás nuestras tropas, cañones, banderas y estandartes...

1

En una fiesta, la primera fiesta grande en diez años después de terminada la guerra europea, convocada por los
oficiales de todos los regimientos de caballería, estuve
sentado a la mesa junto a un hombre todavía joven y
extraordinariamente bien parecido, cuyo nombre se me
escapó en el momento de la presentación, pero cuando
más tarde pregunté me dijeron que se llamaba Menis y
que era sobrino de uno de los generales presentes.

A mi otro lado estaba sentado, si mal no recuerdo, un
conde de Meyendorff, y próximos a mí se encontraban
los señores de Schrinski y Kreil, un tal barón Repnin y
otras personas que no me interesaron mucho y a quienes apenas conocía. Era casual que todos ellos se hubieran agrupado alrededor de esta mesa, pues los tenientes
y alféreces de los diversos regimientos, por ejemplo el de
Limburg, el de Caraffa y el de Auersperg, así como los
del mío, se hallaban entremezclados, dispuestos en el
orden en que se habían sentado. Habían venido muchos
oficiales más de lo previsto y la impresión que tenían los
presentes al ver a tantos oficiales otra vez juntos, por
primera vez desde la disolución del ejército austrohún-

garo, era muy rara y poderosa, un tanto sombría. En la cabecera, en una mesa dispuesta transversalmente, presidían, de paisano, dos archiduques, un mariscal de campo y varios generales, que eran quienes habían convocado a este ejército de jinetes; en varias mesas colocadas a lo largo estaban sentados, también de paisano, los oficiales de los diversos regimientos, o mejor dicho, los que todavía quedaban vivos; y entre las mesas y las paredes del salón, que reflejaban unas luces inciertas, tenía uno la fantástica sensación de que nos rodeara otra muchedumbre todavía más densa; la de aquellos que también habían acudido, aunque ya no podían venir; los desaparecidos y los muertos, un segundo ejército invisible, más glorioso todavía, más brillante y resplandeciente con sus uniformes y condecoraciones, que, pese a estar presente solo en espíritu, casi tendría más derecho a estar aquí que nosotros, porque el auténtico ejército no lo forman los que viven, sino los muertos.

También en los discursos de nuestros jefes de antaño podía oírse de nuevo el ruido de combates olvidados, el sonido de voces de mando enmudecidas mucho antes y el trepidar de los cascos de escuadrones ya desaparecidos; después se dejó que los reunidos se entregaran a conversaciones particulares. Sin embargo, pronto quedó agotado lo que unos y otros podían decirse. Habíamos estado separados demasiado tiempo. Así resultó que por fin pude dirigirme al hombre que se hallaba a mi lado, entonces todavía desconocido, y que fumaba cigarrillos; obviamente lo que conversamos también carecía de importancia, y no tuve de él otra impresión que la de un hombre muy cortés, bien vestido, de veintiocho a treinta años, cuya personalidad no tenía nada fuera de lo común. Solo al levantar la mesa me dijeron cómo se llamaba y que había sido alférez y abanderado del regimiento de dragones María Isabel. Más tarde parece que había hecho un gran matrimonio y era, según ya he dicho, sobrino nieto del general de caballería Crenneville. Dirigí la mirada hacia este general en el preciso momento en que él, un vetusto señor menudo y flaco, se disponía a dejar la sala, apoyado en el brazo de mi antiguo coronel.

Me olvidé muy pronto de mi compañero de mesa y no lo volví a ver tampoco durante unos dos años, pero luego dio la casualidad de que nos encontráramos varias veces seguidas en reuniones sociales. En estas ocasiones conocí también a su mujer, una belleza auténtica de tez muy transparente y maravillosos ojos de un tono azul grisáceo. Hablaba poco y en general pude darme cuenta de que los dos, aunque juntos en sociedad durante horas, casi nunca se dirigían la palabra. Sin embargo tenían fama de ser lo que llamamos un matrimonio feliz. Tenían, según me dijeron, tres hijos, un varón y dos niñas.

Después también me encontré con Menis varias veces en la calle. En estas ocasiones intercambiábamos casi siempre algunas palabras sin importancia. Solo el último de nuestros encuentros iba a ser algo inusual y muy emocionante.

Tuvo lugar a fines de noviembre pasado, en las primeras horas de la tarde, en una calle poco transitada. Vi allí a un hombre correctamente vestido que, mientras yo avanzaba hacia él, estuvo conversando con un mendigo;

mejor dicho, según vi al aproximarme, con un inválido que tenía una pierna torcida y vendada, se apoyaba en muletas y, aunque vestido con ropa de paisano muy desgastada, llevaba varias medallas en el pecho. Estas medallas colgaban de unas cintas sucias y la cara del hombre tenía una expresión de extraña devastación, sin duda a causa de los nervios, que debían haber sufrido tanto como su cuerpo. Además debía tener frío, pues carecía de abrigo y el día era invernal. Me disponía a darle algún dinero, pero no lo hice porque estaba hablando con alguien y me hubiera parecido una falta de tacto no respetar la conversación, aun tratándose de un mendigo. Ya me decidía a seguir cuando el señor con quien conversaba se giró; reconocí entonces a Menis y me detuve para saludarlo.

Menis me pareció, cosa rara, muy cohibido. Yo ya me había quitado el sombrero, pero Menis en aquel momento se olvidó hasta de devolverme el saludo. Tuve la firme impresión de que le resultaba penoso verme, y su perplejidad era tal que después del primer momento de asombro llegué a compartirla, casi como si yo también tuviera que sentirme cohibido con nuestro encuentro. Nos miramos a la cara durante unos instantes y al fin, por decir algo y salir del paso, le pregunté cómo se encontraba. Mientras tanto mi mirada pasó de él al mendigo y de este a él y traté de seguir mi camino, pero Menis estaba detenido frente a mí y no se movió.

—¡Ah, eres tú!

Y al decir eso también él volvió presuroso sus ojos hacia el mendigo, pero los apartó en seguida y desvió la cabeza a otro lado; yo seguí su mirada. A pocos pasos de distancia estaba parado junto a la acera un coche con las puertas abiertas. El chofer, de pie a su lado, nos miraba. Menis se volvió a dirigir a mí; parecía haber recuperado el dominio de sí mismo, pero a pesar de todo me preguntó:

—¿Cómo te va? —Y añadió rápidamente—: Estoy paseando por aquí. Es decir, he venido hasta aquí en coche pero me bajé para... para seguir caminando.

¡Ah!, pensé, así que este coche es suyo. Pero él continuó:

—También quería... darle a este inválido... alguna limosna.

Mientras yo volvía a mirar al inválido se dirigió Menis al chofer y le dijo:

—Puede irse a casa.

Al mismo tiempo lo despidió con un ademán. El chofer se inclinó, cerró la puerta, subió luego al coche y cerró también la otra; puso el coche en marcha y se fue.

Era un coche sólido, muy nuevo, reluciente, de metal cromado y esmalte negro.

Cuando hubo desaparecido nos quedamos un momento todavía uno frente al otro, mientras el mendigo, inclinado hacia adelante y apoyado en sus muletas, nos miraba. En esto su cuerpo se meció un poco adelante y atrás y sus medallas produjeron un ligero sonido. ¿Será, pensé yo, que quieren decirse algo todavía? ¿Qué podrá ser? ¿Y sobre qué habrán estado hablando hasta hace un momento? Comoquiera que sea, yo me quitaba ya el sombrero para despedirme definitivamente cuando Menis me tomó del brazo, me apartó unos pasos del hombre y me dijo:

—Siempre les doy algo a los mendigos. Sobre todo a estos... estos inválidos. ¿Adónde vas? ¿Te hubiese podido llevar en mi coche? ¡Qué lástima haberlo despedido! Pero no se me ocurrió. ¿O prefieres que nos vayamos a pie...? Si no te molesta, podemos dar un paseo juntos...

—¡Encantado! —dije yo—, ¡con mucho gusto! —pues me pareció que al acompañarme quería borrar la impresión de su extraño comportamiento—. Iba a ver a unos amigos, pero no tengo prisa... ¿Y a ti tampoco te interrumpo?

—De ninguna manera —dijo él—. Lo único que pensé de pronto es que podría parecerte raro que yo... con este mendigo... Es que como ya te he dicho, siempre les doy algo. —Mientras hablaba así seguía caminando por la calle sin soltarme del brazo, como si tuviera prisa por escapar de la vista del hombre de quien hablaba—. No hace falta que te lo explique —agregó—. Son unos pobres diablos, tan desgraciados...

Con eso quiso doblar la esquina a donde habíamos llegado, pero antes se volvió una vez más y yo hice lo mismo.

El mendigo había hecho un movimiento y miraba en nuestra dirección. Menis dobló la esquina con prisa. Solo después soltó mi brazo, hizo un gesto aliviado por haber perdido de vista a aquel hombre y continuó con rapidez:

—No tienes más que imaginarte lo que sufre esta gente estando ahí parados todo el día en medio del frío. Por no hablar de lo que han tenido que pasar hasta convertirse en mendigos. ¡Y pensar dónde tendrán que guarecerse por las noches! ¡Y de qué inmundicias tendrán que alimentarse! ¡Y tener que recoger colillas si quieren fumar! ¡Y la ropa que se ponen, una ropa que ya nadie quiere! ¡Ser tan pobre que no pueda uno conservar siquiera la propia vida si los demás no le dan para vivir! ¡Sentirse uno tan diferente de los demás que a nadie le importa nada que reviente o no! ¡Estar allí de pie arrimados a las paredes de las casas sin que nadie les haga caso, y si no pueden aguantar más de pie, ponerse en cuclillas en la sucia acera, en medio del ruido del tráfico, y no ser nada más que un sucio harapo! ¡Y sin embargo antes les habían dicho que eran soldados de regimientos espléndidos! Como por ejemplo el regimiento de infantería Rey de España, o el regimiento de ulanos General Quien Sea, o como se llamaran todos aquellos cuyas banderas tenían a archiduquesas por madrinas. Por un botón en sus uniformes que no estuviera en regla se hacía pedir la degradación a un conde; eran, así se les dijo, el orgullo de un imperio; al final hizo falta movilizar todo un mundo contra ellos, y ahora ¿qué son? Sórdidos espectros en medio del barro de la calle, obstáculos en las esquinas, adefesios que asustan a los transeúntes, figuras lastimosas a quienes lo mejor que se les puede desear es la muerte. Es un escándalo que al menos los exoficiales no les demos todo cuanto podamos. Yo doy algo a cada uno, y les dirijo siempre unas cuantas palabras amables. Ya los conozco a todos. Por eso hablé un poco con el hombre de antes. Me contó en qué regimiento había servido y dónde había sido herido. ¿Tú lo comprendes, verdad?

—Sí, sí —le dije—. Claro.

Deseaba preguntarle, sin embargo, por qué le había resultado entonces tan desagradable que yo lo hubiera sorprendido. Pero me callé.

Entretanto habíamos llegado a la travesía de una calle

con mucho tráfico, en ese momento con el paso cerrado, así que tuvimos que esperar. Menis se calló, la mirada perdida. En ese momento surgió a nuestro lado una mendiga con un niño en brazos, una mujer joven todavía pero de aspecto miserable y abandonado que llevaba al niño envuelto en unos mugrientos harapos. Me extrañó que Menis, después de haberla mirado un instante, no le hiciera ningún caso. Yo le di una moneda. Él levantó la vista, y en ese momento se abrió el paso. Mientras atravesábamos la calzada, dijo Menis:

—Sin embargo, apenas se para uno en una esquina ya nos abordan los mendigos. Tengo que confesarte que a mí solo me interesan los de cierta clase, más que nada aquellos que acaban de convertirse en mendigos, pues son los únicos dignos de verdadera lástima, al menos mucho más que los que ya de niños han sido criados en la mendicidad. Conozco a algunos que de la mendicidad han hecho una profesión; por ejemplo, aquí muy cerca, al lado de la Ópera, hay un mozo que me resulta extraordinariamente antipático. No sé si está hoy, pues podría enseñártelo. Se ha fabricado un violín con una caja vieja de cigarros y un palo; y toca bastante bien, hay que reconocerlo, pero para tocar, aunque tiene todos los miembros derechos, se retuerce y contorsiona de tal modo que da asco. Seguro que solo finge tener algún defecto. Si no fuera todavía joven, no podría resistir a la larga semejante acrobacia. Estoy convencido de que portándose de un modo tan grotesco recibe muchas limosnas y tiene una situación mejor que si aceptara algún trabajo. Aquí lo tienes.

Vimos, en efecto, a cierta distancia, y en medio del tráfico, un hombre que tocaba el violín en una posición inconcebiblemente incómoda, sosteniéndolo sobre sus rodillas de tal modo que estando de pie parecía sentado. El violín solo consistía, según pudimos comprobar al acercarnos, en un palo y una caja de cigarros. En ese momento tocaba «La Paloma» casi con virtuosismo, aunque solo tenía una o dos cuerdas. «La Paloma» es una canción muy melancólica; antes de ser fusilado, Maximiliano de México pidió que se la tocaran una vez más. Nosotros tuvimos hace tiempo una moza de cocina que la cantaba constantemente hasta que, por una contrariedad amorosa, se tiró al agua. Es una canción triste, en realidad. Pero a Menis no parecía afectarlo.

—Dios sabe —dijo— que hay músicos más pobres que este y que sin embargo tocan un violín auténtico. Esta caja de cigarros me fastidia muchísimo. Y mira con qué arrogancia ha puesto la gorra en medio de los transeúntes para que le echen las limosnas.

Yo no podía comprobar si el hombre fingía una enfermedad o no, pero lo cierto es que tenía un aspecto miserable.

—Pero eso es cosa de su profesión —dijo Menis—, tener un aspecto miserable. Seguro que no come, aunque gana bastante para comer. Entre esta gente hay muchos más simuladores que lisiados auténticos. También están los que tienen una herida auténtica pero la exageran de forma desmedida. Por ejemplo, un poco más arriba hay uno que no se levanta del suelo, como si no pudiera tenerse en pie. Pero cuando ha reunido suficientes limosnas, se levanta sin más y se va a casa. Ya lo he visto unas cuantas veces marcharse rápido y más tieso que un palo. No le pasa nada en las piernas. Solo tiene una herida en la cabeza. Te lo enseñaré.

¡Solo una herida en la cabeza!, pensé.

—Y cuando mendiga —siguió diciendo Menis— pone cara de mendigo, pero cuando se va a casa recupera su expresión habitual, que trasluce la arrogancia de un actor después de la representación.

Dobló por un callejón lateral y en seguida pasamos por delante de ese hombre, tendido en el pavimento, más que sentado, como un montón de miseria. En la cabeza llevaba un objeto curvo, niquelado, resplandeciente, una especie de casco metálico con acolchado de piel, y tenía el brazo derecho entablillado con el mismo material. Aunque fingiera que no podía tenerse en pie, el hecho de que hubiera perdido un pedazo de la parte superior de la cabeza, seguramente por el impacto de un proyectil de artillería, me pareció suficientemente horroroso. A través del ruido del tráfico me pareció oír el espantoso aullido del obús que lo hirió.

—Pero uno no exhibe así sus heridas —dijo Menis mientras nos alejábamos—. No se debe asustar a la gente con este espectáculo para conseguir limosnas. Nadie que haya sido un buen soldado lo haría. Uno no se expone a sí mismo de esa manera. El hombre se podría cubrir la cabeza con un pañuelo o llevar sombrero. No hay nada más repugnante que esos pesados. También están los que de golpe aparecen a tu lado cuando vas andando y no te sueltan hasta que les has dado algo. O los que se te acercan corriendo con cordones de zapatos en la mano. O los que cantan en los tranvías y lo hacen tan mal que se les nota lo poco que se esfuerzan. Pero ya casi solo se ven miserables que han convertido su miseria en una industria. Ellos desacreditan a los pobres de verdad. Pobres de verdad, mendigos trágicos, son, como ya te dije, solo aquellos que antes han sido algo muy diferente, sobre todo los soldados. En nuestra época y en nuestro país no hay figura más trágica que el soldado mendicante. En cierto sentido, cada soldado que ya no puede seguir siéndolo se ha convertido en un mendigo, sea pobre o rico.

Confieso que comenzaba a hartarme de aquella inspección de los mendigos que no agradaban a Menis. Yo siempre les había dado algo a los pobres sin romperme la cabeza pensando si tenían o no derecho a mendigar. Menis, en cambio, se había formado un sistema acerca de a quién dar limosnas. Tiene fortuna, pensé yo, poco que hacer, y se entretiene en criticar mendigos como otro coleccionando objetos. Es su manía. No es un benefactor, sino que sale a poner defectos a los más pobres. Hubiera podido elegir otro entretenimiento, y demostraría mejor gusto.

Me había caído simpático, pero ahora me estaba decepcionando. Me detuve y le dije que tenía que seguir mi camino, pero me di cuenta de que no me escuchaba. Entre tanto habíamos llegado cerca del palacio imperial. Al pararme yo, Menis también se detuvo, pero evidentemente por otra razón. Vi que tenía la vista clavada en un hombre que se hallaba al lado del portalón de uno de los pabellones. Era otro mendigo, pero esta vez vestido decentemente. Llevaba puesto un uniforme y sobre los ojos una cinta negra. A su lado había una niña pequeña y flaca, de ocho o nueve años, que lo llevaba de la mano. El hombre era ciego.

Miré a Menis furtivamente, y luego repetí que tenía que irme. No deseaba en modo alguno oírle criticar a aquel ciego. Pero él seguía sin escucharme.

—Un momento —dijo al fin, sin apartar los ojos, que tenía clavados en el ciego—, un momento. Tengo que hablar a aquel hombre, que posiblemente sea incluso de mi propio regimiento.

Volví a mirar al mendigo y Menis dio unos pasos hacia él.

—No lo reconozco —dijo—, aunque los conozco a todos. —Y al decir esto ya se hallaba frente a él.

En efecto, el ciego llevaba el uniforme de cabo de un regimiento de dragones. Sobre su hombro izquierdo una charretera de trencilla amarilla indicaba que había sido jinete. El uniforme estaba muy limpio, llevaba botas altas con espuelas y en la cabeza el quepis sin visera de la caballería. Debajo una cinta le cubría los ojos. Tenía en el cuello el distintivo negro con las dos estrellas cosidas que indicaban su grado.

—¿Qué regimiento? —preguntó Menis.

Había dos regimientos de dragones de color negro que solo se distinguían uno del otro por el metal de sus botones. Pero el botón de esmalte gris de la charretera del hombro del cabo no indicaba nada.

El hombre no comprendió enseguida que alguien a quien no veía le preguntaba por su regimiento. Menis tuvo que repetir su pregunta.

—El regimiento de dragones María Isabel —dijo el hombre.

La niña que lo llevaba de la mano nos miró con los ojos muy abiertos, tal vez intimidada por la voz de mando con que Menis había repetido su pregunta.

Cuando el ciego nombró el regimiento, dije:

—¡En efecto! —y quise añadir dirigiéndome a Menis—: Tu regimiento.

Pero él me cortó la palabra con un gesto.

—¿Cómo se llama? —preguntó al cabo.

—Johann Lott —contestó.

Miré a Menis pero no pude distinguir si lo conocía o no.

—¿Ha perdido usted la vista? —preguntó.

—Sí.

—¿En la guerra?

—Sí.

—¿Por completo?

—Sí, por completo.

—¿Cómo es posible entonces —preguntó Menis después de un instante— que se vea usted en la necesidad de mendigar? En su caso se recibe una renta que permite vivir sin dificultades.

El cabo vaciló un momento y luego preguntó:

—¿Puedo saber quién es el señor?

—No se preocupe usted por eso —dijo Menis presuroso—. Tenga la seguridad de que no es mi intención interrogarle. Solo pregunto por simpatía.

—¿Acaso no cree usted que estoy ciego de veras?

—¡Cómo no! —dijo Menis.

Pero el hombre, con un movimiento muy rápido, se había levantado ya la cinta. No tenía ojos.

—Deje eso —se estremeció Menis—; ya le dije que lo creía —se había puesto pálido—. ¿Cómo —seguía gritando nervioso—, cómo demonios está usted aquí mendigando?

El cabo se ajustó la cinta y luego dijo:

—No pido limosna para mí. Pero tengo parientes tan pobres que yo, con la renta que recibo, soy el que está mejor de todos ellos. También les doy todo el dinero que puedo; pero ahora mi hermana, la madre de esta niña, ha caído enferma y yo me hago conducir a la calle por la pequeña para llevar algún dinero a casa. A un ciego siempre le dan. También me puse el uniforme, pues ahora está permitido llevarlo otra vez. Creía que cuando la gente me viera así se daría cuenta de que tengo alguna razón para mendigar y me darían algo.

La escena me resultaba más que penosa. Encontraba repugnante por parte de Menis haberla provocado con su manía de conversar con todos los mendigos. Al menos tenía la satisfacción de verlo ahora tan conmovido. Le habían palidecido hasta los labios. Sin embargo, no comprendía por qué no le daba algún dinero al hombre y se marchaba, en vez de quedarse ahí parado mirándolo fijamente. Hasta la niña estaba asustadísima por su manera de gritarle al ciego.

—¿No había en su regimiento —pregunté yo al fin impulsado por mi enojo—, no había allá un abanderado apellidado Menis?

En ese mismo momento sentí que mi acompañante me tomaba del brazo con violencia, como si quisiera impedirme seguir hablando. Pero el cabo contestaba ya:

—¿Menis? Sí. Estuvo con nosotros un abanderado Menis, aunque solo pocos días.

—¿Cómo?

—Había llegado de otro regimiento y estuvo con nosotros poco tiempo, es decir, hasta que yo resulté herido... Pero entonces se terminó todo.

—¿Pero usted llegó a verlo?

—Sí —dijo. Y yo estaba a punto de añadir: «Bueno, aquí lo tiene frente a usted», cuando el ciego continuó—: Sí, lo vi. Hasta puedo decir que fue lo último que vi en el mundo.

El efecto que estas palabras produjeron en Menis fue extraordinario. Parecía en realidad que solo ahora reconocía al ciego. La cara se le había puesto blanca como la nieve y sus ojos parecían estar viendo un fantasma. También yo, muy confuso, tartamudeé:

—¿Cómo? ¿Qué quiere usted decir con eso?

—Fue en los puentes sobre el Danubio, cerca de Belgrado —dijo el ciego—. Los regimientos tenían que pasar, pero en medio de los puentes se detuvieron y empezaron a hacerse fuego entre sí. El abanderado, el conde Von Heister, cayó y yo recogí el estandarte. Entonces, en medio del fuego, entre la confusión de las personas y los caballos que caían y se revolcaban sobre el puente, se acercó al galope el coronel y me ordenó entregar el estandarte al abanderado Menis. Yo se lo presenté, pero apenas lo hubo tomado, un disparo de fusil de costado me atravesó los ojos y me derribó del caballo. Así que lo último que vi fue el abanderado y el estandarte.

De un tirón se abrió Menis el abrigo y, tras sacar con ambas manos dinero de los bolsillos de su traje —evidentemente todo el que llevaba encima, pues había cierta cantidad de billetes grandes—, lo puso todo en manos del ciego; luego se marchó, arrastrándome consigo. Me había cogido por un hombro y corría conmigo, más que andaba, calle abajo, y luego dobló por una vía lateral. Los labios le temblaban sin parar.

—Tengo que hablarte —balbuceó—. Quiero explicártelo todo. ¿Tienes un cigarrillo?

Le di uno, pero él, que seguía corriendo, no consiguió

encenderlo. Finalmente lo obligué a detenerse y le di fuego. Tenía la cara toda cubierta de gotitas de sudor.

—Tenemos que meternos en alguna parte —balbuceó— donde pueda hablar contigo.

Miró a su alrededor: nos hallábamos delante de la puerta de un cafetucho; la abrió de golpe, vio que estaba lleno de gente, volvió a cerrarla y siguió corriendo. Unas casas más allá entró en otro café y dio media vuelta enseguida para huir de nuevo, pero yo le rogué que se calmara.

—Tú no lo comprendes —prorrumpió—. Es imposible que lo comprendas hasta que te lo haya explicado.

A pesar de todo conseguí que se tranquilizara un poco. Se pasó la manga por la frente y parecía hacer un gran esfuerzo por dominarse. Al cabo de unos minutos habíamos llegado a la plaza del Mercado Nuevo y él la atravesó en dirección al hotel Ambassador, donde entró. El vestíbulo del hotel estaba vacío. Pasó corriendo al lado de los empleados, se dirigió a una mesa del fondo del vestíbulo rodeada de algunos sillones, tiró el sombrero y llamó a un mozo. Luego se dejó caer en un sillón.

—Hazme el favor de sentarte —dijo—. Necesito tomar algo inmediatamente. Me harás el favor de pagarlo, pues me parece... —y rebuscaba en sus bolsillos— que no me queda más dinero.

Se levantó, se quitó el abrigo y golpeó insistentemente con las manos en los brazos del sillón. Seguía muy pálido. Vino un mozo y él pidió dos copas de coñac. Yo volví a ofrecerle cigarrillos.

—Tienes que comprenderme bien —dijo, mientras comenzaba de nuevo a despilfarrar fósforos—. Ese interés mío por los mendigos no es cierto. No me interesan nada. Los únicos que me importan son los que vienen de la guerra. Simplemente no puedo librarme de ella. Tampoco creo que la guerra haya terminado de veras. Esta guerra aún continúa. Continúa para todos los que han participado en ella y ahora tienen que mendigar en la calle. También sigue dentro de mí. Incluso creo que para mí empezó solamente una vez que hubo terminado. Antes no la entendía. Solo cuando ya no hubo guerra empecé a comprenderla.

El mozo volvió con el coñac. Menis vació un vaso de un trago y pidió otro enseguida. Entretanto yo le ofrecí el mío. Lo vació y al fin parecía un poco más repuesto.

—Me casé —dijo— cuando terminó la guerra y mi matrimonio se considera feliz; tengo hijos y los quiero; también sigo queriendo a mi mujer; pero a veces me da la sensación de que no la he querido nunca. Tal vez solo me casé porque ella era lo único que quedó cuando ya no quedaba nada más. Nada de todo aquello que no me abandona nunca, aunque ya no existe; lo que seguirá siendo para mí aunque hace mucho tiempo que se ha terminado, lo que es más real que la realidad existente. Tienes que comprenderme. ¡Escúchame!

El vestíbulo estaba vacío; solo de vez en cuando pasaba alguien, un empleado del hotel o alguna otra persona, que no nos molestaba. Una lámpara con pantalla oscura iluminaba los sillones de seda, la tapa de vidrio de la mesa, los adornos de bronce de la chimenea. El humo de nuestros cigarrillos se deshacía como velos a través del ambiente en penumbra. El ruido de la calle llegaba muy amortiguado. Por lo demás, todo aquí era silencio, y él me contó su historia.

2

Me llamo Herbert Menis. Mi padre era Heinrich Crenneville, alférez de fragata; mi madre se llamaba Maria
Menis. Sin embargo, a consecuencia de ciertas diferen-
cias que tuvo mi padre con el almirantazgo, y que al
final le costaron su grado, adoptó el apellido de mi
madre, suprimiendo el de Crenneville, y se llamó sencillamente Menis. El padre de mi padre fue Ludwig Crenneville, capitán del regimiento de coraceros Lorena. Su
hermano menor era aquel Ferdinand Crenneville que
más tarde fue nombrado general de caballería. Murió el
año pasado.

Después de la pérdida de su grado, mi padre pudo so-
portar la vida poco tiempo. Buscaba pendencias con los
jefes del almirantazgo, quienes en su opinión tenían la
culpa de que él hubiera tenido que perder su carrera.
Hirió de gravedad al teniente de navío Luchesi Palli, con
quien se batió. Después de pasar dos años recluido en
una fortaleza, se enredó en un intercambio de palabras
con cierto Fiedler, capitán de corbeta, y fue muerto por él
de un balazo en la escuela de equitación de la escolta real.

Muerto mi padre, mi madre viajó mucho. En Florencia conoció a un tal Shuttleworth, un joven que, no obstante su nombre inglés, era ruso, y sobrino del intendente de la princesa viuda de Peter von Oldenburg, Henry Fedorovich Shuttleworth. Mi madre se casó con él y juntos se trasladaron a Rusia. La volví a ver una sola vez, cuando tenía yo catorce años, en San Petersburgo, inmediatamente antes de estallar la guerra. Durante la guerra sus cartas nos llegaban a través de Suiza. Finalmente dejamos de recibirlas. Solo mucho tiempo después supimos que Shuttleworth había sido asesinado por los soviéticos y que mi madre había muerto durante su huida en la ciudad de Odesa.

Mi educación había quedado a cargo de mi tío abuelo, Ferdinand Crenneville, quien, a pesar de su brillante carrera militar, no sentía mayor entusiasmo por el servicio y me destinó a una profesión civil. Pero los acontecimientos se le adelantaron y tuvo que aceptar que un año después de estallar la guerra, recién cumplidos los dieciséis años, entrase yo como alférez en el regimiento de dragones Las Dos Sicilias.

Un año después, durante la retirada de Luzk, recibí una herida tan grave que casi hasta el final de la guerra no pude prestar servicio activo. Había pasado varios días tirado sobre un furgón con una bala en el abdomen, hasta que al fin llegamos a donde había médicos; pero estos carecían de todo instrumental y tampoco pudieron hacer nada por mí, salvo que uno de ellos, visto que mi herida entretanto se había llenado de pus, me hizo un tajo de un palmo en la pared abdominal. Con eso me salvó la vida, pero el tajo se cerró tan superficialmente que durante meses tuve que llevar una especie de corsé. Para poder volver a moverme sin corsé,

tuve que someterme a una operación en la que me co-
sieron los músculos cortados. Sin embargo, aun después
de esto consideraron que necesitaba ciertos cuidados.
En consecuencia no me mandaron a mi regimiento, que
estaba en el frente, sino que me destinaron al estado
mayor de uno de los ejércitos de los Balcanes, en Belgrado, como una especie de oficial de servicio, aunque
apenas había sido nombrado alférez, de manera que
aun cuando todavía no era un verdadero oficial, pusieron a mi disposición tres caballos y dos ordenanzas.

Eso duró hasta finales de octubre de 1918. Cuando
me presenté ante el estado mayor del ejército me di
cuenta, por el modo en que me recibieron, de que creían
que gozaba de la protección especial de mi tío abuelo.
No podían figurarse que en realidad me encontraba allí
por haberme paseado durante dos años con el vientre
desgarrado por las balas. Tampoco me quedé en el estado mayor del ejército más que medio día y media
noche, y la cosa sucedió de este modo:

Al caer la noche de este primero y último día, fui a la
Ópera en compañía de varios oficiales. Se había ordenado a numerosos cantantes de categoría que se dirigie-
ran a Belgrado para actuar, pero camino del teatro se
hablaba mucho menos de la calidad de sus voces que, y
casi exclusivamente, de la situación en el frente.

Como consecuencia del desastre de los búlgaros se
había abierto ya hacía días, quizá semanas, una brecha
entre los ejércitos del mariscal Mackensen y los de los
austriacos, a través de la cual las tropas del mariscal
francés Franchet d'Espèrey avanzaban impetuosamente.
Nuestros ejércitos de los Balcanes, cuyas alas habían
quedado sin apoyo, se encontraron pronto en un estado

de creciente confusión. En el frente de Mackensen, se decía, había solo un hombre cada setenta pasos, y la caballería francesa ponía en un tremendo aprieto nuestra retirada.

Sin embargo, los mandos de los ejércitos no pensaban todavía en retirarse. Se habían instalado demasiado bien. Además se decía que grandes contingentes de nuestras tropas, que habían estado estacionadas en Ucrania, habían sido enviadas a Hungría para concentrarse allá, atravesar el Danubio y restablecer los frentes.

A pesar de todo esto, el aspecto del auditorio en la Ópera no traicionaba lo más mínimo que en Belgrado se sintiera nadie inseguro. Las filas de butacas estaban colmadas de oficiales, sus damas, caballeros de Malta, enfermeras y dactilógrafas de los estados mayores. En los palcos había gran cantidad de generales. Algunas de las damas hasta llevaban trajes de noche y joyas.

Iban a dar *Las bodas de Fígaro*. Pero antes de empezar la obertura hubo un movimiento en el auditorio y casi todo el mundo se levantó de los asientos. En uno de los palcos reales donde anteriormente se sentaban los reyes de Serbia, había aparecido una dama que atraía la atención de la gente. Estaba acompañada por otras dos damas, muy jóvenes todavía, y dos oficiales.

Era de elevada estatura, vestida y peinada de un modo muy conservador. Se acercó al antepecho del palco con una inclinación de gratitud. Luego uno de los oficiales le quitó el abrigo de piel de los hombros, el segundo le acercó por detrás un sillón y ella tomó asiento, después de lo cual volvió a sentarse el público.

A su izquierda y derecha, pero un poco más atrás, se

sentaron las dos damas jóvenes. Los oficiales se quedaron de pie en el fondo del palco.

Me dijeron que era la archiduquesa María Antonia, que había venido a visitar a los heridos de los hospitales de Belgrado.

La dama de su derecha era morena, esbelta y tenía una cara bastante interesante de tipo algo calmuco. Me dijeron que se trataba de la baronesa Mordax. La dama de la izquierda de la archiduquesa era, dicho sin rodeos, una criatura encantadora.

Llevaba un vestido rosa pálido, perlas y guantes blancos largos. Los hombros y el nacimiento de los brazos eran maravillosos.

Cuando el local se oscurecía y empezaba la obertura pregunté quién era y me dijeron que se llamaba Resa Lang.

Mientras el teniente Bagration, que estaba sentado a mi lado, decía los apellidos de los oficiales que se hallaban en el fondo del palco, yo no separaba la mirada de la hermosa. Debía tener a lo más dieciocho años. En la semioscuridad del ambiente su cara relucía como alabastro. Al levantarse el telón el reflejo del torrente de luz la envolvió e hizo brillar sus ojos, su cabello y sus perlas. Cuando alzó luego los gemelos, cayó de ellos una sombra como un antifaz sobre su cara, quedando iluminados solo la boca y el mentón, y por un momento, cuando decía algo, vi el relámpago de nieve de sus dientes.

Era, según me explicó Bagration, hija de un industrial. Llegada hacía pocos días como enfermera, había llamado al punto la atención de la archiduquesa, quien la tomó bajo su protección personal como lectora o algo parecido. Tenía fama de ser una joven de extraordinaria belleza.

—Una observación —murmuré yo— demasiado evidente para poder enorgullecerse de ella.

Había quitado a mi amigo los prismáticos y miraba con ellos continuamente hacia el palco.

De la representación, en consecuencia, apenas me enteré de nada. Solo me pareció que esa clase de música era de lo más indicada para mirar, mientras tocaban, a una persona tan arrebatadora como la del palco. Cuando después del primer acto cayó el telón, volví a meter los prismáticos en la mano de Bagration, me levanté y salí de la sala.

Salí al *foyer* y subí corriendo las escaleras que conducían a los palcos principales. El resto del público no había dejado sus asientos, así que no encontré en los corredores de atrás de los palcos más que a las encargadas del guardarropa y los acomodadores. Pasé corriendo junto a las puertas hasta llegar a la del palco real. Es decir, no lo sabía exactamente, pues solo adivinaba que esa puerta conducía al palco real.

Se encontraba en una pared atravesada en el camino, que separaba el ámbito entero del palco real del resto del vestíbulo y, según pensé, solo podía tener el carácter de una entrada lateral. El palco debía tener acceso por una escalera directa desde la calle hasta la entrada principal.

En consecuencia estaba preparado para encontrar esa puerta cerrada con llave. En este caso me hallaba resuelto a salir del teatro y llegar al palco desde la calle.

Pero el picaporte, conforme lo hice girar con cautela, cedió bajo mi mano y abrí la puerta. Miré hacia dentro de un antepalco decorado pomposamente con oro, verde pálido y marfil, en cuyas paredes colgaban varias capas de oficiales y abrigos de pieles. Una lámpara despedía luz opaca. En una banqueta de terciopelo estaba sentado un lacayo. No había nadie más, pero el antepalco parecía separado del palco solo por una cortina, pues detrás de ella se oía el ruido y las conversaciones de la sala.

Mientras el lacayo me miraba con asombro me acerqué rápido y sin ruido al cortinón y lo entreabrí un poco.

Dentro del palco, lo mismo que en la sala, nadie había dejado su asiento. Vi delante de mí las espaldas de los oficiales, y más adelante, al frente del palco, las tres damas sentadas. La archiduquesa conversaba con las dos jovencitas.

Sin que me hubieran visto volví a dejar caer la cortina.

Cuando me di la vuelta encontré delante de mí al lacayo. Se había levantado, evidentemente para impedirme ir más lejos, o al menos para preguntarme qué quería, y ahora estaba a punto de decir algo.

—¡Cállese! —le ordené en voz baja.

Con eso atravesé a paso rápido el antepalco, abrí la puerta y salí al vestíbulo.

En el momento en que volví a mi asiento empezó el segundo acto.

—¿Dónde has estado? —preguntó Bagration.

Murmuré algo y volví a quitarle los prismáticos.

No hice caso alguno de las intrigas del conde Almaviva en escena, sino que observaba sin cesar a Resa a través de los gemelos de Bagration. Mi conducta tenía que parecerle rara, pues me miró de soslayo repetidas veces.

Resa no parecía muy aficionada a la música; vi que hacia el fin del acto se llevó dos o tres veces la mano a la boca como si estuviera algo aburrida.

No sé por qué, eso me agradó. Yo no podía pretender despertar su interés, pues ni siquiera me había visto, así que me consolé pensando que al menos la ópera no le interesaba tampoco.

Cuando cayó el telón al terminar el segundo acto, devolví inmediatamente los prismáticos a Bagration y me levanté; pero ahora también la mayoría se había levantado, ya que este era el entreacto mayor. Pero antes de que pudieran abandonar la sala yo me adelanté, volví a correr escaleras arriba, pasé ante los palcos, cuyas puertas se abrieron ahora, y me detuve frente a la puerta del palco real.

Esperé todavía algo así como un minuto y luego volví a abrir la puerta. Esta vez la situación en el antepalco, como esperaba, era diferente. De una ojeada vi lo siguiente:

Inmediatamente frente a mí el lacayo se hallaba ocupado disponiendo refrigerios sobre una mesilla. Resa y tres oficiales estaban también ya en el antepalco. La lámpara despedía ahora una luz más fuerte. El cortinón del palco estaba entreabierto y la archiduquesa y la baronesa Mordax se habían levantado también y conversaban con otros dos oficiales.

Mi entrada, como la mayoría de los presentes me daban la espalda, no fue advertida de inmediato.

Resa se acercó a la mesita de los refrigerios y preguntó

a los tres señores presentes si podía ofrecerles algo. Evidentemente estaba encargada de atender a los invitados.

De los tres oficiales del antepalco dos eran austriacos, uno oficial del estado mayor y el otro llevaba la faja de ayudante. El tercer oficial era un capitán alemán de húsares. Se hallaba en actitud solemne; la mano izquierda enguantada se apoyaba sobre su gran sable; con la derecha desnuda sostenía el alto chacó de piel contra la cadera, el guante entre los dedos, agitándolo un poco. Era esbelto y muy alto. Aunque de uniforme gris, llevaba un correaje brillante como plata, algo así como un cinturón de campaña.

Fui al encuentro del ayudante, me incliné y dije que era el alférez tal y cual del regimiento de dragones Las Dos Sicilias. Luego me incliné con rapidez también ante los demás y pedí al ayudante que me presentara a la señorita.

El ayudante, tomado por sorpresa, no tuvo tiempo de asombrarse de mi entrada; quizá encontró algún motivo para mi repentina aparición. Se dirigió a Resa y dijo:

—Permítame, señorita, que le presente al alférez... (aquí murmuró algo, pues evidentemente no había entendido mi apellido) del regimiento de dragones Las Dos Sicilias...

En este momento el oficial del estado mayor puso una mano sobre el brazo del ayudante, que enmudeció, y Resa, que había levantado los ojos, me miró.

El del estado mayor se adelantó dos pasos y se detuvo frente a mí.

—¿Qué desea usted? —preguntó.

—He expresado —dije— el deseo de ser presentado a la señorita.

—¿Quién es usted?

—Ya tuve el honor de manifestarlo —contesté.

—¿Cómo llegó usted hasta aquí?

Señalé la puerta con un gesto de la mano.

—¿Con qué pretexto —preguntó él— desea usted ser presentado a la señorita, sin haber sido presentado a Su Alteza Imperial?

Con la rapidez de esa gente que en estados mayores y séquitos está acostumbrada a defender su posición, se había dado cuenta de la situación. Al menos la intuía. De todos modos, para mí la cosa estaba perdida. Me hice los más amargos reproches por no haber esperado una situación mejor para conocer a Resa. Se produjo un silencio. Resa me miraba con los ojos muy abiertos. Los ojos eran de un azul grisáceo. Ella era esbelta, más alta de lo corriente y, con mucho, una de las más hermosas muchachas que había visto en mi vida. Tuve que darle la razón a Bagration. La encontré maravillosa.

—Entonces —preguntó el oficial del estado mayor—, ¿usted ya ha presentado a Su Alteza Imperial o no?

Tal vez le había asaltado la duda de si después de todo yo tenía derecho a estar allí. Era muy posible que en el palco de una archiduquesa apareciese un alférez que luego resultara ser un príncipe o algo por el estilo, y que podía dar un disgusto a un señor burgués del estado mayor. Hasta pensé por un momento en mi tío abuelo. De todos modos resolví aprovecharme de esta incertidumbre.

—No —dije yo—, todavía no he sido presentado a Su Alteza Imperial, pero ruego a mi teniente coronel que lo haga.

Era de suponer que la archiduquesa no preguntaría

siquiera por qué le era presentado. Si le presentaban a alguien evidentemente había una razón para ello, por lo cual no tenía necesidad de preguntar.

El teniente coronel, en cambio, tenía otra opinión. Inquirió la razón para ello.

—¿Por qué —preguntó él— desea usted ser presentado?

Esta pregunta tuve que dejarla sin contestación. Ahora era de esperar que me reprendiera. Saliéndole al paso, le dije:

—Al menos yo me he presentado a mi teniente coronel y espero ahora que mi teniente coronel, a su vez, aunque no me quiera presentar a Su Alteza Imperial, se me presente a mí.

Por desgracia, este ataque falló por completo o, mejor dicho, produjo un efecto muy distinto al que yo deseaba. Vi enseguida en la cara del teniente coronel que había tomado mi reprimenda menos como una censura de etiqueta que como la mera petulancia de un dragón. Hizo un gesto hacia el oficial adjunto:

—Haz el favor de correr la cortina —dijo, y mientras el oficial cerraba con un gesto rápido el cortinón del palco, se me acercó medio paso más y dijo en voz baja y casi sibilante—: ¿Qué quiere usted? ¿Acaso se ha vuelto loco? ¿Cómo tiene el atrevimiento de introducirse aquí solo para conocer a una señorita? ¿Con qué institución confunde usted el palco de Su Alteza Imperial? Preséntese mañana en la comandancia militar de la ciudad. Pero ahora lárguese inmediatamente.

Vacilé un momento antes de contestar y miré a los demás. Resa había cambiado de color, una llamarada como de indignación había aparecido en sus ojos pero al encontrar mi mirada los bajó enseguida. El ayudante se había quedado cabizbajo y sin expresión, pero alrededor de la boca del húsar hasta creí ver el vestigio de una sonrisa. De todos modos me miraba de un modo muy benévolo. La cosa parecía causarle más gracia que enojo. Yo dije en voz bastante alta:

—El señor teniente coronel no me puede reprochar ninguna falta de etiqueta. Expresé el deseo de ser presentado a la señorita, a lo cual las reglas de etiqueta me dan derecho, y si el señor teniente coronel opina que este no es el lugar indicado, hubiera podido comunicármelo en la forma que corresponde.

—¡No grite así! —dijo sibilante.

—¿Quiere darse cuenta de que no estamos aquí de servicio?

—¡Yo sí!

—¡Pero yo no! Y lo menos que puedo pedir a todo oficial es la cortesía que me es debida.

—Un alférez no es un oficial todavía.

—Pero fuera de servicio cuenta como tal. Y se sobreentiende que los demás oficiales se atendrán a ello.

Quiso contestar algo pero en este momento se abrió la cortina y entró la archiduquesa, seguida por la baronesa Mordax. Los otros dos oficiales con quienes había conversado se acercaron también, poniendo cara de asombro.

—¿Qué es lo que pasa aquí? —preguntó la archiduquesa.

Se produjo un silencio.

—Bueno —inquirió ella—, ¿quién es este joven?

En este momento el capitán de húsares alemán hizo una cosa muy gentil. Me tomó del brazo, me condujo dos pasos hacia la archiduquesa y dijo:

—Permítame Vuestra Alteza Imperial que le presente a un alférez del regimiento de dragones Las Dos Sicilias... Cadete —se dirigió a mí—, no comprendí cómo se llama usted...

Le susurré mi nombre.

—... el alférez Herbert Menis —terminó.

La archiduquesa me alargó su mano para que la besara.

Eso fue demasiado para el teniente coronel. Que el húsar hubiera impedido el escándalo presentándome, se lo tragó; pero el beso de mano no, no se lo tragó. Prefirió arriesgarse al escándalo.

—¡Conde Bottenlauben! —exclamó dirigiéndose al húsar—, ¿cómo puede usted presentar al alférez? ¿No se da usted cuenta de que él no tiene derecho a colarse aquí?

—¿Cómo? —preguntó la archiduquesa—. ¿Quién se ha colado aquí?

—El alférez, Alteza.

—¿El alférez?

—Sí.

—¿Cómo?

—Entró aquí, sencillamente, y pidió ser presentado a la señorita Lang.

La archiduquesa alzó las cejas y me miró primero a mí, luego a Resa. Esta se había puesto colorada como la grana. Quiso decir algo pero no logró articular palabra. Bottenlauben miró al teniente coronel y meneó la cabeza. Yo también me indigné.

—¿Cómo puede el señor teniente coronel —exclamé— poner a la señorita en semejante situación?

—¿Yo? —gritó él lleno de enojo—. Es usted quien la ha puesto en esta situación.

En eso en el fondo tenía razón, pero su disculpa, sin embargo, no produjo efecto. Bajo las miradas de todos los presentes, que de repente ya no se dirigían a mí ni a Resa, sino solo a él, pareció convencerse de que con su comportamiento se había puesto en una situación peor aún que la mía. Recuperó enseguida el dominio de sí mismo, pero se notaba que estaba fuera de sí. Se pasó la mano por la frente. Finalmente la archiduquesa volvió los ojos desde él hacia mí.

—¿Qué significa todo esto? —preguntó—. ¿De verdad entró usted aquí sencillamente para conocer a la señorita Lang? Tranquilícese, querida —dijo luego dirigiéndose a Resa—. No es de extrañar que una joven como usted tenga estos éxitos. Una de las principales razones por las que la acepté en mi círculo más íntimo fue que no le resultaran molestos los esfuerzos de ciertos galanes para acercársele. Era de prever que llamaría usted la atención en todas partes. Sin embargo —y con eso volvió a dirigirse a mí—, el interés del alférez va demasiado lejos. Hace temer más actos irreflexivos de su parte, de los que me creo en el deber de proteger a la señorita. ¿Está usted destinado en la misma ciudad de Belgrado, alférez?

—Sí, Alteza —dije yo.

—¿En un estado mayor?

—Sí, Alteza.

—¿En cuál?

—En el general.

—¿En qué función?

—Ahora soy oficial de servicio.

—¿Y no ha tenido ocasión todavía de conocer a la señorita?

—No, Alteza.

—¿Cómo es posible? ¿Desde cuándo está usted aquí?

—Desde hoy.

—¿Desde hoy solamente?

—Sí, Alteza.

Me pareció como si disimulara una sonrisa.

—¿Bajo el mando de quién están los oficiales de servicio?

—Del comandante Orbeliani, Alteza.

—Mi capitán —dijo ella dirigiéndose al ayudante—, pida usted al comandante Orbeliani que tenga la amabilidad de venir a verme. En caso de que no se halle aquí, que lo manden buscar.

El capitán salió corriendo en dirección a la puerta que conducía al vestíbulo y gritó hacia afuera:

—¡Comandante Orbeliani!

—Por favor, no tan alto, mi capitán —dijo la archiduquesa—; no llame tanto la atención.

Pero era tarde. El ayudante se había lanzado ya a través del público que paseaba por fuera, y seguía llamando al comandante. Otras voces repetían también ya la llamada.

—Cierren la puerta, por favor —dijo la archiduquesa.

La puerta se cerró y se produjo un silencio. La archiduquesa miraba hacia adelante, luego volvió a mirarme de un modo escrutador, y al fin preguntó:

—¿Cómo es que usted, siendo alférez, ha sido nombrado oficial de servicio? No le corresponde.

—Alteza Imperial —contesté yo—, he sido herido y probablemente no quieren exponerme de nuevo a las fatigas del frente.

—¡Ah, sí! —dijo ella, y parecía reflexionar sobre alguna cosa. Creí poder adivinarlo.

—Alteza Imperial —dije en consecuencia—, no era de ningún modo mi deseo ser destinado a un estado mayor. Lo mismo podría prestar ya servicio en el frente. Incluso creo que esta consideración especial respecto a mi salud se debe al deseo de agradar a un señor que por casualidad es pariente mío y que es general de caballería.

Esto iba destinado al teniente coronel. No lo miré siquiera, pero bien pude adivinar que se sintió mal de repente.

—¿Y cómo se llama su pariente? —preguntó la archiduquesa.

—Crenneville, Alteza Imperial —contesté yo. No era posible deducir si esto le interesó. Solo dijo después de un momento:

—Estoy segura, alférez, de que usted deseará pedir perdón a la señorita Lang por la molestia que le ha ocasionado. Pero, para hacerlo, sería necesario que le fuera usted presentado, lo que no se ha producido todavía. El conde Bottenlauben, que me lo ha presentado a mí, seguramente tendrá la bondad de presentarlo ahora también a la señorita.

Bottenlauben se inclinó. Luego, con una sonrisa me volvió a tomar del brazo, me condujo delante de Resa y dijo:

—Señorita, este es el alférez Menis. Me parece que usted ya lo conoce mejor, al menos su inclinación hacia usted, que si se hubiera esforzado durante semanas en atraer su atención.

Resa levantó la mirada que había tenido fija en el suelo, y creí ver en sus ojos algo como un vestigio de lágrimas. Luego, con un gesto lento, vacilante y seductor al mismo tiempo, me dio la mano, mirándome con ojos bien abiertos.

Yo le dije:

—Me sentiría muy desdichado si mi comportamiento significara para usted otra cosa que la prueba —y aquí bajé la voz— de lo maravillosa que es usted.

Siguió mirándome un momento más, luego se ruborizó y volvió a bajar la vista.

—Cadete —murmuró Bottenlauben, que había oído mis últimas palabras—, mejor será que deje para otra ocasión el hacer la corte a la señorita. No dudo que tendrá suerte. —Y con esto me hizo volverme hacia la baronesa Mordax y me presentó a ella también.

La Mordax me miró con ojos sonrientes y estaba a punto de decirme algo cuando se abrió de golpe la puerta y apareció el comandante Orbeliani seguido por el ayudante.

En resumen, la archiduquesa sugirió al mayor ocuparse de que me dieran un servicio en otra parte, al menos fuera de Belgrado, lo más pronto posible.

—Muy bien, Alteza Imperial —retumbó Orbeliani—. Se reintegrará al alférez a su regimiento.

—¿Y dónde se encuentra este regimiento ahora? —preguntó la archiduquesa.

—Según creo, en el frente de Italia.

—Entonces —dijo ella—, no quiero que lo destinen allí. Ha sido herido y todavía necesita cuidado. Procure usted, por favor, que lo manden a alguno de los regimientos que se están rehaciendo en Ucrania.

Esto era una despedida. Nos inclinamos y yo miré por última vez a Resa y me imaginé que había empalidecido un poco. Pero antes de que pudiera comprobar esta impresión, el comandante ya me empujaba por la puerta. El vestíbulo estaba lleno de gente que nos miraba. El incidente debió haberse difundido cuando buscaban a Orbeliani. También estaban presentes Bagration y los demás con quienes había ido al teatro. Bagration se abrió paso hasta mí.

—¡Por Dios, qué has hecho! —me cuchicheó.

Pero Orbeliani seguía empujándome y tuve que caminar.

—¡Desgraciado! —maldijo este—. Parece haberse vuelto usted loco de repente. ¿Qué le ha ocurrido? Por su causa me harán responsable a mí, además de que me pierdo los dos últimos actos.

—Mi comandante —contesté mientras nos traían las pieles—, he oído decir que los dos últimos actos del *Fígaro* no valen tanto como los dos primeros.

—¡Cállese! —gritó Orbeliani empujándome fuera del teatro—. ¡Qué entiende usted de música!

Tuve que correr con él en una especie de trote hasta las dependencias del estado mayor. Esta, para prevenir posibles ataques de aviación, en vez de encontrarse en un edificio oficial y llamativo se hallaba en un grupo de casas burguesas cuyas habitaciones habían sido transformadas en oficinas. Había un servicio de guardia durante la noche, pero, lógicamente, algunos de los señores a quienes Orbeliani tenía que dirigirse no estaban y había que ir a buscarlos. Aparecieron entre maldiciones y colmaron a Orbeliani de reproches porque uno de sus oficiales de servicio se había comportado de semejante modo. Pero Orbeliani gritó:

—¿Quieren dirigirse ustedes mismos al alférez? Hace medio día que está bajo mi mando y no he tenido siquiera ocasión de sacarle los amoríos de la cabeza. Su Alteza Imperial desea que se le destine a Ucrania y allá, por mí, puede portarse como quiera. No estoy aquí para aplacar la fogosidad de mis oficiales. ¡No soy ningún cura!

Pero resultó que los regimientos de caballería que habían estado en Ucrania ya no se encontraban allí. En vista de la amenaza sobre el frente de los Balcanes los habían metido en trenes y llevado hacia el sur. Ahora estaban en el Banato, una división en Eörmenjesch, la otra en Karanschebesch.

—¿En Eörmenjesch y Karanschebesch? —exclamó Orbeliani.

—Sí —le contestaron—. Allá acampan en este momento.

—Pero eso —exclamó— queda en las inmediaciones.

—Sí —le contestaron—, apenas a una jornada de marcha.

—Pero eso queda demasiado cerca. Su Alteza Imperial deseaba que al alférez lo enviaran a Ucrania.

—Es muy posible —le contestaron—. Pero por causa de un mero alférez no se pueden volver a mandar ocho regimientos de caballería casi a las puertas de Asia.

—¡Seguro que su Alteza Imperial no sabía que los regimientos ya no estaban en Ucrania!

¡Claro que no! ¡Qué le importaba a una Alteza Imperial la momentánea posición de los regimientos de caballería! Ni siquiera el mismo Orbeliani estaba al tanto de dónde se hallaban.

Pero de todos modos, le explicaron, Su Alteza Impe-

rial deseaba que me enviaran a los regimientos ucranianos; si ya no estaban en Ucrania, sino en otra parte, yo
tenía que ir a donde estuvieran ahora.

—¡Pero no tan cerca! —exclamó él.

Lejos o cerca —así se le explicó—, de ningún modo
iban a quedarse mucho tiempo donde estaban. Solo esperaban terminar de armarse para marchar al frente.

Orbeliani, al cabo de un momento, preguntó cuál de
los pueblos, al menos, quedaba más lejos de Belgrado,
Eörmenjesch o Karanschebesch.

—Karanschebesch —le dijeron.

Entonces resolvió que por todos los santos me mandaran a Karanschebesch. Era de esperar que Su Alteza
Imperial no se diera cuenta de que me habían enviado
tan cerca. Él, por lo demás, no tenía ganas de seguir
fastidiándose durante horas por mis asuntos, después de
perderse el final del *Fígaro*.

Todavía, sin embargo, transcurrió bastante tiempo
hasta que fue efectivo mi traslado, pues el estado mayor
no tenía derecho a hacerlo y había que esperar el
consentimiento telefónico del ministro de la Guerra, que
solo se consiguió cuando se indicó a Viena que detrás de
todo el asunto estaba el deseo de la archiduquesa. Sería
ya cerca de la una de la madrugada cuando tuve en mis
manos la orden por la cual se me conminaba a incorpo-
rarme inmediatamente al regimiento de dragones María
Isabel.

3

Orbeliani y los señores que habían hablado por teléfono y redactado la orden se retiraron, y tampoco a mí me quedó otra cosa que hacer sino irme también de muy mal humor a mi alojamiento, que estaba situado en casa de unos burgueses en la calle Kossmaysska. Me costó trabajo dar la vuelta a la llave en la puerta, subí a tientas las escaleras oscuras y en la antesala tropecé con gran estrépito contra algo que se atravesaba en mi camino.

—¡Anton! —grité—. ¡A levantarse! ¡A hacer las maletas y dar orden de ensillar! ¡Nos vamos a caballo!

Este Anton era mi criado, un viejo factótum de Ferdinand Crenneville, antaño a su servicio, que había sido llamado a las armas otra vez por causa de la guerra y por deseo especial de Crenneville había sido nombrado asistente mío cuando me hicieron oficial de servicio, aunque un alférez no tiene derecho a un asistente, solo a un ayudante eventual. Crenneville tenía mucha confianza en este hombre, no tanto porque hubiera sido tan perfecto criado como porque lo conocía desde hacía mucho tiempo, y me lo había destinado para que yo tuviera siempre a mi lado a un hombre digno de mayor confianza que un extraño. Esto lo interpretó Anton como si tuviera orden de cuidarme. En efecto, me conocía desde pequeño y nunca se olvidaba de repetir que me había hecho saltar sobre sus rodillas. Era un hombre muy original por varios conceptos. Al terminar su servicio militar al lado de Crenneville, que voluntariamente había prolongado varias veces, fue sirviente de varias casas de categoría y allí adquirió una insólita dignidad; de todos modos ahora, de uniforme, se sentía como un acreditado mayordomo que de un modo transitorio tiene que volver a cumplir las inferiores funciones de asistente de un oficial. Se sentía superior no solo a los demás criados, sino a la mayoría de la humanidad. Era cierto que ejecutaba fielmente todo lo que se le mandaba, pero con cierta renuencia, como para demostrar que se creía el más inteligente y que por eso cedía. A pesar de esas dotes mentales comenzaba a sufrir a veces fallas en la memoria, que se manifestaban, por ejemplo, cuando en sus dilatados relatos de repente no se acordaba de nombres de lugares o personas. Entonces solía hacer una pequeña pausa de gran efecto, castañeteaba los dedos y señalaba a alguno de los presentes que le parecía que debía conocer el nombre en cuestión. Por lo demás llevaba patillas grises, casi blancas; hasta en las más difíciles situaciones tenía el mentón ejemplarmente rasurado; me servía de un modo tan ceremonioso que todo tardaba tres veces más de lo necesario, llevaba siempre guantes de hilo blanco y trataba de introducir continuamente en sus alocuciones dirigidas a mí el *tú,* porque no se hacía a la idea de que yo ya no tuviera cinco años.

Este buen hombre acudió ahora a mis gritos con una camisa, pantalones de montar y zapatillas, con paso lento e indignado, pues estaba convencido de que la razón de que le arrancase de su sueño en medio de la noche solo podía ser alguna locura. Hizo funcionar la llave de la luz que yo en la oscuridad no había encontrado.

—¿Dónde te habías metido? —exclamé—, ¿no me oyes?

—Para servir a usted —contestó—. Ya lo oigo. El señor alférez ha gritado mucho. Ya lo he oído con toda claridad, y no hubiera sido necesario que el señor alférez pisara además los juguetes del pequeño Milan, para hacer más ruido.

Miré al suelo y vi que, en efecto, estaba de pie en medio de un montón de juguetes, un pequeño ferrocarril, rieles, hombrecitos, puentes y edificios de la estación.

—¿Qué quiere decir esto? —pregunté—, ¿quién es el pequeño Milan?

—El hijo de los dueños de la casa —contestó él—. El señor alférez lo habrá despertado a él también, aunque debe estar muy cansado, pues no quería acostarse. Después de cenar tuve que jugar con él al ferrocarril, y no quería dejar el juego, pues ha tomado gran confianza conmigo. Los chicos siempre me tienen confianza, también a ti te hice bailar sobre mis rodillas... señor alférez... pero por desgracia las cosas cambian.

—¿Ah, sí? —dije yo—. ¿Y por qué has dejado estas cosas aquí en el suelo?

—Pensábamos seguir jugando mañana.

—Pero a oscuras es imposible no tropezar con esto.

—Con cierta prudencia se puede evitar, a no ser que uno no sepa ya dónde pisa. ¿No será que el señor alférez ha bebido demasiado?

—¡Tonterías! —dije yo—. Basta ya. Mejor es que te pongas a hacer los equipajes enseguida y luego mandes ensillar. Nos vamos dentro de una hora a más tardar.

Anton me miró un momento, luego puso una cara de infinita superioridad; es decir, se veía en su expresión cómo se apoderaba de todos sus rasgos la convicción de que yo, evidentemente borracho, no decía más que tonterías. En el mejor de los casos creía tal vez que, habiendo consumido cierta cantidad de alcohol, quería por pura broma salir un poco a caballo, como se hace a veces; de todas maneras, después de un ligero carraspeo durante el cual se cubrió la boca con la mano, dijo:

—Ya hace un rato, medio dormido todavía, por así decirlo, creí entender que el señor alférez mandaba hacer los equipajes y ensillar. Tanto más me asombra que el señor alférez repita ahora esta orden, de pie entre los juguetes del pequeño Milan...

Con eso quería manifestar que una orden dada en medio de juguetes no se podía tomar en serio de ninguna manera. También me miraba como quien siendo caballero comprende que también otro caballero puede tener un capricho de caballero. Pues no siempre era severo conmigo, sino que a veces también asumía un aire de camarada con un tacto tan refinado que no le podía reprender. En este caso, por ejemplo, me concedía de buena gana el buen humor que creía ver en mí. Para probarle que me encontraba del peor humor posible salí primero de entre los juguetes y luego le dije:

—Con tu asombro o sin él, mi querido Anton, hay que

empaquetar ahora mismo, ensillar y salir lo más pronto posible. Mañana temprano tenemos que estar ya en Karanschebesch, pues ya no pertenecemos al estado mayor de Belgrado, sino, desde hace casi media hora, al regimiento de dragones María Isabel... no puedo remediarlo.

Mientras yo decía esto, la expresión de divertida superioridad iba desapareciendo de su cara, como si todos sus rasgos hubieran bajado media pulgada; quiso decir algo pero no le salió, y finalmente se limitó a preguntar:

—¿Cómo dice?

—Anton —le respondí—, no puedo volver a repetir incesantemente todo, ni tampoco tengo tiempo; nos vamos a caballo y basta. Ponte a hacer los equipajes, vamos.

—¿Pero adónde nos vamos? —balbuceó.

—A Karanschebesch, ya te lo he dicho.

—¿Adónde? ¿Qué es eso? ¿Y por qué nos vamos allá?

—Órdenes militares.

—¿Pero por qué?

—Porque hay guerra. Déjate de preguntas. Un soldado no debe preguntar. Pareces haberlo olvidado durante el servicio en tus casas de categoría. ¡A hacer los equipajes!... ¡*Avanti!*

Anton parecía no haber comprendido aún.

—Pero si solo estamos aquí desde hoy al mediodía... ¿Cómo puede haber ya una orden para ir a... cómo se llama eso?

—¡Karanschebesch!

—¿... a Karanschebesch? Es muy probable que el señor alférez haya hecho entretanto algo no del todo correcto, un error estratégico o algo por el estilo. Su

Excelencia —se refería a mi tío abuelo— ya decía siempre que solo sirves para una profesión civil, señor alférez...

—¡Cállate! —le grité—. ¿Qué entiendes tú de eso?

—Por supuesto —se quejó él—, algo habrás hecho, probablemente un mal paso, si no ha sido algo todavía peor...

—¡Basta de discusiones! —grité yo—. Te mandé hacer el equipaje y tienes que obedecerme, pues si no lo haces te hago fusilar. Luego ya verás si entiendo algo de la guerra o no.

Con esto abrí de golpe la puerta de mi cuarto y encendí la lámpara. La luz iluminó la mesa.

Sobre la mesa había una carta.

Me acerqué, tomé la carta y la miré. No había llegado por correo, ni por correo de guerra ni por el otro, pues no traía ningún sello. La debía haber entregado un mensajero. Era bastante grande, de papel grueso color marfil y cuando le di vuelta vi que tenía en relieve una corona archiducal y debajo de ella unas iniciales muy enrevesadas.

—¿Cómo llegó esta carta aquí? —grité yo por la puerta.

Anton apareció en el umbral y dijo con una voz a la vez quejumbrosa y reticente:

—Alguien la trajo. ¿No quiere decirme el señor alférez, por fin, cómo es posible que el señor alférez...?

—¡Cállate! —ordené yo—. ¿Quién dejó esto?

—Un lacayo. Llevaba librea y cordones dorados, galones dorados en el...

—¿Cuándo fue eso? —le interrumpí—, ¿a qué hora vino?

—A las once y media, cuando me despertaron por primera vez. El lacayo no sabía dónde iba y tocó el timbre de varias viviendas; luego, con la gente de las demás viviendas detrás, vino aquí, tocó el timbre y nos despertó a todos. ¡Qué noche!

—¿Dejó algún recado más?

—No.

—¿Y tampoco dijo de parte de quién venía?

—No, tampoco. Pero seguro que esta carta está relacionada con eso de que tenemos que salir de aquí e ir a esta... ¿cómo se llama?

Castañeteó los dedos e hizo un gesto hacia mí como invitándome a pronunciar el nombre del lugar donde teníamos que ir. Pero yo lo dejé castañetear y gesticular. Había rasgado la carta. Era de Resa. Evidentemente había sido escrita deprisa, algunas palabras estaban tachadas y la grafía era un poco confusa. Rezaba así:

Le ruego me crea si le digo que la medida que se acaba de tomar contra usted me afecta tanto como a usted mismo. Aunque no puedo suponer que yo tenga la menor culpa en ello, el mero hecho de ser la causa de que lo manden a usted tan lejos me da bastante pena y no quiero que salga usted de Belgrado sin recibir una señal de que me acuerdo de usted, y también de parte de la baronesa M. *R. L.*

Dejé caer la carta mirando un momento al vacío. Un segundo más tarde me dominó el sentimiento de la dicha que probablemente estas líneas anunciaban. Tomé mi resolución en el acto. Antes de dejar Belgrado tenía que volver a hablar con Resa, pues esta carta era una prueba de que sentía por mí más que un mero interés.

Al menos eso me imaginaba. Metí la carta en el bolsillo y ordené:

—Anton, empaqueta todo, pues, y luego te vas al establo y mandas ensillar los tres caballos y que los traigan aquí, frente a la casa. Cargáis todo y esperáis luego con las cinchas flojas. Ahora salgo, pero cuando vuelva tiene que estar todo listo. Nos iremos enseguida.

Dicho esto, y sin hacer caso de las preguntas que Anton intentaba hacerme todavía, me fui.

Me dirigí presuroso a casa de Bagration. Esta misma noche, antes de ir a la Ópera, había estado con él en su casa, pero no recordaba bien dónde quedaba. Antes de encontrarla tuve que tocar el timbre y llamar a la puerta de varias casas.

—Escúchame —le dije, mientras él, sentado en la cama, trataba de espabilarse frotándose los ojos—, escúchame, tengo que saber inmediatamente dónde vive esta Resa Lang. Tengo que verla. Tengo que hablar con ella.

—¡Dios mío, otra vez! —exclamó él—. Ya te han castigado por irrumpir en el palco. Dicen que te van a trasladar.

—Ya me han trasladado —contesté—. Ya debería estar en camino. Pero antes tengo que hablar con Resa. Me ha escrito una carta.

—¿Te ha escrito una carta ya?

—Sí. ¿Dónde vive?

—¿Dónde vive ella?

—Sí, dónde vive ella.

—¡Yo qué sé! Probablemente también en el Konak.

—¿Eso qué es?

—El palacio de los reyes de Serbia, el Hofburg, el Kremlin, el Buckingham Palace de Belgrado. La archiduquesa reside allí, así que también ella debe estar ahí.

—Bagration —dije yo—, levántate enseguida, ve a ese Konak, habla con ella y arréglame una entrevista.

—¡Te has vuelto loco! —exclamó él—. ¿Ahora, a media noche? ¿Al Konak? ¿Para que también me trasladen? ¡Hace falta ser insensato!

—Bagration —repetí—, yo no puedo andar por ahí preguntando por ella, pues hace mucho que tendría que estar en camino, pero tú puedes hacer averiguaciones por mí. De ti no sospechan, no tienes nada que ver con esto. ¡Tienes que hacerlo por mí! ¡Tienes que ir allá, tratar de verla y preguntarle dónde puedo encontrarme con ella, pero enseguida, esta misma noche, pues tengo que marcharme al alba a más tardar!

—Pero debe hacer mucho que está dormida.

—Entonces despiértala. El asunto es importante.

—¿Y si Su Alteza Imperial...?

—¿Qué?

—¿... si llega a saber algo de esto?

—No tiene por qué enterarse de nada. Solo depende de ti, de que obres con suficiente cordura.

—No tengo suficiente cordura, mejor dicho, no tengo suficiente locura para hacer eso.

—Tienes que hacerlo, Bagration.

—¿Es tan indispensable que la veas?

—Sí.

Se quedó un momento sentado en la cama y luego dijo:

—Me traerás la ruina —y se levantó—. ¡Qué horror!

—exclamó mientras se ponía el uniforme—. Levantarse en medio de la noche vale la pena si ello reporta la destrucción de dos regimientos, pero no por causa de tus condenados amoríos. Me van a degradar, eso será el fin.

—Sé bueno, Bagration; tú eres mi amigo, tienes que hacer esto por mí. Desde el primer momento me di cuenta de que podía contar contigo.

Refunfuñó algo incomprensible y terminó por vestirse.

—Ven —le dije—, aquí tienes un cigarrillo. Ahora nos vamos los dos allá, yo me quedo fuera, tú entras y haces lo que te pedí. Luego puedes volver a casa. Pero ahora vamos.

—En buen lío nos estamos metiendo —se quejó él, pero yo ya lo empujaba fuera del cuarto.

Dejamos la casa y salimos a la calle. La luna había salido de entre las nubes, la ciudad yacía en silencio, nuestros pasos resonaban en las calles. Solo tuvimos que andar unos pocos minutos para llegar al Konak. La ciudad no tiene un perímetro amplio. Es, en efecto, pequeña.

Tampoco el Konak es grande. Es un edificio de ese estilo barroco un poco tortuoso de los años ochenta del siglo pasado.

Las filas de ventanas estaban oscuras, solo del portal salía luz. Dos centinelas se hallaban ante él. La luz se reflejaba en sus cascos.

Nos habíamos detenido a una distancia de unos cincuenta pasos, dentro de la sombra proyectada por una casa.

—Entra ahora —le dije a Bagration—, y haz despertar

a alguien de la servidumbre, a no ser que uno de los lacayos esté de guardia por la noche. Pero evita tropezar por todos los medios con un oficial, esté de servicio o no, ni con nadie de la guardia de palacio... en caso de que la haya. Debes atenerte exclusivamente a la servidumbre. Darás una propina grande (y le metí un billete en la mano) y pedirás que despierten a la señorita Lang, pues tienes que hablarle urgentemente. A ella le dices luego que debo irme esta misma noche pero que quisiera hablarle antes, sea como sea. Pregúntale dónde y cómo será esto posible. Explícale que tengo que hablarle forzosamente. En caso de que se niegue dile que no saldré de Belgrado antes de haberle hablado y que la culpa será suya si yo no cumplo las órdenes recibidas, ¿me entiendes? En una palabra: *tengo que hablarle*. Y ahora vete.

Se quedó un momento callado y luego dijo:

—Se diría que ya te has colado en gran número de palacios reales.

—¿Por qué?

—Porque sabes exactamente cómo se hacen las cosas.

—Razón de más —dije— para que te atengas a mis indicaciones y te pongas en camino sin tardar.

Diciendo esto lo empujé a la luz de la luna, y él cruzó la plaza meneando todavía la cabeza y se dirigió al portón.

Aún no había llegado a él cuando los centinelas lo detuvieron. Les dijo algo que yo no entendí, pero no lo dejaron seguir adelante. Dijo algo más, uno de los centinelas contestó, me pareció que hablaban en la lengua eslava del ejército. Duró dos o tres minutos y luego Bagration volvió.

—¿Qué demonio pasa? —le increpé—, ¿por qué has vuelto?

—No me dejan entrar —dijo.

—¿Por qué no?

—Simplemente porque no me dejan entrar. Necesito un pase.

—¿Un pase?

—Sí.

Reflexioné un momento.

—¿Esos centinelas de la puerta —pregunté yo entonces—, son bosnios o algo por el estilo? ¿Dijiste al menos cuando te fuiste que ibas a procurarte un pase?

—No.

—Debiste haberlo dicho. Pero tal vez también sea oportuno así.

—¿Cómo así?

—Así —dije yo—, y saqué mi orden. Probablemente esta gente no sabe leer, al menos en alemán. Les mostrarás esta orden y les dices que es el pase.

—¿Y te parece que lo creerán?

—Sí.

—¿Y si llaman a un oficial? Se dará cuenta enseguida de que no es un pase.

—No habrá oficial, en el peor de los casos un suboficial. Éstos son simples centinelas, no una guardia principal, y el suboficial tampoco sabrá leer alemán, así que vete.

Tomó la orden, dijo que con toda seguridad lo iban a fusilar, pero igualmente se fue.

En el portón mostró la orden. Uno de los centinelas llamó entonces adentro del zaguán y apareció un suboficial que se puso a mirar el documento. Un pase es un papel relativamente pequeño. Una orden, en cambio, un pliego bastante grande, imposible de confundir con un pase común, así que el suboficial no podía aceptarlo como tal. El hecho de que a pesar de todo lo mirase largo rato me demostró primeramente que, en efecto, no sabía leer, al menos en alemán; de lo contrario, habría descubierto rápidamente que tenía en sus manos una orden de traslado. Y segundo: que tal vez suponía que un documento de tamaño tan grande como el que se le mostraba tendría más derecho a entrar en el Konak que un pase común. Podía ser que detrás de esto hubiera algo de importancia extraordinaria y no se podía arriesgar a rechazar al portador. Finalmente volvió a doblar el papel, se lo devolvió a Bagration y le permitió pasar.

Bagration desapareció en el portalón y durante casi una hora no volvió a aparecer.

Yo entretanto fumaba. La luna seguía su marcha en el cielo. Durante un rato las nubes la ocultaron, volvió luego a salir; su luz poco a poco iluminó la fachada del Konak y las hileras de ventanas brillaron.

Acabé por impacientarme, y ya me imaginaba lo que pasaría si habían pescado a Bagration, pero finalmente apareció bajo el portal. Los centinelas saludaron y él cruzó la plaza hacia mí.

—Me tiemblan las rodillas —dijo cuando llegó a mi lado.

—¿Cómo? —pregunté—, ¿qué quiere decir eso?, ¿por qué te tiemblan las rodillas?, ¿hablaste al menos con la señorita Lang?, ¿qué te dijo?

—Escúchame —contestó él—, es decir: aquí tienes, por lo pronto, tu condenada orden. —Y con esto me la puso en la mano—. Deja que te cuente. Pon atención. Primero, cuando llegué al portal apareció, en efecto, un suboficial que evidentemente no sabía leer...

—Ya lo sé —interrumpí—, lo vi.

—¿Lo viste? —dijo—, bueno, me dejó pasar y yo me encontré en un vestíbulo que conducía a un gran patio. A derecha e izquierda el vestíbulo tenía grandes puertas de vidrio detrás de las cuales se veía el comienzo de las escaleras. Ya estaba pensando en subir por una de ellas, pero no sabía dónde iría a dar, así que seguí derecho y salí al patio. Desde este patio otra vez varias puertas daban acceso a la planta baja de la casa, y en el fondo había una gran escalinata que conducía a una especie de terraza...

—No me interesa nada —dije yo— cuántas puertas y escaleras hay, lo que quiero saber es qué conseguiste, así que desembucha.

—¿Quieres dejarme terminar o no? —exclamó—. Ni siquiera sabes todo lo que me ha pasado.

—¿Qué te ha pasado entonces?

—Atiende. Primero subí por la escalinata y llegué a la terraza pero allí encontré cerradas todas las puertas que conducían al interior. Volví a bajar las escaleras y me quedé en el patio mirando por dónde podría ir, pues no podía preguntar a los centinelas. Primero, eso hubiera provocado sospechas...

—¿Por qué? —pregunté yo—. Aun teniendo orden de ir al Konak hubiera sido muy posible que la primera vez no te pudieras orientar. Nada más natural que preguntar.

—Pero los centinelas probablemente no hubiesen sabido nada. ¿Cómo va a saber lo que hay dentro del

Konak un bosnio de centinela ante una puerta y a quien relevan constantemente

—Eso es verdad —le concedí.

—Ya ves. Y además no había nadie. Así que resolví entrar al azar por una de las puertas de acceso del patio. Pero resultó estar cerrada.

—¿Quieres burlarte de mí? —estallé yo—. ¿Qué idioteces me estás contando? ¿Pudiste hablar con la señorita Lang o no? ¡Habla!

—No —dijo—, no pude hablarle.

—¿No?

—No. Solo he podido hablar con la señorita Mordax.

—¿La Mordax?

—Sí, la Mordax.

—¡Habla de una vez! —grité—, el tiempo pasa y yo ya debería haber salido. ¿Qué te dijo la Mordax?

—No mereces —me dijo— que te cuente el trabajo que me costó poder llegar a hablarle...

—No, no lo merezco. Solo quiero saber qué te dijo. ¡Pronto!

—Oye —replicó—, te estás portando de tal modo que renuncio a describirte todo cuanto hice por ti. Solo quiero decirte que tuve que despertar por lo menos a tres o cuatro sirvientes hasta que me condujeron a un lacayo que sabía dónde duermen las damas.

—¿Las damas? ¿Es que duermen las dos en un cuarto?

—Sí. ¿Te molesta? ¿Habías esperado que cada una durmiera sola?

—No esperaba nada, y lo mismo me da que duerman juntas o separadas —dije—. Pero sigue.

—En los corredores —continuó—, no encontré a

nadie. Es decir, todavía a nadie. Más tarde encontraría a alguien, pero eso ya te lo contaré.

—Muy bien —dije yo—, luego. ¿Pero qué pasó entonces?

—Al lacayo —continuó— le di tu propina y le dije que tenía que hablar con la Lang. Claro que a pesar de todo no quiso consentirlo, pero al fin lo convencí de que la despertara. Me condujo a un saloncito y me mandó esperar. Claro que tú tampoco tendrás interés ahora en saber cuántas veces volvió para decirme que la señorita no podía recibirme, y cómo lo convencí para que volviera a entrar y le rogase que me escuchara. Más difícil todavía se hacía todo esto por el hecho de que él tampoco podía realizar estas negociaciones directamente, sino por medio de una doncella, a la que también hubo que despertar del más profundo de los sueños. Cuántas personas han tenido que levantarse esta noche por tu causa; sobrepasa todos los límites. En resumen: al fin apareció la Mordax.

—¡Por fin! —dije yo.

—¡Sí, por fin! Me preguntó qué quería yo, por amor de Dios, de Resa. Le dije que yo no quería nada, solo desearía estar durmiendo en lugar de vagar por el Konak arriesgando mi grado de oficial... En cambio tú, le dije, querías hablar con Resa. Nuevas negociaciones que a ti no te interesarán tampoco, pero que en cambio para mí resultaron muy difíciles... entérate ahora, sin más rodeos, de que al final la Mordax declaró que Resa te iba a recibir.

—¡Bravo! —exclamé—. ¿Y dónde?

—En el mismo cuarto en que yo hablé con la Mordax. El lacayo te espera en el patio para conducirte arriba.

Pero tienes que ser lo más prudente posible, ¿entiendes?, pues en el camino de regreso casi me pescan. Cuando el lacayo y yo volvíamos por el corredor, se abrió de repente una de las puertas y el lacayo me arrastró consigo detrás de un cortinón y envuelta en un batón apareció una extraña figura. El lacayo me dijo en voz baja que era la anciana Excelencia que no podía dormir y paseaba de noche por el palacio, y yo vi...

—Eso no me interesa —le interrumpí—. ¿Dices que el lacayo me espera en el patio? Está bien. Todo lo has hecho muy bien, Bagration, aunque un poco lento. De todas maneras te lo agradezco mucho. Has sido muy amable en hacer esto por mí. Eres mi amigo, te doy las gracias. ¡Adiós!

Con esto y un apretón de manos, lo dejé. Si no hubiese puesto punto final a la conversación probablemente me hubiese seguido contando durante horas por qué le temblaban las rodillas, etcétera. Sea como fuere, resolví evitar en lo posible a la insomne Excelencia que rondaba por los corredores.

—¡Escucha! —exclamó detrás de mí, pero no le hice caso. Realmente ya no tenía tiempo. Me dirigí a los centinelas agitando la orden abierta, saludaron ellos y me dejaron pasar. Tal vez ni siquiera se dieron cuenta de que yo no era Bagration. Atravesé la entrada y salí al patio.

De entre las sombras avanzó un paso el lacayo y me llamó con un gesto. El oro de sus cordones y de su librea brillaba, me acerqué y reconocí al mismo que había estado en el palco. Probablemente también había sido él quien entregó la carta en mi casa.

Sin decir una sola palabra me tomó de la mano, me

condujo a la casa a través de una de las entradas y me hizo subir por una escalera débilmente iluminada. Arriba llegamos a un corredor. Debía ser el mismo por el que la anciana Excelencia hacía sus paseos, pues el lacayo miró cautelosamente en las esquinas y yo también miré a lo largo del corredor. No vimos a nadie, pero a pesar de esto evitamos el corredor, es decir, lo atravesamos con rapidez y entramos por una puerta del lado de enfrente en un cuarto a oscuras. Solo la luz de la luna que desde afuera caía en las plisadas cortinas llenaba el ambiente de un reflejo lechoso. A tientas pasamos de este cuarto a otro y así seguimos atravesando una hilera de cuartos y salas. Decorados fantásticos y pomposos se revelaban en la penumbra. De repente nos encontramos en una sala cuyas ventanas no estaban veladas por cortinas, y la luz lunar, entrando a raudales y en olas de plata, iluminaba un trono coronado por un sombrío dosel. Atravesamos el salón, y aunque nuestras pisadas eran leves producían un eco que repetía el crujir del parquet; las altas paredes lo devolvían como un sinnúmero de trinos. Siguieron dos o tres ambientes todavía, de nuevo casi completamente a oscuras, en los que reinaba un extraño perfume como de muebles rara vez usados y barnices de cuadros viejos. Finalmente el lacayo abrió una puerta, a través de la cual nos llegó la luz. Este debía ser el saloncito que había mencionado Bagration. En su centro, apoyada contra una mesa y de pie, estaba Resa; en un diván de seda detrás de ella se hallaba sentada la Mordax. El lacayo me hizo pasar y se retiró.

Las dos señoritas se envolvían en vaporosos batones, llevaban zapatos de tacón alto pero no medias, y algunas alhajas. Habían tenido tiempo para arreglarse un poquito.

Salí al encuentro de Resa y le besé las manos.

—Perdóneme usted por haberla molestado a estas horas, pero no podía irme sin volverla a ver.

Luego me dirigí a la Mordax:

—¿Tendría usted la bondad, baronesa —le dije—, de dejarnos a solas un par de minutos?

—No —contestó ella—, ya he sido bastante irresponsable al permitir que Resa lo vea. De un momento a otro pueden descubrirlo y si usted se encuentra solo con ella la situación será insostenible. Dígale usted lo que tiene que decirle y luego, por favor, váyase.

—A mí —le contesté— la idea no me parece tan descabellada, pero por otra parte tampoco creo que mejore por la presencia de usted. Y que esta entrevista haya de tener lugar aquí y a esta hora es culpa de las circunstancias, no mía.

—Lo único que usted olvida —dijo ella frunciendo el ceño— es que ha sido usted quien las provocó. Hubiera sido fácil conocer a Resa de otra manera que la que ha dado lugar a esta situación.

—Es posible —dije yo—. Pero mejor es que le agradezca usted esto a ese coronel del estado mayor que ha provocado el escándalo, y no a mí. Yo no tenía por qué contar con la posibilidad de encontrarme con semejante bestia, ¿y quiere tener además la gentileza de decirme hasta qué punto es de su incumbencia si la señorita Resa debe concederme o no esta entrevista que usted está impidiendo?

La Mordax quiso replicar enojada pero Resa intervino prestamente:

—Es solo la amistad lo que ha inducido a la baronesa a aconsejarme en este asunto. Yo hubiese hecho lo mismo si se tratase de ella. Además, la baronesa se encuentra aquí por mi deseo.

—Sería bueno —dije yo— que ahora se retirase en contra del expreso deseo de usted.

Esa descortesía a la que me vi forzado fue tan directa que la Mordax se quedó sin habla. Con eso ya había contado. Se produjo un silencio, porque Resa tampoco dijo nada. Mi conclusión fue que la Mordax no estaba aquí solo por voluntad de Resa, al menos me pareció que Resa hubiera aceptado ahora que la otra se fuera, pues ya había sacrificado bastante a las apariencias. En vez de esto la Mordax se limitó a menear la cabeza y dijo al fin:

—Usted de veras es... es de un descaro inconcebible.

—Escúcheme, baronesa —dije—, estoy convencido de que su excelente educación le impide concebir que se pueda dejar sola a una señorita cuando quiere conversar con alguien. Sin embargo, existen casos. No tiene necesidad de defender a su amiga hasta el último aliento de sus fuerzas. Mi respeto por la señorita Resa es demasiado grande para no suponer que ella sola sabrá guardarse muy bien. ¿No lo cree usted?

—¡Claro que sí —exclamó ella—, pero también sé muy bien las precauciones que hay que tomar con usted!

—Baronesa —dije—, usted no habla como una joven amiga de Resa, sino como una vieja canonesa. No sea ridícula —me acerqué al sofá en que estaba sentada y la hice levantar—. Venga —le dije—, le doy mi palabra de honor que no voy a hablar con la señorita Resa de otro modo que si usted estuviera presente, pero váyase.

Puede tener la seguridad de que personalmente lamento muchísimo su ausencia. Puede retirarse tranquila. Dentro de diez minutos Resa estará con usted.

Diciendo esto la acompañé hasta la puerta. Ella se dejó conducir, mirándome. Ya en el umbral, se volvió hacia mí, se encogió de hombros y agarró con la mano el picaporte a sus espaldas. Luego dijo, después de haber permanecido un instante inmóvil:

—Bueno, como quiera, pero que Resa tenga cuidado con usted.

Abrió entonces la puerta con un rápido movimiento y se fue. La seguí un momento con la mirada; luego me dirigí a Resa mirándola a los ojos. Ella bajó la vista al suelo. Me acerqué, volví a tomar sus manos y las besé.

—Tengo que agradecerle tantas cosas —dije—: la manera en que usted ha perdonado mi falta de respeto, la simpatía que me ha manifestado con su carta y la bondad con que me ha concedido esta entrevista. Realmente yo no hubiera podido irme de aquí sin haberla visto una vez más.

—Usted no tiene que agradecerme nada —dijo ella—, me siento muy triste por ser la causa de que lo destinen ahora a otra parte.

—Puesto que su irresistible encanto no me dejó otra salida que acercarme a usted de un modo tan irreflexivo, tal vez la culpa sea suya. Y gustoso cargaría yo con todas las consecuencias si estas no fueran por desgracia tales que me impiden volver a verla.

—También yo lo siento —dijo ella, y una ráfaga de rubor pasó por su cara.

—Sin embargo —añadí, al mismo tiempo que oprimía

sus manos—, las cosas no pueden quedar así. De usted depende el que volvamos a vernos o no.

—¿De qué modo? —preguntó ella—. ¿Qué quiere usted decir con eso?

—Los regimientos ucranianos —le dije—, a los cuales me han destinado, ya no están en Ucrania. Ahora se encuentran acampados en el Banato, solo a unas cuantas horas de aquí. En vez de tener que alejarme cientos de jornadas, solamente quedaré separado de usted por una jornada corta. Parece que el destino nos favorece y no deberíamos contrariarlo, sino aprovechar la oportunidad que nos ofrece en uno de sus fantásticos caprichos, pues no siempre está de tan buen humor.

Levantó los ojos. Si entonces hubiese podido adivinar que el destino no quería su felicidad, sino la tragedia inexplicable y por eso más torturante de nuestro amor, hubiera debido mandarme marchar inmediatamente. En vez de esto guardó silencio y yo continué:

—El regimiento adonde me han destinado se encuentra en un pueblecito llamado Karanschebesch. De allá debe ser posible, cabalgando al galope y teniendo ocasión de cambiar los caballos, llegar a Belgrado en una noche, sobre todo ahora que las noches se están haciendo más largas, permanecer aquí un rato y estar de vuelta antes de que amanezca. Si usted accede a volver a verme podríamos encontrarnos otra vez mañana por la noche.

—¡Pero no —exclamó ella—, no debe usted hacer eso! Si lo han mandado afuera es solo para que no nos volvamos a ver. Piense usted en lo que le espera si lo ven de nuevo por aquí.

—No, no me verán —dije—; lo mismo que no saben

que todavía estoy aquí tampoco sabrán que mañana estaré de nuevo.

—Pero le puede pasar algo en el camino... puede usted tener un accidente o sucederle alguna otra cosa que lo detenga y si luego por la mañana no está de vuelta... y además es imposible que haga usted dos jornadas en una sola noche.

—¿Por qué no? Dispongo de tres caballos. Uno de ellos, a primera hora de la tarde, lo mando al paso a Belgrado con el caballerizo que me esperará aquí. En el segundo caballo salgo yo de Karanschebesch por la noche, apenas quede libre y en el momento en que mi ausencia ya no se note. Si vengo al galope, con cortos intervalos al trote, llegaré aquí hacia la una. A las tres vuelvo a montar el otro caballo y al romper el alba estaré de vuelta en Karanschebesch. El caballo que me trajo lo mando llevar de vuelta al paso. Los caballos soportan fácilmente estas exigencias y durante las cacerías a veces se galopa horas enteras. La distancia no es tan grande. Una jornada se cuenta en general al paso, con algo de trote. ¿Y qué me puede pasar durante el camino? Un caballo no es un automóvil que puede sufrir una avería en los neumáticos. Se puede quedar cojo, bueno, pero si me pasa eso en el camino de ida dejo de venir esa noche y vengo a la siguiente. Si me pasa en el camino de vuelta, tengo que fastidiarme. Además, los caballos no quedan cojos mientras van al galope y sus músculos están calientes, es decir, la lesión no se hace patente enseguida. Solo se manifiesta cuando el caballo está de vuelta en el establo. Cuando uno vuelve a sacarlo se da cuenta entonces de que anda mal. Yo adoro los caballos, y sin embargo confieso que por usted arruinaría a un escuadrón entero, ¿no lo ve?

Ella seguía callada.

—¿Qué dice? —pregunté, teniendo todavía sus manos entre las mías.

—Puede suponer —dijo al fin— que yo también quisiera volver a verlo, pero no puedo permitir que haga usted semejante cosa por mi causa.

—Me lo permita usted o no, lo haré de todos modos. Pues aunque usted no me conceda ninguna entrevista, trataré por todos los medios de volver a verla. Sea como sea mañana por la noche estaré en Belgrado de nuevo. Si se niega usted a verme no por eso reduce de ningún modo el peligro que voy a correr, sino que me lo ocasiona. Si usted consiente en verme, no hay peligro alguno. Ya ve que podemos conversar aquí sin que nadie nos descubra. El peligro nace solo si tengo que abrirme paso hasta usted contra su voluntad, pues en ese caso tendré que correr el riesgo de despertar gente aquí en Konak hasta llegar a usted. En resumen, mejor será que no nos veamos aquí sino en otra parte. Llamará menos la atención que salga usted del Konak que no que yo entre aquí. Si usted me lo permite le pediré a Bagration que ponga su casa a nuestra disposición para vernos allí. Mi alojamiento supongo que mañana ya estará ocupado por otro...

—No —gritó ella—, eso es imposible.

—¿Por qué?

—No podría ausentarme por tanto tiempo. La señorita Mordax es mi amiga, pero estoy segura... mejor dicho, justo por eso estoy convencida de que nunca permitiría que yo... que yo me fuera de aquí. Seguramente haría algo para impedirlo. De veras, únicamente podría... verlo aquí otra vez... por unos minutos.

Dijo eso sin mirarme. Resolví contentarme con esta promesa. Me hubiera parecido una grave falta de tacto no concederle el recato que se debía a sí misma.

—Le doy las gracias —dije yo—, acaso usted no sabe lo feliz que me hace solo con eso. Entonces mañana, a la una de la noche, estaré aquí otra vez. Únicamente me preocupa que la situación pueda causarle a usted alguna dificultad. ¿No es posible que alguien de la casa, por casualidad...?

—Espero que no —dijo ella—. Es verdad que el dormitorio de la archiduquesa queda separado del nuestro solo por un salón, pero no es probable que entre de noche en nuestro dormitorio ni en este salón. Pero aunque así fuera... estoy dispuesta a cargar con las consecuencias, con tal de que usted... para que otra vez... únicamente pienso en los peligros a que usted se expone...

—¡Resa! —dije yo—, nunca hubiera imaginado que iba a salir de aquí con el corazón tan ligero.

Nos miramos a los ojos durante un momento.

—Retírese ahora —me rogó entonces—, yo tengo que regresar y también usted tiene que irse. Dé instrucciones al lacayo para que esté mañana en su puesto. Yo lo esperaré aquí mismo a partir de la una de la madrugada.

—Pero sin la señorita Mordax —dije yo.

Contestó con una sonrisa:

—Bueno, sin la señorita Mordax. Que le vaya bien; hasta luego —agregó.

Besé con arrebato sus manos, que tenía apresadas entre las mías, y me fui. Ella me siguió con la mirada.

Detrás de la puerta me esperaba el lacayo. Inmediatamente me tomó de la mano y me condujo de vuelta, esta vez por el corredor. Era de suponer que la Excelencia insomne se había tranquilizado.

Cuando llegamos de vuelta al patio, le ordené que me esperase a la noche siguiente en aquel mismo lugar a partir de las doce y media. Con eso deslicé en su mano una propina importante. Luego dejé el Konak. Los centinelas —habían sido relevados entretanto— saludaron y me dejaron pasar.

Me dirigí rápidamente a mi alojamiento. Ya desde lejos vi a la luz de un farol los caballos parados delante de mi puerta. Cuando el palafrenero me vio llegar se puso a apretar las cinchas. Anton, con el correaje y la pistola en la mano, vino a mi encuentro. Su aspecto manifestaba descontento, tal vez estaba cansado de veras.

—¿Qué hora es? —pregunté.

—Las cuatro y media casi —dijo él—. Ya creíamos que el señor alférez había caído en alguna zanja y que no vendría más.

—No te aflijas —le dije—, ahora mismo nos vamos. A las nueve, a más tardar, estaremos en nuestro nuevo alojamiento. Luego podrás dormir a tus anchas, mi viejo, y durante los próximos días puedes estar seguro de que no te volveré a despertar.

Diciendo esto le di unas palmaditas en el hombro. Él refunfuñó algo mientras me ceñía el correaje con la pistola; parecía conmovido. Entretanto el palafrenero había terminado de disponer las monturas y bajó los estribos, cuyas correas restallaron.

—Si al menos el señor alférez me quisiera explicar qué ha pasado —dijo Anton.

—Nada —contesté—, no pasó nada. Nos han destinado a otra parte, eso es todo.

Di una vuelta alrededor de los caballos para ver si todo estaba bien; los animales piafaban en silencio. Eran mi corcel morcillo, un pesado caballo de caza llamado *Mazzepa* y dos caballos de servicio, *Phase* y *Honvedhusar*. Los tres llevaban pesada carga y tenían también encima nuestras mantas y cascos. Detrás, a la derecha de las sillas, colgaban los sables.

El palafrenero y Anton, con sus pellizas puestas, llevaban las carabinas terciadas y la bolsa de provisiones, y en sus costados tintineaban la bayoneta, el cuchillo y el azadón. Pues en realidad no eran sirvientes, sino unos dragones que me habían sido asignados como ordenanzas. Anton, con sus patillas blancas, tenía el aspecto de un anciano distinguido al que por alguna razón se le hubiera ocurrido armarse.

Cerré el cuello de piel de mi capote y anudé los cordones semidorados alrededor, para evitar que algún superior que pudiese hallar en mi camino me afeara el descuido de llevarlos sueltos. ¡Por no hablar del coronel ante el que tenía que presentarme!

Revisé también el equipo de los ordenanzas. Todo estaba en orden. Anton me colgó del cuello los gemelos y la máscara antigás. Puse pie en el estribo mientras mi caballerizo sujetaba el opuesto. Cuando sintió la carga, *Mazzepa*, sufrió un ligero estremecimiento y emitió un resoplido parecido al de una máquina grande y fuerte. Luego nos pusimos en camino, al paso, sobre el pavimento, en dirección al Danubio.

4

Aguas abajo de la fortaleza se habían tendido dos poderosos puentes paralelos de barcazas a través del río, desde los cuales unos caminos de troncos conducían hacia el norte atravesando los pantanos. Fue por esos puentes por donde las tropas y el material de guerra se habían llevado a la ciudad durante el tiempo en que estuvo derrumbado el puente del ferrocarril, que desde Semlin y río arriba de la Gran Isla de la Guerra atraviesa el Save que aquí desemboca. Pese a que el puente de hierro se había reparado, se habían conservado los dos puentes de barcazas; los consideraban de gran importancia para la comunicación con el Banato, pues anteriormente no había habido aquí más que un transbordador.

Los puentes consistían en unos pontones anclados en el río y cubiertos por fuertes planchadas. El Danubio allí tiene mil pasos, o más, de ancho. La construcción de estos puentes había sido una empresa extraordinaria de los zapadores. Distaban uno del otro casi doscientos pasos. Al principio solo había uno, pero luego, al verse que era demasiado estrecho para sostener tanta impedimenta, habían construido el segundo.

El aire que nos daba en la cara cuando bajamos a caballo hasta el río era tibio y húmedo y el pavimento, donde lo había, también estaba cada vez más brillante con la humedad. De los techos seguían cayendo gotas que formaban sobre las aceras franjas cuyos reflejos se prolongaban a lo largo de las paredes, en lo alto de las cuales sobresalían los aleros de los tejados. La luna en descenso llenaba de un pálido reflejo color cereza nieblas y vapores extendidos sobre el río, y en lo alto, por encima de todo, se desvanecía lentamente un enorme arcoíris.

El puente situado más al oeste, adonde llegamos en primer lugar, resultó estar cerrado de noche. Un centinela nos indicó que debíamos pasar por el otro. Allí mostré mi orden, nos dejaron pasar y entramos en él. Debajo de los cascos de nuestros caballos resonaban las planchadas. La luna, que en ese momento desaparecía con un fulgor sombrío, lanzó un rayo resplandeciente sobre el agua y desapareció. Gigantesco, oscuro y poderoso pasaba el río por debajo de nosotros.

Tuvimos que cabalgar al paso casi diez minutos hasta llegar a la otra orilla. Nos salió al encuentro un aire escalofriante, como si el viento matinal se despertara. Todavía tardamos un cuarto de hora en pasar los caminos de troncos; luego nos pusimos al trote.

Nos orientamos por la franja clara de la carretera y todo en rededor se extendía sin límites en la planicie oscura bajo la luz de las estrellas. Hacia las seis empezó a clarear. Ahora ya no teníamos tiempo que perder y nos lanzamos al galope.

La carretera era blanda, arenosa, y se ensanchaba cada vez más cuanto más nos internábamos en terreno seco. También en los pueblecillos por donde pasábamos era enormemente ancha y producía la impresión de una plaza rodeada de casas bajas. Retomamos el trote varias veces, pero siempre volvíamos a galopar. A las siete se levantó el sol. A las ocho llegamos a Eörmenjesch.

Aquí, en el pueblo mismo y en sus alrededores, acampaba una división de húsares compuesta por los regimientos Palffy, Reina, Peyatschevitech y Conde de Flandes. Los hombres estaban a punto de sacar los caballos de los establos de las casas campesinas y montarlos. Pregunté si la división se ponía en marcha. El sargento primero, a quien me había dirigido, contestó echándome una mirada muy rara:

—No, esta división no se va a poner en marcha, solo han ordenado salir de maniobras.

—¿De veras? —dije yo con cierto asombro por su extraño comportamiento. Sin embargo, por alguna razón que no comprendí bien, dejé de hacerle preguntas. Solo me informé sobre la distancia que nos separaba de Karanschebesch.

—Más de una hora —me respondió.

Al salir del pueblo pasamos al lado de un grupo de oficiales que fumaban cigarrillos cerca de sus caballos. Ya habíamos vuelto a galopar y, cuando con un saludo pasamos rápido por su lado, todos nos siguieron con la mirada.

El paisaje presentaba ahora campos de pastoreo, prados y sembrados; había también grupos de acacias y otros árboles y campos de maíz donde todavía se veían los grandes tallos quebradizos. Sobre las verjas de una granja aislada, una especie de alquería por donde pasamos, colgaban girasoles. A la derecha de la carretera, a

lo lejos, vimos una gran casa de campo, a la que conducía una amplia alameda; atravesamos un numeroso rebaño de ganado gris y blanco que pastaba. De vez en
cuando se veían aljibes y también dos o tres molinos de
viento. Los velos plateados del otoño flotaban en el
cielo. El tiempo se puso bastante caluroso.

Hacia las nueve vimos Karanschebesch a lo lejos y
pocos minutos después habíamos llegado a la entrada
del pueblo. Los caballos estaban cubiertos de manchas
de espuma y sudor, en parte frescas y en parte resecas, de
un color blancuzco.

—Aquí lo tenemos —dijo Anton.

Trotamos de nuevo. El pueblo, al parecer, era bastante
extenso. La calle principal era insólitamente ancha, de
casi ciento cincuenta pasos. Vi algunos hombres hara-
ganeando delante de las casas y pregunté a un cabo cuál
era el regimiento acuartelado allí.

—Aquí —me dijo— están acuartelados los ulanos de
Toscana, un poco más adelante el regimiento de dragones María Isabel; en el pueblo vecino de Czepreg acampa
la otra brigada: los regimientos de dragones Royal Allemand y Conde de Keith.

—¿Y la comandancia de la división? —pregunté yo.

—En la casa señorial, al otro extremo del pueblo.

Pregunté si los regimientos habían salido de los cuarteles.

—Los ulanos ya han salido —dijo—, pero por poco
tiempo; ahora estaban cuidando los caballos e inspec-
cionaban sillas y carga, pues parecía que pronto se iban
a marchar de aquí. —Al decir esto me miró de reojo con
una expresión parecida a la del sargento de Eörmenjesch.

—¿Ah, sí? —pregunté yo—, ¿y cuándo?

Contestó que no lo sabía y se encogió de hombros.

Este comportamiento me pareció muy extraño y le dije bruscamente que hiciera el favor de no encogerse de hombros cuando se le hablaba. Le pregunté dónde estaban los dragones.

Me contestó que el coronel estaba pasando revista a los escuadrones y bajó la mirada al suelo.

Continué mirándolo un momento más y volví a poner en marcha mi caballo. A mis espaldas, oí el ruido de sus espuelas al ponerse firme. ¡Rara clase de suboficiales tienen aquí! —pensé—. La noticia de que pronto nos iríamos me había sacado de quicio. ¡Quién podía saber adónde se dirigían los regimientos! De todos modos lejos de Belgrado. Era posible que tal vez no volviera a ver a Resa nunca más. Tan absorto estaba en esta desagradable idea que no advertí un escuadrón de dragones en formación hasta que ya estaba en sus proximidades.

El escuadrón, con los cascos puestos, la pelliza sobre los hombros y evidentemente con completa carga y armamento, se hallaba de espaldas a una de las filas de casas formando una línea larga, y el coronel, acompañado por unos cuantos jinetes, estaba a caballo frente a la formación, mirándola.

Me acerqué a él al galope, seguido por mis asistentes, y me presenté como agregado a su regimiento.

Primero me miró un momento a mí, luego miró a nuestros caballos, luego otra vez a mí. Finalmente me alargó la mano.

—Usted no solamente me ha sido agregado —dijo—, sino que se incorporará al regimiento. ¿Por qué ha galopado? —agregó.

—Tenía orden —dije yo—, de presentarme aquí tan pronto como fuera posible.

Era evidente que ya le habían comunicado por teléfono mi llegada y además que no solo me habían agregado al regimiento, sino que me habían incorporado a él de modo permanente; pero no le habían informado del motivo. Parecía sentir curiosidad, pues me miró inquisitivamente, aunque no me hizo preguntas directas.

—¿Cómo está Su Excelencia Crenneville? —preguntó.

Así que conocía este parentesco. Se veía que con ese rodeo trataba de averiguar algo.

—Gracias, mi coronel —dije yo—, Su Excelencia está perfectamente. —La verdad es que hacía meses que no había visto a Crenneville, así que mi contestación no fue nada explícita.

—¿Qué caballos son estos? —preguntó.

—El mío particular —dije—, y dos de servicio.

—¿Y los ordenanzas?

—Los ordenanzas pertenecen a los dragones de Las Dos Sicilias y me han sido asignados.

—¿Y también se incorporan a nosotros? —preguntó él dirigiéndose a su ayudante.

—Sí, mi coronel —dijo este.

Se hizo un silencio. Miré al coronel; era de elevada estatura, flaco, y su cara manifestaba señales de decaimiento. Levantó repetidamente las bridas para dejarlas caer luego sobre el cuello del caballo. Parecía reflexionar sobre algo.

—Preséntese —dijo entonces— a los oficiales.

Estos eran: el comandante del escuadrón al que se pasaba revista, el capitán príncipe Czartoryski, que se hallaba al lado del coronel, el ayudante teniente Klein y el alférez conde Von Heister.

El alférez llevaba una cosa extraña; nunca había visto nada igual. De la parte superior de un largo bastón parecido a una lanza, que llevaba en su derecha y apoyaba en el estribo, colgaba un poco más arriba de su cabeza un trozo de tela de colores desvaídos, resplandeciente aquí y allá con unos bordados en metal deslucidos, y atado más arriba tenía todo un manojo de cintas o bandas igualmente ajadas.

Mientras el coronel hacía avanzar su caballo unos cuantos pasos, seguido por el alférez, y Czartoryski daba orden de pie a tierra al escuadrón, pregunté al ayudante qué era lo que llevaba el alférez.

—El estandarte —contestó él.

—¿El estandarte?

—Sí.

Entretanto el escuadrón se había apeado y Czartoryski mandó que cada hombre condujera su caballo por separado ante el coronel.

Yo miraba el estandarte y noté un destello que salía de su punta, adornada con una hoja dorada en forma de lanza.

Mientras los hombres conducían sus caballos uno a uno ante el coronel indicando su nombre, y este examinaba cuidadosamente el equipo de jinete y montura, pregunté al ayudante cómo era que de repente había de nuevo estandarte.

—Pero si siempre los ha habido —dijo él.

—Sí, pero ya no se veían, solían dejarlos en casa.

—No —dijo él—, se han llevado siempre con la impedimenta.

—¿Y por qué vuelven a sacarse ahora?

—Para mostrar algo a los hombres —contestó él— a lo que tengan que guardar fidelidad.

—¿Ah, sí? —pregunté—, ¿y eso por qué?

—Porque la tropa, a decir verdad, ya no es muy digna de confianza —me informó.

Lo miré con asombro.

—¿Qué clase de tropa tenéis aquí? —pregunté yo.

—Polacos y ucranianos.

—¿Ya ha habido deserciones?

—Sí.

Yo ya había oído que ahora eran más frecuentes que antes. Mientras proseguía la revista volví a mirar el estandarte. Era pequeño, un brocado de no más de dos palmos cuadrados. Lo que llevaba no se veía bien porque pendía en pliegues.

—¿Qué cintas son esas que tiene arriba? —pregunté.

—Cintas de estandarte —contestó él—, dedicatorias de patronos del regimiento, soberanos y demás. Llevan bordados divisas y lemas.

—¿Y qué tiene bordado el estandarte?

—Por un lado el águila bicéfala, por el otro un santo. Creo que es San Miguel.

—Debe ser muy viejo —dije yo.

—Muy viejo. Ciento cincuenta años o más.

Al oír eso sentí como si alguien me hubiera dado una palmada sobre el corazón. Pensar que este pequeño trozo de tela había flameado en tantas batallas y combates y sobre la muerte de millares...

—Este todavía es —continuó él— un estandarte de coraceros. Es que originariamente fuimos un regimiento de coraceros, y solo más tarde nos convertimos en un regimiento de dragones. Los estandartes de los coraceros (al comienzo cada regimiento tenía diez de estos, luego cinco, al final uno solo) eran cuadrados; los de los húsares y ulanos, en forma de banderín con dos puntas. Los dragones al principio tenían banderas. Por eso los portaestandartes se llaman también abanderados. Más tarde el estandarte fue llevado por el sargento primero. Pero ahora vuelve a llevarlo el alférez más antiguo del regimiento.

—¿Heister?

—Sí. Es mayor que tú, de lo contrario tendrías que llevarlo tú.

—¿Ah, sí? —dije yo. Y de repente no supe qué más decir—. ¿Se va a poner pronto en marcha el regimiento? —pregunté al fin.

—¿Adónde? —preguntó él asombrado—. ¿Al frente? No, quiero decir, tal vez. Pero por el momento todavía no. Aún no ha llegado la orden.

Me admiraba que él pareciera no estar enterado aún de lo que los suboficiales de los demás regimientos sabían ya. Tal vez solo se lo habían imaginado. Sin embargo, ocurría algo raro en el frente; la tropa sabía las cosas por venir casi siempre antes que los oficiales. Podía ser que solo las adivinara, pero en la mayoría de los casos acertaba. En suma, tampoco era difícil adivinar que los regimientos pronto se pondrían en marcha. Se los necesitaba en el frente. Sin embargo, a veces pasaban semanas antes de que ciertas tropas fueran utilizadas.

Al menos me parecía seguro que esa noche aún podría ir a Belgrado.

Entretanto, delante de nosotros proseguía la inspección. Algunas veces, si el coronel, haciendo una comprobación aleatoria, se daba cuenta de que algún dragón se había comido una de las raciones de reserva, o si veía que alguno había sobrecargado su equipaje con cosas que él consideraba útiles, pero que no lo eran en absoluto, había gritos. Es que a la gente le gustaba conservar todo cuanto encontraba: clavos torcidos, latas de sardinas vacías, herraduras de caballo viejas y cosas por el estilo, y cuando les preguntaban por qué cargaban con todo eso, decían que en casa les sería de utilidad. El coronel gritó ostentosamente que no habrían de volver a casa tan pronto, sino después del final victorioso de la campaña. Se produjo luego un silencio amenazador. La tropa miraba al coronel cara a cara, según lo prescrito, pero era difícil decir lo que expresaban sus miradas.

Yo volví a mirar el estandarte. Ahora me interesaba de un modo muy diferente. Verdad era que había visto ya numerosas enseñas, sobre todo banderas de infantería, por ejemplo delante de la guardia en el patio interior del palacio imperial o en salas con paredes decoradas con trofeos. Tal vez entre ellos había habido también estandartes, pero nosotros, que en aquel entonces éramos niños todavía, al mirar esos líos ajados y rotos de seda vieja, solo habíamos tratado de adivinar por dónde habían pasado las balas de cañón, y no nos suscitaban muchas evocaciones; pero a este estandarte de un regimiento que existía aún, que estaba aún en combate, que era mi regimiento, lo miré con ojos muy diferentes. Este trocito de tela, modesto en su orgullo y al que se trataba con deferencia, representaba grandes y sangrientas glorias. Yo también sabía ahora ya lo que significaba verter la propia sangre. Incontables seres debían haber perdido

bienes, familia y la vida para llevar esta enseña ha<
victoria. Y mientras miraba la mano enguantada de
Heister empuñando el asta, me imaginé que veía también las otras muchas manos con guantelete de un blanco fantasmal que habían sostenido el estandarte antes
que él, las de los caídos a quienes se les había escapado
el asta y las que se habían alargado para recogerlo...,
toda una maraña de manos que habían sostenido en
alto una sola cosa: el honor.

La revista se estaba terminando, y mientras Czartoryski daba la voz de mando de montar, el cornetín del
regimiento se llevó la corneta a la boca y produjo un
sonido más alto que las trompetas de los escuadrones.
Primero tocó una sola llamada simple y luego la señal
de «adelante». Deduje que ahora debía avanzar el escuadrón que en el regimiento llevaba el número uno. Y,
en efecto, un escuadrón que había visto esperando más
arriba se puso en movimiento hacia nosotros.

—Czartoryski —dijo el coronel—, ¿no es cierto que
ya tienes dos oficiales como comandantes de sección, y
mañana vuelve también Schussler?

—Así es —dijo Czartoryski.

—De manera que vamos a meter al alférez (se refería
a mí) en otro escuadrón.

En esto Czartoryski se retiró y el otro escuadrón, en
fila de a cuatro, se acercó. Se alinearon frente al coronel.
¿Y quién era una figura alta y delgada que vi ya de lejos
cabalgar a la cabeza con su enorme chacó de zarigüeya
adornado con la estrella de la guardia imperial? El húsar
alemán Bottenlauben, a quien había conocido el día anterior en el palco de la archiduquesa. Cuando el desfile
del escuadrón hubo terminado, mandó sacar los sables,

que salieron de las vainas como un vuelo de rayos resplandecientes y quedaron apoyados sobre los muslos; luego dio la voz de mando: «¡A la derecha!», cabalgó en dirección al coronel, saludó con su gran sable arqueado y pronunció, con una voz que excluía toda contradicción, el número de sus jinetes.

Dominaba muy bien las voces de mando austriacas. Quedé sumamente admirado de verlo aquí. El coronel ordenó envainar y Bottenlauben repitió la orden mientras envainaba él al mismo tiempo. Entonces el coronel le dio la mano. En ese mismo momento Bottenlauben me vio y me saludó sonriendo con una leve inclinación de cabeza. El coronel, asombrado, se dio la vuelta. Yo contesté al saludo.

—¿Conoce usted al alférez? —preguntó él.

—De Belgrado —dijo Bottenlauben, y volvió a sonreír.

—¿Ah, sí? —dijo el coronel, sin por ello saber de mí más que antes. Un momento después mandó descabalgar y conducir uno a uno los caballos ante él para su inspección. Mientras Bottenlauben daba las órdenes pertinentes, yo me incliné hacia el ayudante y le pregunté cómo había venido a dar aquí ese húsar alemán.

—Es —me contestó el ayudante— el conde Otto von Bottenlauben y Henneberg, de los húsares de Grossenhain, que nos llegó como oficial de intercambio y nosotros a la vez hemos mandado al capitán barón de Dieudonné a los de Grossenhain, que es un regimiento de la guardia de Sajonia. Está con nosotros desde hace ya varias semanas, es decir, todo este tiempo lo ha pasado en el tren, pues apenas había llegado a Ucrania cuando nos metimos de nuevo en los vagones para venir hasta aquí. ¿Tú lo conoces? Es verdad que ayer estuvo en Belgrado; una archiduquesa lo invitó a acompañarla al teatro, pues es un gran señor, anteriormente un grande del imperio, emparentado con casas reales. Pero es un hombre muy divertido.

Entretanto proseguía la revista del escuadrón. El coronel volvió a hacer algunas comprobaciones, pero esta vez lo encontró todo en orden, y Bottenlauben se permitió en esta ocasión observar que había «disciplinado» a la tropa. El coronel, que en general le daba un trato distinguido, lo alabó mucho.

—Tenemos orden —me dijo en voz baja el ayudante— de tratarlo con gran cortesía. También Dieudonné nos escribe que los húsares de Grossenhain le guardan toda clase de consideraciones.

—¡Claro! —contesté yo—. Si es un hombre encantador... estoy hablando de Bottenlauben —agregué distraídamente, pues había vuelto a mirar el estandarte, o mejor dicho, a Heister, o más bien a su espalda, y la banderola del estandarte que la cruzaba diagonalmente.

Por alguna razón desconocida, desde hacía unos minutos esta espalda me irritaba, probablemente solo porque la tenía delante. La verdad es que no era posible otra cosa, pues Heister tenía que mantenerse detrás del coronel. Sin embargo, me parecía que su porte era demasiado arrogante, es decir, encontraba arrogante sobre todo su manera de llevar el estandarte. «Lo mismo hubiera podido llevarlo —me dije— de un modo más modesto.» Después de todo, no era un mérito suyo que por casualidad resultara ser el alférez más antiguo del regimiento. Pero él se portaba —eso al menos imaginaba yo— como si lo llevara por derecho propio. No hablaba con nadie, y, por más que me dijera a mí mismo que no debía hablar con nadie, esto me molestaba. También me había parecido mal el movimiento con que en el momento de nuestra presentación había dejado caer el asta en el ángulo de su brazo para darme la mano.

En general, me parecía que el estandarte no le quedaba bien, pues un estandarte había que llevarlo con cariño, pero no con su engreimiento. Había algo de suave y casi amoroso en el modo con que un leve soplo del viento movía un poco los pliegues del brocado, algo como de ropas de mujer. «Él, sin embargo —pensé yo—, lleva el estandarte como si fuera un palo con un colgante al que defiende sin simpatía.»

Al cabo de un rato me dije que era injusto con él, que llevaba el estandarte como había que llevarlo, y sanseacabó. Sin embargo, hube de confesarme que este artefacto heroico me había producido una fuerte impresión y me pregunté si la tropa estaba impresionada de igual modo. «Tal vez no —me dije—, pues la tropa no está compuesta únicamente de alféreces, de los cuales el mayor tiene que llevar el estandarte...»

Sumido todavía en estos pensamientos, de repente me di cuenta de que alguien más parecía ocupado en ellos o en algo parecido, y hasta hablaba de lo mismo, pues oí pronunciar la palabra portaestandarte. Era Bottenlauben, quien acababa de decir al coronel que, como había cedido al alférez conde Von Heister como portaestandarte a la plana mayor del regimiento, tenía ahora un oficial menos que los demás escuadrones y le rogaba que en su reemplazo me designaran a mí.

El coronel se volvió para mirarme y dijo:

—¡Cómo no, conde Bottenlauben!, llévese usted al alférez.

Al mismo tiempo, Bottenlauben me llamó con un gesto, yo hice avanzar mi caballo en su dirección y él me dijo:

—Cadete, se hará usted cargo de la primera sección.

—Muy bien, mi capitán —contesté yo un poco cohibido todavía por los pensamientos que me ocupaban. Pero me puse enseguida a la cabeza de la sección que formaba el ala derecha del escuadrón, que entretanto había vuelto a montar a caballo; el sargento primero que había encabezado la sección ocupó su lugar detrás del frente y Anton y mi caballerizo rodearon el ala trotando y se incorporaron a la segunda fila de mi nueva sección, donde había aún puestos vacantes. Inmediatamente después Bottenlauben recibió la orden del coronel de retirarse. Mandó ponerse en marcha hacia la derecha, el escuadrón se retiró al paso, el cornetín del regimiento tocó de nuevo una señal y otro escuadrón avanzó.

Con esta maniobra la primera sección había quedado a la cabeza, así que yo cabalgaba delante de todos y Bottenlauben, después de haberse despedido del coronel, vino al trote hasta mi posición. Montaba un trakhener de patas muy altas, y cuando hubo llegado a mi lado me tomó de la mano con la suya, enfundada en el típico guante de napa castaño de los oficiales alemanes, y me la estrechó cordialmente mientras se reía y se inclinaba hacia mí desde su elevada silla; fue como si amenazara caer sobre mí una torre coronada por un chacó de zarigüeya. A pesar de ello, en este momento tuve yo, como más tarde casi siempre que me encontraba cerca de él, la impresión de que todo marcharía bien y con seguridad, y de que ganaríamos la guerra. Tal era la confianza que infundía este compañero de armas de dimensiones un poco excesivas que todavía se adornaba con los hermosos emblemas de guerra que nosotros ya habíamos dejado, los entorchados, la estrella de la guardia, el casco de piel y las condecoraciones, y mostraba una gran seguridad hasta en las más difíciles situaciones, como si todo eso fuera muy natural y no pudiera desconcertarlo jamás. En general trataba las dificultades como si no existieran. Si él estaba presente reinaba la impresión de que disponía de reservas incalculables y que en caso de que las cosas marcharan mal no tendría más que llamar para hacer aparecer al galope veinte mil húsares de la guardia de Grossenhain que lo resolverían todo.

Volvió varias veces a estrecharme la mano y yo correspondí con satisfacción, como si las cosas no pudieran ser de otro modo.

—Bueno, cadete —dijo—, aquí lo tenemos. ¡Qué ganas de reírme tuve ayer cuando la archiduquesa suponía que los regimientos ucranianos estaban todavía en Ucrania, y también cuando el comandante que vino a buscarlo a usted creía que aún estaban allá! Cuando la archiduquesa me invitó solo había oído que yo me encontraba cerca, pero no tenía la menor idea de que estaba con los regimientos a los que luego lo envió a usted. No dije palabra, por supuesto, pues contaba con que usted iba a aparecer por aquí, en vez de irse a Asia, con lo que me alegro mucho de tenerlo ahora en mi propio escuadrón.

—También yo, conde —dije—, estoy encantado. Sobre

todo tengo que agradecerle encarecidamente su extrema gentileza de ayer...

—Es que usted fue tan original, cadete —explicó él—, que enseguida le tomé simpatía. Es verdad que la señorita a la cual debo ahora el placer de su compañía es una beldad maravillosa, y tampoco tardó mucho en perdonarle el modo en que usted la asaltó. ¡Qué pena que ese idilio durara tan poco! Pero a fin de cuentas Belgrado no queda muy lejos de aquí. Tal vez volvamos a ver a esta señorita Lang.

—Sí —dije yo—, es muy posible.

—¿Cuánto tardó usted en llegar hasta aquí a caballo, cadete? Yo he venido en coche y traté de dormir durante el camino. Pero usted debe estar cansado.

—Un poco.

—Después del almuerzo no tiene usted que prestar servicio, así podrá dormir.

—¡Oh!, muchas gracias.

—Lo principal es —concluyó él— que ha caído usted bajo mis alas—. Y luego hizo un gesto que significaba: ya veremos qué hacer...

Entretanto llegaron a la cabeza de la columna los oficiales de las demás secciones. Estos eran: un teniente llamado Von Anschütz y el teniente barón Koch. Anschütz debía tener de veintiocho a treinta años, era un hombre tranquilo y simpático, de buena familia y buena situación; es decir, la buena situación correspondía a su mujer, con quien estaba casado desde hacía varios años y la cual tenía unas propiedades en Bohemia en las que se cosechaba remolacha, además de la fábrica que la refinaba. También Bottenlauben estaba casado, pero de su mujer no se sabía nada, salvo que vivía en alguna parte del centro de Alemania, en un castillo en medio de los bosques, y que paseaba mucho a caballo. En alguna ocasión Anschütz me mostró también el retrato de su hijito. Era un bebé simpático. Koch pertenecía a una familia de funcionarios del Estado, no era mucho mayor que yo y tenía fama de estar en muy buenos términos con las jóvenes campesinas del pueblo.

Trabamos relación, pero nuestra conversación fue muy corta, pues el escuadrón había llegado a los cuarteles y dieron la orden de acuartelamiento.

—Búsquese un alojamiento, cadete —dijo Bottenlauben mientras se apeaba de su alto caballo—. A las doce y media nos veremos en la mesa.

Entonces me saludó con un gesto y se fue.

Con la ayuda de Anton y del caballerizo encontré alojamiento en una habitación campesina que me agradó; también el establo perteneciente a la casa era bueno.

Anton deshizo el equipaje y extendió mis cosas. Parecía muy cansado. Se había apeado del caballo con gran lentitud y algunos gemidos y ahora no me reprendió ni me hizo reproches como de costumbre; estaba cansado. Le mandé que comiera rápidamente y que se acostara enseguida. Yo también me arreglé un poco y hacia las diez y media me fui al casino de oficiales.

Este casino, por supuesto, también estaba instalado en una casa campesina. Bottenlauben ya estaba allí y me recibió diciendo:

—El coronel ya me hizo llamar y quiso saber por qué motivo lo mandaron a usted aquí, cadete. Tuve que contarle toda la historia. Se rio muchísimo, aunque en general es un hombre bastante gruñón. Una persona simpática, pero melancólica, vuestro coronel. Creo que padece del estómago.

—¿Ah, sí? —dije yo—, lo siento, y más me alegra entonces que se haya reído. Además quería hacerle una petición, conde Bottenlauben, relacionada con el asunto de ayer.

—¿Y de qué se trata, cadete?

—Pedirle permiso para volver a caballo a Belgrado esta noche. Mejor es que se lo diga abiertamente en vez de escaparme a escondidas. También quisiera pedirle un pase para poder cruzar los puentes del Danubio. Tengo que volver a hablar con la señorita Lang, forzosamente.

—¡Hombre! —exclamó Bottenlauben—. ¡Cadete! Eso es precisamente lo que usted no debería hacer.

—Pero debo hacerlo, conde Bottenlauben. ¡Se dice que nos marcharemos pronto...!

—¡Ah! ¿Conque eso se dice?

—Sí. Y si salgo por la noche, mañana por la mañana estaré de vuelta y no es probable que nos marchemos ya mañana por la mañana. Cambiando los caballos, fácilmente podré estar de vuelta a tiempo. Le aseguro que por mi causa no tendrá ningún disgusto, conde Bottenlauben.

—Pero los tendrá usted, cadete, pues la Lang, si usted aparece en medio de la noche, lo va a echar; piénselo un poco.

—No, no hará eso. Vea, conde, tengo confianza en usted. Hasta le confieso que ella me espera.

—¿La Lang?

—La Lang.

—¿Así que tuvo ocasión de conversar con ella?

—La tuve.

—¿Sí? ¿Y cuándo, hombre?

—Antes de irme de Belgrado.

—Esto sí que está bien —exclamó—. ¿Pero cómo hizo usted eso? ¿Dónde le habló?

—En el Konak. Tuvo la gentileza de recibirme.

Me miró un momento y luego dijo:

—¿Tan gentil fue?

—Sí.

—Entonces —dijo él—, no cabe duda de que tiene que ir, cadete. A una señorita, y más cuando es tan gentil, no hay que hacerla esperar.

—Es usted muy bueno —dije yo—, de veras, muy bueno. Pero no se lo dirá a nadie, ¿verdad?

—¡Claro que no! Pero siento que esta noche no esté usted aquí. Había contado con festejar su llegada con una juerga superior...

—¡Ah! —dije yo—, esto, si usted no tiene inconveniente, lo dejaremos para otra ocasión.

—A usted —dijo él— lo mismo le da que nosotros nos muramos de aburrimiento aquí o no, pues tiene mejores cosas que hacer. Así que váyase con Dios.

—Es muy amable de su parte.

—Sí, muy amable. Al menos no me arruine usted los caballos, pues el camino de ida y vuelta es bastante largo.

—Es verdad, pero procuraré que no les pase nada.

—¡Y ay de usted si mañana por la mañana no está aquí de vuelta!

—No faltaré.

—¡Vaya un cadete que me he procurado! ¡Un rondador, un calavera! ¡Ve a una muchacha de buena familia, se hace presentar a la fuerza, y a la noche siguiente ya tiene una cita con ella! ¡Yo me pasmo! ¡Qué escuadrón el mío! ¡Koch ya anda detrás de todas las chicas del pueblo y ahora me viene usted con sus asuntos amorosos! Anschütz al menos solo piensa en su mujer. El único irreprochable de veras soy yo. Yo ni siquiera pienso en mi mujer más que en los casos de apuro.

Todo parecía divertirlo mucho. Francamente, yo había contado con ello; de otro modo no le hubiese confesado nunca que pensaba irme, sino que me hubiese escapado en secreto. Lo que sucedía también es que él era un gran señor y que su posición le permitía no temer la divulgación del asunto. Y me parecía además que no se tomaba muy en serio este regimiento austriaco.

Todavía quería decirme algo, pero no tuvo oportunidad, pues en ese momento entraron Koch y Anschütz.

5

La conversación de sobremesa versó sobre otros asuntos. Yo tuve que contar de dónde venía y quién era y otras cosas por el estilo.

Sirvieron a la mesa el asistente de Bottenlauben y un ordenanza. El asistente, Jochen, era un húsar oriundo de Turingia a quien Bottenlauben había traído consigo de su regimiento anterior. Bottenlauben tampoco era sajón; provenía de Hesse.

Jochen servía a la mesa tan rígido como en las maniobras militares, y se movía con gestos automáticos y golpeando los talones con gran repiqueteo de espuelas. Yo dije que también podía poner a disposición a mi asistente, quien en este momento tenía que descansar, pues ya estaba un poco entrado en años, pero a la cena podía presentarse. Nos serviría de un modo mucho más lánguido, lo que prometía ser una variación. Esperaba que el encuentro entre Anton y ese húsar fuera divertido.

Hasta que los ordenanzas se retiraron, la conversación giró alrededor de varios motivos, pero cuando se fueron Anschütz los siguió con la mirada y luego dijo:

—¿Ya saben los señores oficiales que ha habido dificultades con la división de húsares?

—No —dijo Bottenlauben—, ¿con qué división de húsares?

—Con la de Eörmenjesch.

—¿De veras? ¿Qué ha pasado?

—Finalmente, nada. Es decir: en el último momento se evitó que pasara algo.

—¿Que pasara qué?

—Se ha divulgado ya bastante —dijo Anschütz— que pronto nos marcharemos de aquí, ¿verdad?

—Sí, según se dice.

—Y si nos marchamos de aquí es bastante claro adónde nos dirigimos.

—¿Adónde, pues?

—Al otro lado del Danubio. El frente balcánico ya es casi inexistente, y las tropas que se quieren llevar al otro lado del Danubio tienen que restablecer este frente aunque más retirado. Ya se han destinado varios cuerpos de ejército.

—Está bien, ¿y qué?

—Estos cuerpos están formados por regimientos de todos los territorios del imperio, también por los húngaros. Ya saben ustedes que hay también un gobierno húngaro.

—No. Es decir, sí. ¿Por qué no ha de haberlo? ¿Por qué pregunta usted eso?

—Quiero decir un gobierno separatista húngaro aparte del gobierno austrohúngaro.

—¿Y a mí qué? ¿Qué pasa con este gobierno austrohúngaro?

—Ayer, aunque solo hoy el rumor de este hecho ha

llegado hasta aquí, vino del estado mayor de Belgrado, dirigida a la división de húsares de Eörmenjesch, la orden de ponerse en marcha, cruzar los puentes del Danubio e internarse en Serbia.

—¿Y qué?

—Y... los húsares no se han marchado.

—¿No?

—No.

—¿Cómo que no?

—Pues han declarado que el deseo de su gobierno era que las tropas húngaras no dejaran el país, sino que se queden de vigilancia para proteger las regiones de la santa corona húngara.

Siguió un silencio; sin embargo, no creo que Bottenlauben se diera cuenta inmediatamente del verdadero significado de esa noticia. Tampoco Koch y yo fuimos capaces en aquel momento de concebir las consecuencias de la información comunicada por Anschütz de forma tan diplomática. Nos miramos unos a otros y al fin Bottenlauben preguntó:

—Cadete, ¿sabía usted algo de esta orden del estado mayor?

—¿Yo? No —dije.

—Pero usted todavía estaba ayer en Belgrado como oficial de servicio.

—Pero no había prestado servicio todavía, y aunque lo hubiera hecho es dudoso que me hubieran informado de esa orden.

—¿Pero cómo es posible? —preguntó Bottenlauben—. Es difícil orientarse con ustedes. Si un estado mayor dicta una orden, ¿es posible que los gobiernos de ustedes la revoquen?

—No —dijo Anschütz—, en realidad no.

—¿Cómo pudo hacerlo entonces el gobierno húngaro?

—Tampoco lo hizo. Fueron los húsares por su cuenta, e incluso antes de que la orden hubiera sido transmitida a los regimientos, quienes declararon que no cruzarían el Danubio, y se justificaron diciendo que contrariarían los deseos de su gobierno si lo hicieran.

Bottenlauben frunció el entrecejo.

—Oiga —dijo—, no lo entiendo. ¿Los húsares han declarado sencillamente que no irían?

—Sí —dijo Anschütz.

—¿Qué significan los húsares? ¿La tropa o los oficiales?

—En primer término la tropa. Los oficiales se adhirieron luego.

—¡Pero permítame, querido! —exclamó Bottenlauben—. ¿Quién manda aquí, la tropa o los oficiales?

—Aquí —dijo Anschütz—, es decir, en nuestro regimiento, aún mandan los oficiales. Pero allá, entre los húsares, parece que ya manda la tropa, y los oficiales, probablemente porque creyeron que ya no podían imponerse a la tropa, se plegaron a ella.

—¡Óigame, caballero, eso está por encima de mis facultades de comprensión! ¿El estado mayor dicta una orden, las tropas no obedecen y los oficiales se someten a las tropas?

—No —dijo Anschütz—, no fue así. Más bien por saberse que probablemente las tropas no responderían a la orden, se la retiró en el último momento y no la dieron.

—¿Y cómo se supo que las tropas no obedecerían?

—Porque se dieron cuenta de la atmósfera reinante entre la gente. Renunciando a que la división saliera de Eörmenjesch, al menos se evitó el estallido. De este modo, oficialmente todavía no ha pasado nada. Y aunque hubiera ocurrido algo, es decir, si los húsares después de aprobada la orden se hubieran negado abiertamente a ponerse en marcha, al menos hubiesen tenido la sombra de un derecho, pretextando la voluntad de su gobierno, que se muestra contrario a que las tropas húngaras salgan de sus comarcas. ¿Pero qué nos pasará a nosotros?

—¿Qué quiere decir con eso de nosotros?

—Nuestro regimiento y los demás regimientos de nuestra división. Tenemos aquí tropas polacas y ucranianas, los ulanos de Toscana también tienen polacos y ucranianos, y mientras que el regimiento Royal Allemand es casi enteramente alemán con unos pocos checos, los dragones de Keith son casi exclusivamente checos. Si ahora a nuestra división se le da la orden de cruzar el Danubio, es posible que nuestra tropa siga el ejemplo de los húsares y proclame que tampoco va. A los checos se les podría ocurrir que solo quieren defender a Bohemia, los polacos solo a Galitzia, los rumanos, que también los tenemos, solo a Bucovina, y así por el estilo; y todos ellos se negarán a cruzar el Danubio.

Bottenlauben lo miró y quedó sin habla.

—Sí —dijo Koch—, las tropas ya no están muy dispuestas a cruzar el Danubio. Conozco —y con eso se sonrojó un poco— a unas muchachas del pueblo con las que suelo conversar, que me dijeron: «Bueno, pronto os iréis». «Sí», dije yo, «por desgracia.» Eso lo dije solo por cortesía hacia las muchachas. «Pero la tropa», dijeron ellas, «no os seguirá.» «¿Cómo que no?», pregunté yo. «Porque la tropa», contestaron las muchachas, «no quiere ir más allá del Danubio, pues se dice que en Serbia los franceses los capturarán a todos.»

Después de esta confesión erótica, encendió muy azorado un cigarrillo.

—Sí —intervine ahora yo—, esta mañana al llegar hablé con un cabo de los ulanos de Toscana y se portó de un modo tan raro que tuve que gritarle. Y luego el ayudante me dijo que hasta entre nosotros había ya varias irregularidades, deserciones y cosas por el estilo. Si los húsares no han obedecido, es muy posible que de repente nuestra tropa tampoco nos obedezca.

Bottenlauben, que mientras conversábamos había pasado la vista de uno a otro, de repente dio un golpe con la mano sobre la mesa y exclamó:

—¡No quiero oír una palabra más sobre esto! ¿Es que os habéis vuelto todos locos? ¡La tropa no quiere cruzar el Danubio! ¡Recibe la orden y no va! ¿Qué es lo que pasa aquí? Se espera una orden y os quedáis ahí sentados conversando sobre si se va a cumplir o no. ¡Eso no es posible más que entre vosotros! ¡No quiero decir nada más, pero me gustaría ver si en mi país, cuando llega una orden, un soldado osara solo soñar con no obedecerla! A este le pasaría... a este le haríamos... a este le ocurriría... ¡Ah! —se echó hacia atrás en la silla, cruzó las piernas exasperado y levantó los ojos al techo.

Durante largo rato ninguno de nosotros contestó y luego Anschütz dijo con su voz reposada:

—Conde Bottenlauben, eso es lo que usted no entiende. Usted no está aquí con su ejército, sino con el nuestro. Allá usted dispone solo de alemanes, excepto unas minorías insignificantes. Pero nosotros, además de algunos regimientos alemanes, solo tenemos regimientos húngaros, checos, polacos, italianos, croatas y Dios sabe qué más. Pese a ello, nuestro ejército, bajo la dirección de sus oficiales, siempre fue un ejército famoso y fuerte. Incluso hubo épocas en que tuvo el renombre de ser el primer ejército de Europa, y en aquel entonces hasta de su país, conde Bottenlauben, llegaban oficiales a centenares para prestar servicio con nosotros, pues la gran fama de este ejército tenía su fundamento. Y nunca hubiera alcanzado tal fama si ya la pura hazaña de formarlo con tantos pueblos y mantenerlo unido no hubiese sido extraordinaria. A veces tuvo que combatir incluso contra naciones cuyos súbditos formaban en sus propias filas. Sin embargo, nunca falló. Pero ahora parece haber llegado el momento. Si a los alemanes se les atribuye como honor y deber suyos el sentirse una nación, deberá comprenderse que los demás comiencen también a sentirse naciones. Nosotros hemos mantenido unido este ejército y este imperio todo el tiempo que hemos podido. Esto no debería despreciarse. Nosotros, siendo alemanes como usted, conde Bottenlauben, hemos reunido a nuestro alrededor, por medio de nuestra voluntad, nuestro honor y nuestra sangre, a un grupo de pueblos incomparablemente mayor que nosotros mismos. Les hemos dado todo lo que pudimos darles. Ese era nuestro deber. Los hemos hecho mayores de edad. Y ahora luchan por emanciparse. Este es el derecho de las naciones. Como alemanes hemos cumplido nuestra misión, y como soldados, como oficiales, sabemos cuál será nuestro deber también en el futuro y hasta el final.

Bottenlauben, quien durante este discurso había dejado de mirar al techo con indignación, miraba ahora a Anschütz; luego, incluso bajó la vista por un momento algo desconcertado, y dijo rápidamente:

—¡Claro, querido compañero, claro! No he dudado ni un momento en que ustedes están en lo cierto respecto a lo que tienen que hacer. Lo único que no quería es que con respecto a nuestra tropa lo vieran todo demasiado negro. Creo que son ustedes demasiado pesimistas, entiéndame bien. Porque nosotros los alemanes somos optimistas.

—Los austriacos no lo somos —dijo Anschütz—. Hemos acumulado una larga experiencia, y lo que vaya a ocurrir no nos encontrará desprevenidos. En cierto sentido somos un imperio colonial europeo, y hace un siglo que no nos engañamos respecto a lo que podemos esperar de nuestras así llamadas colonias. Seguro que no estoy equivocado en mi apreciación de la atmósfera reinante dentro de nuestras tropas. El arco está más que tenso. La guerra es demasiado larga ya para nuestros campesinos polacos y ucranianos. No tienen interés en conquistar Serbia otra vez. Ya es asombroso que hayan defendido de corazón nuestra causa durante tanto tiempo. No son alemanes convencidos de que con nuestro destino y el de Alemania está en juego el destino del mundo. No tienen otra cosa en la cabeza que sus campos de labranza, Galitzia y sus casitas. El imperio no significa nada para ellos. Ningún ideal los ata ya a nosotros, sino únicamente el juramento prestado. Claro que, si no quebrantan este juramento, tendremos que responder con nuestra sangre.

—Por supuesto —dijo Bottenlauben—, y les ruego

que me cuenten a mí también como uno de los suyos. Pero no nos amarguemos la vida con tales reflexiones.

Tal vez creía que ciertas cosas que había pronunciado pudieran herirnos, o que todo el problema no fuera tan fácil de resolver, y deseaba salir del paso de algún modo.

—De todas maneras —continuó—, no vamos a suponer que nadie de nuestra tropa renegará de su deber hasta que se nos ofrezca la prueba de lo contrario. Y Dios quiera que no tengamos esta prueba. —Se levantó—. Y ahora, en verdad, no vamos a seguir hablando de esto. Tenemos que mandar a la cama a nuestro cadete. Está cansado porque ha cabalgado la mitad de la noche. Barón Koch, vigilará usted las maniobras de la marcha, pero tenga en cuenta que luego iré yo personalmente a comprobar si se entretiene nuevamente con las jovencitas en lugar de ocuparse de la tropa.

Con eso quiso poner fin a la conversación y probablemente también a nuestros pensamientos. Sin embargo, nos levantamos bastante preocupados. Bottenlauben nos miró un momento; luego, con una leve sonrisa forzada levantó un dedo como si lo pusiera en la visera de un chacó y dijo, según la costumbre del viejo ejército y tal como él lo había aprendido entre nosotros:

—¡*Servitore!*

Con eso nos despidió y este saludo suyo de los tiempos del mariscal Radetzky también nos hizo sonreír a nosotros.

Dormí medio vestido hasta después de las seis. Primero con un sueño profundo, después con sueños inquietos; me imaginaba que cabalgaba hasta Belgrado, pero que al llegar Resa se negaba a recibirme. Erraba por los corredores del Konak, detenido por mucha gente que me preguntaba qué quería; discutía con ellos, pero cada vez eran más los que me asediaban; yo levantaba el brazo como para evitar que me cogieran algo que querían arrancarme, y de repente me di cuenta de que era el estandarte lo que tenía levantado en alto. Un sinnúmero de manos se extendían hacia él, se agarraban a mi brazo tratando de bajarlo; me desperté.

Era Anton que me había sacudido el brazo para despertarme. Todavía estaba medio dormido, pero Anton, sin tenerlo en cuenta, enseguida se dispuso a echar un largo discurso, y me pareció como si solo me hubiera despertado para eso.

—Mi alférez —comenzó—, ya lo sé.

—¿Ah, sí? —dije yo todavía muy inconsciente y mirando con los ojos semicerrados la luz de la vela que había encendido—. ¿Qué es lo que sabes?

—Todo. El señor conde se lo ha contado al señor coronel, y el señor coronel se lo contó al señor teniente. ¿Cómo se llama? ¿Klein? Y los sargentos del despacho del regimiento lo han oído y se lo han contado al que está de guardia en nuestro escuadrón. Este a su vez ha preguntado al asistente del señor conde. ¿Cómo se llama el asistente? Le preguntó si era verdad y el asistente me lo preguntó a mí. Yo, por supuesto, quedé como si me hubiera caído un rayo.

—¿Por qué? —pregunté yo y me quité el pelo de la frente.

—¡Por qué! —exclamó él.

—Sí, ¿por qué? ¿Por qué te ha caído un rayo?

—¿Acaso no es verdad, mi alférez, que usted ha sido

trasladado aquí porque anoche en el teatro molestó a una señorita?

—¡Demonios! —grité yo, y me incorporé en la cama lleno de ira—, ¿cómo te atreves...?

—¡Sí, me atrevo...! —se lamentó él—. Enseguida me di cuenta de que debía haber pasado algo por el estilo. Fue como una inspiración que me vino: ¡ojo, debe ser algún enredo con alguna señorita!

—¡Silencio! —grité yo.

Pero él no se podía contener:

—¡Cuando recuerdo que estuviste sentado sobre mis rodillas, mi alférez! Entonces aún no te habías echado a perder... Jugabas con tus juguetes y no tenías en la cabeza ni mujerzuelas ni señoritingas. Pero los tiempos cambian y los niños buenos se convierten en mujeriegos...

—¡Y los asistentes de los oficiales —troné yo— se convierten en unos burros viejos, en eso es en lo que se convierten los viejos asistentes! Si soplas una palabra más, te hago salir volando, ¿lo entiendes? ¡Fuera! ¡Inmediatamente! ¡Y me mandas a Georg! ¡Márchate!

Georg era el caballerizo. Anton se quedó todavía un momento, todo confuso porque de repente le hubiera gritado de ese modo. Luego desapareció. Cuando hubo salido me dieron ganas de reír. No cabía duda de que sus intenciones eran buenas, aunque era muy probable que me hubiera hecho esos reproches menos por protegerme de las seducciones que para darse importancia.

Entretanto apareció Georg con un porte especialmente marcial, pues los gritos debían haber llegado hasta el establo.

—¿Cuidaste bien a los caballos? —le pregunté.

—Sí, mi alférez —dijo—, y ya están dormidos además.

—¿Sí? Entonces tomarás ahora tu café de la noche —le ordené—, luego ensillas a *Mazeppa* de un modo liviano, es decir, no le pongas el cabestro entero ni las alforjas, pero fija el sable al arzón de la silla. Luego te arreglas tú, aunque sin armas, y te pones la pelliza. Después haces de vuelta con *Mazeppa*, al paso, todo el camino que hemos traído hoy, y me esperas en el puente del Danubio, pero en esta orilla. ¡Repítemelo!

Repitió la orden con bastante exactitud. Yo entretanto me había levantado, le di mis espuelas y él me las puso.

—En el puente que queda río abajo me esperas, en el mismo que hemos cruzado al venir hacia aquí, no en el otro. No te lo dejarán cruzar de ningún modo sin pase. Ahora son las seis y media. Si te vas a las siete estarás allá alrededor de las doce y media, creo que a la una llegaré yo también. Te vas al paso, ¿me entiendes? Pero en caso de que creas que no vas a llegar a tiempo te permito, al final del viaje, trotar un poco. No le digas a nadie que te vas, ni, si te ven, adónde vas, ni que yo te voy a seguir. Ahora mándame a Anton otra vez.

Se fue y poco después volvió a aparecer Anton, mortalmente ofendido.

—Tengo que darte —le dije mientras terminaba de vestirme— varias órdenes, Anton. Lo primero, que no pongas esa cara ofendida. Segundo...

—Mi alférez puede mandarme fácilmente —me interrumpió— que no ponga esta cara. A mi alférez nadie lo ha ofendido así.

—Cálmate —le dije—; es que tampoco debe meterse uno en los asuntos particulares de su amo.

—Pero mi alférez ni siquiera sabe lo peligroso que

puede resultar trabar relaciones con personas del otro sexo.

—¡Basta ya de eso! —grité, haciendo un esfuerzo para no reírme—. Primero, entonces, tienes que poner una cara razonable. Segundo, hoy, durante la cena vas a servir la mesa.

—¿Yo?

—Sí, tú. En el casino del escuadrón. Ya les conté a los oficiales lo bien que sabes servir, y que en realidad eres un criado de casa grande, y están entusiasmados esperando que sirvas.

Se quedó inmóvil un momento y después carraspeó, llevándose la mano enguantada de blanco a la boca. Supuse que le causaba placer lo que le había dicho, pero no quiso demostrarlo, pues todavía estaba demasiado ofendido por lo de antes.

—Allá están también el asistente del conde Bottenlauben y un ayudante de cocina. A este le ordenas que se vaya, pero al asistente del conde le das instrucciones sobre lo que tiene que hacer y os ponéis de acuerdo en el servicio. Mejor será que te vayas pronto allá para prepararlo. Espero que todo salga bien y que no me dejes mal.

—Por eso —contestó él todavía con cierto tonillo de ofensa en la voz— mi alférez puede estar bien tranquilo. Yo —al decir esto se señalaba a sí mismo con el índice— nunca voy a dejar mal al señor alférez —y con eso me señaló a mí.

—Bueno, bueno —le dije sin hacer caso de su fina alusión—; y tercero, cuando termines de servir, lo que será alrededor de las nueve menos cuarto, vuelves aquí y ensillas a *Honvedhusar*.

Me miró.

—¿Yo? —preguntó—, ¿tengo que ensillar yo a *Honvedhusar*?

—Sí —dije—, por tu propia mano. Georg en ese momento no estará aquí.

—¿No estará aquí?

—No.

—¿Y por qué tengo que ensillar a *Honvedhusar*?

—Porque tengo que salir con él.

—¿Mi alférez sale? —exclamó.

—Sí.

—¿De noche?

—De noche.

—¿Adónde?

—Anton —dije yo—, deja esta costumbre de preguntarlo todo, pues en primer lugar es contraria a las ordenanzas; segundo, es impropio; y tercero, me voy y basta.

—¡Así que mi alférez —exclamó él— otra vez se va en medio de la noche lo mismo que ayer...! ¿Acaso mi alférez va a salir ahora todas las noches?

—Es posible —dije yo—, es muy posible.

—¡Mi alférez —exclamó— seguro que va otra vez a Belgrado, de donde le han ordenado salir porque precisamente es en Belgrado donde no debe estar! ¿Es que mi alférez no puede pasar una sola noche sin una dama?

—¡Cállate! —le ordené—, eso no te importa.

—¿Y qué cara tendrá mi alférez —exclamó él—, si se pasa las noches cabalgando? ¡Y los caballos! ¡Qué cara tendrán ellos! ¿Y qué hará mi alférez si lo pescan?

—Se terminó el debate —le grité yo—, me voy y mañana por la mañana estaré de vuelta. Tú te vas ahora al casino, lo preparas todo, sirves la comida, vuelves y ensillas de un modo liviano sin olvidar el sable. ¡Y ay de ti si no sale bien todo o si le cuentas algo a alguien! ¡Entonces ten por seguro que te mando atar a cuatro caballos salvajes y te hago descuartizar!

Dichas estas palabras, me eché la pelliza sobre los hombros, me puse el gorro y salí dando un portazo.

En el portal me reí con ganas, encendí luego un cigarrillo y entré un momento en el establo.

Georg estaba ensillando a *Mazeppa*, al que ya había hecho levantar. Sobre un banco a su lado tenía preparada la escudilla con el café y el pan. A la luz de la vela que allí ardía vi que los otros dos caballos estaban tumbados sobre la paja. No hay cosa tan hogareña y conmovedora como los caballos tumbados: parecían niños en el tibio ambiente del pequeño establo. Me acerqué a *Mazeppa* y le acaricié el cuello; casi me dolía ahora tener que cansar tanto a los caballos.

—Bien —le dije a Georg—, este establo parece muy bueno.

—Sí, mi alférez —contestó él.

—¿Y lo demás también te gusta?

—Sí, también.

—Es decir, ¿ya has hablado con alguna gente del escuadrón?

—Por la tarde —dijo él— dormí un poco y después hablé con algunos.

—¿Y qué te dijeron?

—Nada.

—¿Nada?

—No, nada de importancia.

—Quiero decir, ¿crees que nos pondremos pronto en marcha?

—Eso sí.

—¿Y qué más dijeron?

—¿Qué más? Nada, en realidad.

Lo miré a los ojos. Él me devolvió la mirada muy tranquilo y tuve la impresión de que no me ocultaba nada. Si realmente la tropa sostenía conversaciones entre sí, era posible que con él no se hubieran confiado, o mejor dicho, todavía no. Georg era de Silesia, recién llegado y caballerizo, y no se habrían atrevido a hablar delante de él de cosas no destinadas a oídos de oficiales... Si es que en realidad se conversaba sobre estas cosas.

—Muy bien —dije—, aquí tienes unos cigarrillos. Y ahora termina y márchate.

Con eso me fui. Salí de la casa y vi que la luna, casi llena ya, iluminaba la calle del pueblo.

En unas cuantas casas había luces. Gente de la tropa con escudillas tintineantes pasaron saludándome. El suelo arenoso amortiguaba mis pisadas.

Pasé un rato en la calle del pueblo, me detuve ante las ventanas iluminadas, mirando hacia dentro. En ninguna parte las cortinas estaban corridas. En algunas de las estancias vi soldados, en otras, familias campesinas, y aun en otras, soldados y campesinos juntos. Vi a Anschütz en su alojamiento sentado a la mesa escribiendo una carta. Más tarde miré también a través de las ventanas del casino de nuestro escuadrón. Anton ya estaba allí y conversaba con Jochen. Gesticulaba mucho; era evidente que estaba enseñándole ciertos refinamientos del servicio. Poco después vi también a Georg que pasaba con *Mazeppa* por la calle del pueblo. Me fui hasta los cuarteles del escuadrón vecino. Vi a Czartoryski con sus dos oficiales y otro más, desconocido para mí, reunidos alrededor de una mesa cubierta con una manta y jugando al bridge. También aquí vi, reunidos en las amplias habitaciones, soldados y campesinos. Charlaban, y en una de las casas alguien tocaba una armónica mientras dos o tres parejas de dragones y muchachas campesinas bailaban. La melodía, mientras yo me alejaba, me seguía cada vez más apagada y melancólica. En todas partes había un poco de olor al humo que salía de los tejados y se mezclaba con el polvillo argénteo de la noche de luna.

Me detuve un rato junto a una cocina de campaña donde se distribuía café a los soldados. También aquí olía a humo, a gente y a café. Seguí hasta el próximo escuadrón y al final llegué hasta el escuadrón de ametralladoras. Aquí empezaban los cuarteles de los ulanos, pues en total el regimiento ya solo tenía tres escuadrones, en vez de seis, y un escuadrón de ametralladoras.

Me detuve en medio de la calle. Al poco rato me percaté de que había estado pensando en algo impreciso y me di cuenta de que debía haber pensado en qué estaba buscando allí.

Pues estaba buscando algo, sin saberlo.

Buscaba el estandarte.

Había salido de mi alojamiento con la intención de dar un paseo, pero otro motivo más concreto me impulsaba. A medida que avanzaba me di cuenta de que buscaba algo y, al fin, comprendí que se trataba del estandarte.

A continuación sentí que me resistía a confesarme qué era lo que buscaba. Hice un esfuerzo para olvidarlo, pero ya era tarde.

De repente tuve la impresión de haberme sorprendido a mí mismo en algo oscuramente prohibido, aunque precisamente en ello estribaba el aliciente desconcertante que había sentido todo el tiempo y del que me avergoncé en el mismo momento en que tuve conciencia de él. Durante dos o tres segundos tuve la sensación de estar soñando, de darme cuenta de que soñaba y de despertar. En efecto, de repente tuve la impresión de haber soñado. Alcé la mirada e inmediatamente giré sobre mis talones. La calle del pueblo por donde había venido estaba vacía, la distribución del rancho nocturno había terminado.

Tiré el cigarrillo que se me apagaba en la mano, encendí otro e inicié el camino de regreso. En esto me pregunté cómo se me ocurría vagar por ahí en busca del estandarte, disimuladamente, en vez de salir de mi casa y preguntar: «¿Dónde está? Quiero verlo».

¿Por qué había sentido deseos de verlo? Tampoco lo sabía. Tal vez también esto formaba parte de mi sueño. Al mismo tiempo no comprendía por qué no podía mirarlo detenidamente de cerca: ¡bien podía sentir este interés un soldado! ¿Pero dónde se hallaba realmente? ¿Lo tenía Heister en su alojamiento o estaría con el coronel en la comandancia del regimiento? ¿Izado frente a la casa o en el cuerpo de guardia, que estaba de servicio por si acaso se producía algún incendio? El caso es que yo no lo había visto por ninguna parte. Tuve que confesarme que ahora ya no sentía interés en verlo, o si lo tenía traté de convencerme de lo contrario, pues me molestaba pensar que lo había buscado de una manera tan rara.

Volví a paso lento y eché un vistazo otra vez hacia dentro de las casas donde ahora la gente, mirando pensativamente sus pies, se quitaba ya el calzado para irse a la cama. Eso no me interesaba, pero quería pasear hasta el otro extremo del pueblo. Al pasar por el casino de nuestro escuadrón vi, a través de la ventana, que ya estaban Bottenlauben, Anschütz y Koch, lo que no dejó de llamarme la atención, pues todavía era muy temprano para cenar; ¿acaso había sucedido algo imprevisto? Entré en el portal y abrí la puerta de la sala donde se hallaban todos reunidos.

—¿Dónde ha estado usted tanto tiempo, cadete? —preguntó Bottenlauben.

—¿Qué dice usted? —pregunté yo.

—Son las ocho y cuarto pasadas.

—¿Las ocho y cuarto? —exclamé con asombro.

—Sí.

—No pueden ser más de las siete...

—¿Más de las siete? No, son más de las ocho, y bastante más. ¿Se durmió usted?

—¿Yo? No. Me fui a pasear esperando a que dieran las ocho.

—Bueno, lo logró usted y con creces. Venga, empecemos a comer; después quisiera ir con usted hasta los otros escuadrones para presentarlo a los oficiales que todavía no conoce.

Miré a Bottenlauben, me quité la pelliza y dije:

—Lamento muchísimo haberme retrasado, pero hubiese jurado que no eran más de las siete y media. No comprendo cómo me ha podido pasar esto.

Estaba algo confuso, pues realmente no comprendía cómo había podido engañarme de tal modo acerca de la hora. Tal vez fueran más de las seis y media cuando Anton me despertó, quizá su reloj no funcionaba bien, eso era propio de él. Pero abandoné tales ideas cuando lo vi entrar con Jochen y empezó el servicio.

En primer lugar había puesto a Jochen un par de sus guantes blancos y luego debió ensayar con él durante largo rato el arte de servir, con el resultado de que Jochen, que antes servía con demasiada rigidez pero con bastante destreza, quedó impresionado de tal modo que ya no sabía servir de ninguna manera. Definitivamente parecía no saber qué hacer, y se movía con unos modales muy torpes, indescriptibles, muy ajenos a su natural; de vez en cuando, sin embargo, el porte marcial que le era propio conseguía abrirse paso y hacía sonar sus espuelas de tal manera que Anton temblaba con un estremecimiento nervioso. Era un cuadro muy divertido. Anton en cambio parecía todavía preocupadísimo por la idea de mi escapada nocturna: no me miró ni una sola vez a la cara, sino que se portó más o menos como un padre que está de servicio en la corte y debe sonreír, aunque su única hija haya caído en la deshonra. Todavía lo irritó más que Bottenlauben preguntase continuamente qué le pasaba a Jochen.

La cosa continuó así hasta las nueve. No se conversó sobre nada de importancia con los criados presentes. Luego Bottenlauben se levantó y dijo que íbamos a tomar el café con los demás escuadrones. Ahora saldríamos. Anschütz y Koch debían adelantarse y esperarnos en el escuadrón de ametralladoras; él, en cambio, iría conmigo a casa del coronel y a los demás escuadrones y nos reuniríamos luego con ellos.

Después de esto nos levantamos todos y yo dirigí una mirada amenazadora a Anton, con lo que desapareció.

Bottenlauben y yo nos fuimos a la casa del coronel, donde no vi el estandarte. Nos quedamos allí unos minutos, nos invitaron a quedarnos un rato más, pero Bottenlauben dijo que ya lo haríamos en otra ocasión, pues tenía que presentarme a todos los oficiales. Esto se repitió en los otros dos escuadrones, y al final llegamos al de las ametralladoras; allí también nos sentamos durante algunos minutos y luego Bottenlauben dijo:

—Cadete, todavía tiene usted que ir a casa del coronel.

—¿No estuvisteis allá? —preguntó Anschütz.

—Sí —dijo Bottenlauben—, pero el joven irá solo. Y tal vez —dijo dirigiéndose a mí— pueda usted llevar este papel que me olvidé de enviar al coronel.

Entonces me dio un papel, al que dirigí una mirada, y vi que era mi pase. Le sonreí y me despedí. Él me dijo adiós con un gesto amable.

Ya debían ser las diez. Volví a mi alojamiento y entré en el establo.

Anton había ensillado ya a *Honvedhusar*.

—Serviste muy bien esta noche —dije—. Los señores oficiales lo apreciaron. Fue un verdadero placer.

—Mi alférez —dijo Anton—, yo no digo nada más.

—Eso —le indiqué— es lo que pretendía.

—Pero quiero decir todavía la última cosa, mi alférez: que ni diez caballos podrán arrastrarme a servir de nuevo con ese húsar que todo lo hizo al revés.

—Mejor será que saques este caballo al patio —dije señalando a *Honvedhusar*— y que luego busques mi pistola.

Giró al caballo en el *box* y lo condujo al patio. Mientras yo alargaba las correas de los estribos y montaba, se fue a buscar la pistola. Me la entregó, y mientras yo me la ceñía emitió un murmullo apagado, como de un lejano motor de aviación. Me figuro que estaría maldiciendo a todas las mujeres hacia las cuales cabalgó jamás un hombre.

Tomé las bridas, lo saludé con un gesto y atravesé el zaguán con cierto ruido. Luego la arena de la calle del pueblo apagó enseguida el ruido de los cascos.

6

Cuando el pueblo quedó a mis espaldas empecé a galopar. *Honvedhusar* era un caballo de remos fuertes y con una buena cruz, de sangre húngaropolaca, es decir, descendiente de los caballos de la estepa cruzados con árabes. Era alazán, como su compañera *Phase* era alazana. *Honvedhusar* tenía un hermoso cuello de caballo árabe; *Phase*, en cambio, tenía un cuello al revés, de los llamados de ciervo. Ahora estaba echada sobre paja, durmiendo, mientras *Honvedhusar* tenía que galopar. Lo hacía aún sin mayor esfuerzo, pero por supuesto no se podía comparar con *Mazeppa*. Carecía del gran estilo de aquel caballo de raza, y yo preveía que al llegar al Danubio estaría ya bastante agotado.

La luna, que se hallaba ya muy alta en el cielo, nos iluminaba por delante desde la izquierda, pero a partir de Eörmenjesch, desde donde la carretera se dirigía directamente al sur, nos dio en plena cara. Eörmenjesch yacía sumido en silencio, y en las casas tal vez los húsares soñaban que cruzaban el Danubio, aunque no querían hacerlo. Pues en sueños todavía hubiesen obedecido la orden, pero despiertos no.

Mientras seguía galopando, sosteniendo las bridas con las manos cruzadas, continuaba reflexionando sobre qué resultaría de toda esa situación. La luna brillaba en las hebillas del bocado del freno de *Honvedhusar*, veía su reflejo en mis guantes y me pregunté cuántos jinetes del ejército habrían cabalgado y galopado de este modo envueltos por la luna: correos con órdenes, batidores, patrullas, escuadrones, regimientos. Hacía cientos de años que habían cabalgado así, desde que existía el imperio, el sagrado imperio. Habían cabalgado por orden del emperador con corazas, esclavinas, guerreras, pellizas y uniformes grises, y jamás hasta ahora ninguno de ellos había soñado siquiera con no obedecer una orden. Ahora, sin embargo, todos soñaban con eso. Antes quizá desertaba alguno, tal vez porque quería volver a su casa o porque tenía una amada en alguna parte y ni las baquetas ni la muerte le parecían un precio demasiado alto para volver a verla, a ella o a sus padres...; y luego los demás cantaban bellas y melancólicas canciones sobre su suerte, como solo la gente del pueblo sabe hacerlo. Pero nunca nadie se había opuesto a una orden directa. Jamás una compañía, un regimiento o un ejército habían negado su obediencia. Ahora, empero, tal vez iban a negarla todos a pesar de lo que habían jurado: «Ante Dios Todopoderoso prestamos sagrado juramento de fidelidad y obediencia a Su Majestad, nuestro Serenísimo Príncipe y Señor, juramos obedecer a sus augustos generales y a todos nuestros superiores, honrarlos y protegerlos, cumplir sus órdenes y mandatos en todos los servicios, sea quien sea el enemigo siempre que lo exija la voluntad de Su Majestad Imperial y Real, por tierra y por mar, de día y de noche, en toda clase de batallas, asaltos y combates; juramos luchar con valentía y gallardía en todo lugar, momento y ocasión, no abandonar jamás nuestras tropas, cañones, banderas y estandartes...». ¿Cómo era posible que desde que existían los soldados no hubiera fallado nunca la tropa y ahora empezara a hacerlo? ¿Qué había ocurrido para que el mundo cambiase de tal modo? ¿Pero acaso realmente había cambiado? Seguía teniendo el mismo aspecto de siempre; los campos, las casas, el cielo y la luna eran como antes, pero algo detrás de las cosas había cambiado; lo visible permanecía igual, pero lo invisible era distinto; en el interior de las gentes el mundo cambiaba, se disolvía, se hundía; cada uno lo sentía, aun no siendo más que un campesino polaco que nunca había visto nada del mundo, o si lo había visto no lo había observado. Era un fin del mundo. ¡Cuántas veces ya se había hundido el mundo! ¡Era increíble que todavía siguiera en pie!

También pensé en qué haría Heister si llevaba el estandarte a la cabeza y las tropas no lo seguían. Pues tan incomprensible como la desobediencia de órdenes a las que se había obedecido durante muchas generaciones era que el regimiento dejara de seguir aquel brocado sagrado al que tantos miles habían seguido. Esto era casi tan insólito como si la tierra, lo único eternamente fijo debajo de nosotros, empezara a temblar y se moviera como el aire, lo eternamente móvil. Pero es que a veces Dios también hace tambalear la tierra y derriba los palacios e iglesias que los hombres, durante siglos, le han erigido. A veces los hombres mismos destruyen edificios que generaciones de antepasados han edifi cado, derrumbándolos como si no fueran nada. Es que a veces los hombres pierden de repente todo sentido del valor de las cosas. Nada más que para calentarse las manos incendian palacios reales y solo los pocos que huyen de las cámaras en llamas saben lo que se quema. Pero los hombres se consideran a sí mismos más importantes que lo que hacen en cada momento. Por eso nosotros, los oficiales, no entendíamos a la tropa. Para volver a ver pronto sus pueblos polacos, estaban destruyendo un imperio.

¿Quién tenía la culpa? ¿Ellos y los maestros de pueblo y los diputados que los habían sublevado, o nosotros mismos? Tal vez nosotros también. Tal vez ni siquiera creíamos ya en el imperio como debiéramos. Pudiera ser que nos hubiéramos relajado, que hubiéramos pretendido honores de oficiales sin saber conducir las tropas e inspirarles la fe que debían tener para seguirnos. Más aún: ya habían estallado motines en los regimientos checos y en otros, y los oficiales y suboficiales, en vez de dejarse descuartizar, habían cedido y transigido. Ahora se veían las consecuencias. La cosa llegaba ya a todas partes.

No había dejado de galopar y ahora me daba cuenta de que *Honvedhusar* estaba totalmente cubierto de espuma y de sudor. Lo puse al paso y al cabo de unos minutos me detuve, me apeé y le aflojé la cincha.

Eran casi las doce. El Danubio no podía estar ya lejos. En efecto, cuando monté otra vez y seguí cabalgando, pronto llegué a los caminos de troncos. En la lejanía se veía, como un castillo encantado a la luz de la luna, la fortaleza de las alturas próximas a Belgrado.

Sobre los troncos cabalgué otra vez al paso. Luego vi

el brillo súbito del Danubio como el filo de una espada y llegué a la cabeza del puente.

Allí estaba la guardia, y mi caballerizo me esperaba sujetando a *Mazeppa* por la brida.

Dijo que también acababa de llegar. Una hora y media antes, sin embargo, se había dado cuenta de que, yendo al paso, llegaría tarde, así que había ido al trote hasta el camino de troncos.

—¿Qué hora es? —pregunté al suboficial de guardia.

—Pronto será la una —dijo.

Había subestimado la distancia. Mandé a Georg que montara y luego, después de mostrar mi pase, atravesamos el puente.

El río se deslizaba debajo de nosotros como lava de plata.

En medio del puente me detuve un momento frente a una extraña construcción que no había advertido la noche anterior; ahora, a la poderosa luz de la luna, veía muy claramente una especie de andamio, como la reunión de varias grúas y horcas. No podía explicarme la finalidad de aquello. Pregunté al suboficial de la guardia de la otra punta del puente qué era.

Creía que servía para sacar una parte de los pontones cuando los barcos, sobre todo los monitores de guerra, tenían que pasar por allí, y luego volver a colocar los pontones en su lugar.

—¡Ah, sí! —dije yo, y con esto volvimos a poner los caballos en marcha y entramos en la ciudad.

Todavía había ventanales con luz, se oía música en un café. En una esquina había un grupo de gente que conversaba y reía en voz alta. Relucían el oro de los fiadores de las espadas y las joyas de una mujer. También veíamos aquí y allá sombras menudas que se deslizaban sin ruido, perros vagabundos que de noche llegaban de los campos a la ciudad en busca de algo que comer.

Nos acercamos al Konak por detrás y nos apeamos en una de las callejuelas próximas al palacio.

—Tú esperas aquí —le ordené al caballerizo—. Y afloja las cinchas entretanto.

Luego salí a la plaza de delante del Konak y me dirigí al portal. Volví a mostrarle al centinela mi orden, que todavía no había entregado. El suboficial de guardia fue llamado de nuevo y examinó el papel.

Esta vez, sin embargo, el examen de los documentos solo duró un momento. Después me los devolvieron con la observación de que eso no era un pase sino una orden para dirigirse de Belgrado a Karanschebesch.

Resultaba que este oficial sabía leer.

Entonces le mostré el pase.

—Este —dijo él— vale para los puentes del Danubio, pero no para el Konak.

—Este también vale para el Konak —dije yo—. Porque solo me han dado permiso para cruzar los puentes del Danubio porque debo venir al Konak.

—De esto —dijo el suboficial— no hay nada escrito aquí.

—Esté escrito o no —dije—, tengo que entrar en el Konak.

—No me atreveré a dudar de la palabra de un alférez —dijo el suboficial—, pero solo puedo dejarlo entrar si me muestra un pase en orden.

—¡Hombre! —dije yo—, no me ocasione dificultades. ¡Se va a meter en un lío si no me deja pasar inmediatamente!

Él contestó, sin embargo, que probablemente se metería en un lío más grave si me dejaba pasar sin que yo tuviera derecho a ello.

En una palabra, se produjo una discusión bastante ruidosa, de la que me vi libre por la súbita aparición del lacayo. Mientras me esperaba en el patio había oído la disputa y adivinado su razón. Ahora apareció resplandeciente con todos sus cordones dorados para sacarme del apuro.

—Oiga —dijo al suboficial—, ¿cómo puede usted detener al alférez? Lo están esperando.

—¿Lo están esperando? —dijo el suboficial.

—Sí.

—¿Quién?

—Su Alteza Imperial.

—¿Su Alteza Imperial?

—Así es. Comprenderá usted que una cosa así no se puede escribir ni sugerir siquiera en un pase. ¿Entiende usted, buen hombre? ¿O es que acaso todavía no lo ha comprendido?

Ni yo llegué a comprender a qué drama misterioso y solemne, en el que yo tenía reservado un papel, o a qué clase de acontecimientos en los círculos más elevados se refería el lacayo, pero de todos modos su expresión y su tono no dejaron de impresionar al suboficial.

—¡Ya comprendo! —dijo retrocediendo un paso—. No lo sabía, ¿cómo había de saberlo?

—En todo caso —dijo el lacayo—, ahora ya lo ve usted. Si no yo no estaría esperando al señor alférez.

—Muy bien —dijo el suboficial, y ordenó luego—: ¡Pase!

Los centinelas me dejaron pasar.

—Muy bien —dije al pasar al lado del suboficial elogiándolo y le di una palmadita en el hombro—. En el porvenir aténgase también estrictamente a las órdenes recibidas. Estuvo muy bien que usted me retuviera hasta que supo a qué atenerse. ¿Cómo está el estado de ánimo en su regimiento?

Vaciló un momento y luego dijo:

—Bastante bien, mi alférez.

—No dudo —dije yo— que la disciplina sea buena si en su regimiento todos los suboficiales son como usted.

Con eso me fui y él me saludó. Sin embargo me sentía molesto. De repente me di cuenta de haber cometido una de esas irregularidades cuya suma, aunque en un caso particular como el mío no llegue a comprenderse, termina por socavar la confianza en todo. Uno no debe ser incorrecto ni siquiera ante sí mismo, y menos que nunca en situaciones críticas. Porque si en las situaciones normales uno solo se perjudica a sí mismo, en las críticas perjudica también a todos los demás.

Pero no me quedaba tiempo para seguir reflexionando sobre esto. Uno nunca cree tener tiempo si se trata de acusarse a sí mismo. Nunca queremos cargar con la culpa de algo, siempre preferimos atribuirlo a las circunstancias. Pero las circunstancias nunca tienen la culpa, siempre la tenemos nosotros mismos.

El lacayo me acompañó a través del patio y luego seguimos el mismo camino de la noche anterior. Las salas y el salón del trono estaban igualmente envueltos en penumbra y luz de luna, pero la atmósfera había cambiado. La noche anterior, este Konak todavía no era para mí nada más que un palacio en el que vivía una archiduquesa, unos cuantos generales y una damita de la que estaba enamorado. Hoy me daba cuenta de que atravesaba el palacio de los reyes de Serbia. Habían sido expulsados, pero a fin de cuentas esta seguía siendo su casa. Podía llegar el día en que volvieran a disponer de ella, y algo de eso flotaba ya en el aire de la casa. Me parecía mucho más extraña que ayer. Aquí, además, en estos aposentos, podían haber tenido lugar los asesinatos de los reyes de que tanto se habló en todo el mundo uno o dos decenios antes. ¿O aconteció en otro palacio? No sabría decirlo. De todos modos, durante un momento me pareció muy poco verosímil que pronto se abriera una puerta detrás de la cual me esperaba Resa.

Sin embargo, esta puerta se abrió y vi a Resa en el saloncito, esta vez sola, sentada en el diván donde ayer se había sentado la Mordax, hojeando un libro y fumando un cigarrillo.

Lo dejó cuando yo entré y levantó la mirada.

Me acerqué a ella, tomé sus manos y la levanté hacia mí. Luego la besé en la boca y ella me dejó hacer. Hasta levantó despacio los brazos y me rodeó el cuello. No abrió los ojos. Vi muy de cerca su cara y sus ojos cerrados, cuyas pestañas se movían muy poquito, como alas de mariposas que descansan sobre una flor. Luego, un ligero frunce se formó entre sus cejas y desapareció, y los ojos se abrieron lentamente de nuevo: tenían un brillo violáceo... eran las violetas sobre las que se habían posado las mariposas... aunque en la época de las violetas todavía no hay mariposas. Tal vez fueran unas del año pasado que invernaran soñando con el verano. Pero cuando se despertaron no había ni verano ni primavera siquiera. Era un año totalmente distinto, un año que no tenía estaciones, así era este tiempo, el nuestro.

Todavía estábamos abrazados, sin decir nada, pero de repente me di cuenta de que ya no tenía conciencia de tenerla entre mis brazos; ni siquiera tenía la impresión de haberla besado. Había creído ver mariposas y entonces mis pensamientos huyeron, atravesando estaciones, en un torbellino de todas las cosas que había vivido ya y que me parecía como si todas las hubiera vivido hoy mismo... Pasaban por delante de mí en raudo vuelo como si el mundo girase ante mis ojos; lo firme, sin embargo, se mantenía, pero lo movible, apresado en la tormenta gigantesca de aquellos giros, aleteaba y crepitaba ante mis ojos como seda de banderas rasgadas por un huracán. Eran trocitos cuadrados de brocado que restallaban y chasqueaban como tiros y se elevaban diagonalmente sobre las cabezas de una gran multitud.

Un instante después me resultó claro que de nuevo había sido presa de una completa ausencia de espíritu, exactamente lo mismo que por la tarde en el pueblo. También Resa pareció darse cuenta; vi de repente que me estaba mirando con asombro.

—¡Perdóname! —dije yo turbado mientras me enderezaba y tiraba sobre la mesa el quepis y los guantes—. Creo que he llegado tarde, pero abajo me han detenido y el camino hasta aquí me ha llevado más tiempo que el que suponía...

—¿Quién te ha detenido? —preguntó ella.

—El suboficial de la puerta —contesté—. No tenía pase válido, pero en ese momento apareció el lacayo y me hizo entrar. Siento mucho haberme retrasado. ¿Me has esperado mucho tiempo?

—He estado leyendo.

—Dame un cigarrillo —le rogué, pues había buscado en mis bolsillos y no encontré ninguno.

Tomó del diván un pequeño estuche de cuero y oro y me lo pasó. Pero los cigarrillos no salían. Volvió a coger el estuche y lo sacudió un poco hasta que salieron las puntas de los cigarrillos.

—Toma —dijo—. En presencia de la archiduquesa no nos está permitido fumar desde luego. Solo lo hacemos cuando estamos solas —dijo esto con una sonrisa y me dio también fósforos. Los tomé y besé la mano que me los entregaba.

—Escúchame —le dije mientras encendía el cigarrillo—. ¿De veras nos vamos a quedar aquí? ¿No podríamos ir a otra parte? Lo mejor sería ir a casa de Bagration. Lo despertaré y le diré sencillamente que tiene que desaparecer un rato; seguro que lo hará. ¿No quieres?

Me miró y volvió a sentarse en el diván.

—No —dijo.

—¿Por qué no? Aquí no estamos cómodos, en cualquier momento puede venir alguien y descubrirnos. Tú misma lo has dicho.

—Sí, pero no es muy probable que venga nadie. ¿Quién puede venir? Todos duermen.

—¿La Mordax también?

—No, ella no. Pero ella sabe que estoy aquí.

—¿Y si se le ocurre venir a verte?

—¡Puede hacerlo!

No contesté enseguida, sino que apagué mi cigarrillo y me senté en el diván al lado de Resa.

—Es que yo no he venido a caballo tantas horas —dije— solo para volver a verte en una situación en la que en cualquier momento pueda entrar esta amiga tuya. ¡Tienes que comprenderlo!

—No entrará, y si entra mándale salir. Ya le mandaste salir ayer. ¿De veras encuentras esto tan incómodo? Yo me alegro de poder verte y hablar contigo.

—Resa —dije yo—, fue una suerte excepcional que en vez de mandarme a Rusia me destinaran a pocas horas de distancia de Belgrado. Pero es muy posible, y hasta muy probable, que los regimientos reciban orden de marchar estos mismos días, ¡y Dios sabe adónde! Entonces tal vez nunca te vuelva a ver. Puesto que ya estás aquí, puedes salir conmigo sin que nadie se entere y volver luego como si hubieras estado todo el tiempo en esta habitación.

Ella bajó la vista y luego dijo:

—Pero no quiero —dijo, y añadió al cabo de un momento—: ¿de verdad no querrás volver a verme nunca si te vas?, ¿nunca jamás?

—Al parecer no sería la primera vez que alguien no volviera del frente. Hasta ahora, que yo sepa, en esta guerra hay ya alrededor de diez millones de muertos.

—¿Os mandarán al frente?

—¿Adónde, si no?

—Pero la archiduquesa dijo expresamente que te mandaran a un regimiento que todavía no fuera al frente.

—Sin embargo, no van a dejar un regimiento entero en la retaguardia por mi causa, si lo necesitan en otra parte. Y puedes creerme que ahora se va a necesitar todo lo que aún está disponible. ¿Qué se cuenta en la ciudad? Con respecto a la situación del ejército, quiero decir. ¿La archiduquesa sabe algo?

—¿La archiduquesa?

—Sí. ¿No os ha dicho nada sobre esto?

—¿Sobre qué? ¿Sobre el ejército? No, de esto no ha dicho nada.

—Me refiero a la situación en el frente. ¿Dónde queda el frente ahora?

—¿Dónde queda el frente ahora?

—Sí, si es que todavía se le puede llamar así. ¿No sabes que hace seis semanas va retrocediendo cada vez más? Entonces se encontraba cerca de Galípoli, en la costa turca. ¡Dónde estará ahora, los dioses lo saben! ¿Qué es lo que se dice aquí sobre los motines?

—¿De los motines?

Me miró con tanto asombro que seguramente ella no sabía nada. Probablemente la archiduquesa estaba mejor informada, pero no lo decía.

—¿Qué motines? —repitió Resa.

—Una división de húsares se negó, sencillamente, a cruzar el Danubio.

—¿Sí? ¿Por qué?

—¡Oye! —dije yo—. ¿Es que aquí no sabéis nada? ¿De qué habláis el día entero?

—Pero tú —dijo ella— tampoco hablabas ayer de estas cosas. ¿Por qué hablas hoy constantemente? ¿Qué ha pasado?

—¿Qué ha pasado? —dije yo—. Nada, es decir, nada todavía. Pero quizá ha pasado ya. Es muy probable que sí, pero aún no se sabe. Todos tendréis que enteraros, aunque momentáneamente hagáis aún como que no sabéis nada.

—¡Pero yo realmente no sé nada de estas cosas! ¿Cómo podría saberlo?

—No es posible que cosas semejantes pasen sin que aquí se sepa. Todos los demás seguramente lo saben. Deben saberlo.

—¿Cuáles son los demás? ¿Los del estado mayor? Con ellos estabas tú ayer.

—Pero hoy no es ayer, y mañana ya no será hoy. ¡Quién sabe lo que pasará mañana!

Ella calló y me miró.

—¿Creías —le dije— que te estoy contando cuentos?

—No —contestó ella—, pero tampoco podía suponer que realmente te fueras al frente.

—Bueno —dije—, pues en eso estamos. Estamos en que si te digo adiós ahora quizá no te vuelva a ver nunca. ¿Por qué seguimos aquí el poco tiempo que todavía nos queda? ¿Por qué no vienes conmigo?

Miró ella hacia el suelo y luego dijo:

—Yo también... —en esto hizo un alto y siguió—: yo también sentiría mucho no poder verte más. Pero ¿por qué me pides que vaya contigo a casa de tu amigo? Si fuera esta la última vez que nos vemos en mucho tiempo, mejor será que hablemos de cuánto lo sentimos los dos, en vez de que continúes pidiéndome una cosa que no quiero hacer.

—¿Por qué no quieres hacerla?

—¿Qué cambiaría con esto? Me dices que... que te interesas por mí, y yo también te veo con mucho agrado, si no no estaríamos aquí ahora. ¿Para qué ir a otra parte? ¿Qué adelantaríamos con hacer una cosa que puede hacer también la gente que no se importa demasiado a sí misma? ¿Por qué quieres eso?

Tomé sus manos y le dije:

—Porque tú eres lo que quiero.

Me miró un momento a los ojos, se ruborizó luego y desvió la mirada.

—Pues yo no quiero hacer eso —dijo finalmente—. Y si me quieres de veras, ¿por qué me lo pides? Me impresionaste cuando te vi la primera vez, ¡tuviste un modo de portarte tan distinto a todos los presentes!, por eso te escribí la carta, porque me sentía muy desgraciada por los inconvenientes que tenías que sufrir por mi causa; y obraste de nuevo de una manera mucho más especial que otro cualquiera cuando volviste ayer aquí para decirme que teníamos que vernos otra vez. También pensé continuamente en ti, ayer no pude dormir imaginando tu marcha a caballo para unirte con tu regimiento, me figuraba tu llegada y que estabas en medio de otros muchos jinetes, aunque muy diferente a todos ellos. Y esta noche, aunque traté de leer, solo podía pensar en ti, en cómo te acercabas cada vez más montado a caballo; ¡y ahora estás aquí! ¿Por qué no me pides cualquier otra cosa que la que quieren todos de la mujer a quien hacen la corte? ¿Por qué ha de ser necesario que vayas conmigo y despiertes a tu amigo y le hables, y que yo, cuando él pase a mi lado, tenga que volverme hacia la pared para que no me vea la cara, y que tú luego cuando vuelvas a traerme aquí tengas que decirme: «¡Hasta la vista, queda con Dios!...», como hacen todos los demás? Yo te quiero mucho —dijo ella, y de nuevo le cambió el color—, demasiado para poder hacer esto.

Me incliné hacia ella y la besé, y ella volvió a besarme.

—Resa —dije, tomándola por las muñecas y besándole las palmas de las dos manos—, no tiene sentido entregarse a ilusiones y perder el poco tiempo que nos queda. Somos iguales que los demás, con la diferencia de que tú eres más hermosa que casi todas. Pero, fuera de esto, somos como todos. De seguro no somos excepcionales. En general, ya no estamos en la época de las excepciones, es el momento de las cosas comunes. Si yo, tal vez, tengo que morir como tantos y tantos otros, ¿por qué tú no has de amarme también como aman todas a aquellos de quienes están enamoradas? Ya no tiene sentido atribuirse uno a sí mismo tanta importancia: ocurren demasiadas cosas en todas partes, y la muerte está muy próxima. Tal vez no volvamos a vernos; ven conmigo.

Ella meneó la cabeza.

—No tienes que sentirte incómoda —le dije— por causa de Bagration; es seguro que se callará y yo le romperé el cogote si no lo hace. Y tampoco debe importarte que la guardia de la puerta te vea pasar, oficial no hay ninguno y la tropa es bastante razonable como para no encontrar nada raro cuando salgas de noche. Los soldados solo verían en ti a una joven que sale porque le da la gana, y no la señorita que se crea dificultades que resultan inconcebibles para la gente de sentimientos sencillos y naturales. ¡Ven!

—No —dijo ella.

—¿O crees tal vez —pregunté— que encontrarás en los corredores a alguno que te conozca? No bajaríamos juntos, y si en realidad te ve alguien, podrías pasar por el corredor por cualquier otra razón. ¡Por eso solo no te vas a negar a venir conmigo! ¡Levántate y ven!

Me había puesto en pie teniendo una de sus manos, pero ella la retiró, y dijo:

—No, déjame. De veras no quiero.

—¿De veras no?

—No.

—¿Por qué no?

—Porque no quiero.

—¿Son esas todas tus razones?

—Tú no puedes entenderlas.

—No, en verdad no las entiendo.

—Así es, ¿cómo puede entenderlas un hombre?

—Tal vez sí...

—No. Si no, no volverías a insistir en que me vaya contigo.

—Tal vez eres tú la que no me entiendes.

—Sí. Tal vez no nos entendemos mutuamente. Me resulta penoso seguir discutiendo esto. Hablemos de otra cosa.

Me encogí de hombros y seguí mirándola un momento más. Luego me acerqué a la mesa en que estaban mis guantes, me los calcé y volví a tirarlos. Pensé que ella realmente no había captado la situación, ni el hecho de que al irme ahora tal vez no volvería nunca. Quizá creía aún que yo exageraba las noticias para convencerla y no se daba cuenta de lo que pasaba, o no quería darse cuenta. Se atribuía demasiada importancia a sí misma. De repente me pareció que no podía haber nada más molesto que su comportamiento en el momento en que estaban en juego cosas muy superiores a la prudencia o al buen nombre de una muchacha. Cuando en un ejército pasaban cosas como las que estaban pasando, los asuntos particulares de una señorita carecían de interés. Yo había cansado mis caballos galopando y casi me parecía una irresponsabilidad por parte de Resa que me lo hubiera dejado hacer sin concederme nada en recompensa. Pues puede resultar muy hermoso charlar con una joven, pero la conversación carece de sentido si no pasa de ahí. Había cansado mis caballos sin motivo. Aun sin esto el forraje era tan malo que no podía saber si mañana mismo necesitaría las fuerzas de mis caballos para alguna cosa de verdadera importancia. De repente me sentí responsable para con estos seres que hubieran podido estar tirados en la paja durmiendo en vez de esperar detrás del Konak y tener que hacer el camino de vuelta durante la otra mitad de la noche. Al menos *Phase* dormía ahora sobre la paja, y en los establos vecinos los caballos del escuadrón también dormían. Las tropas dormían también. Pero ¿quién podría saber lo que imaginarían en sus sueños? Acaso lo mismo que los húsares. Los oficiales de los húsares habían cedido aparentando que no había sucedido nada, y de momento tampoco había acontecido nada allá. Pero entre nosotros, si llegaba la orden de ponerse en marcha y la tropa sencillamente no marchara ni ensillara siquiera, ni saliera de los establos, ¿qué harían los oficiales? ¿Matar de un tiro a uno o dos, suponiendo que los demás iban a obedecer después? ¿Y si a pesar de esto no obedecieran? ¿Si el coronel salía a caballo a la carretera del pueblo y no había ningún escuadrón que se reuniera frente a las casas? ¿Y si cabalgaba a lo largo de las casas acompañado por Heister, quien en su asta hacía aletear el rectángulo de seda sagrado..., y de las casas no salía nadie? ¿Si ondeara aquel brocado, al que antaño habían seguido escuadrones y escuadrones, agitado de nuevo ahora pero sin que nadie lo siguiera, volando muy solo en el viento sin nadie a su alrededor...?

—Todavía no me has contado —oí decir a Resa de

repente— cómo has hecho esta jornada a caballo. ¿Te ha llevado mucho tiempo?

Levanté la vista.

Ella debió haberse dado cuenta de que estaba pensando en otra cosa, y como me quedé callado creyó que debía decir algo.

—¿Qué decías? —le pregunté—. ¿Cuánto tiempo me llevó? Dos o tres horas. ¿Por qué?

—Por saber. ¿Y cómo encontraste tu regimiento?

—Bastante bien.

—¿Ya has hecho amigos?

—Sí, allá hay unas cuantas personas muy simpáticas. Además también está allá Bottenlauben.

—¿Quién?

—Bottenlauben. El húsar alemán que ayer estaba con ustedes en el palco.

—¿Ah, sí? ¡Qué raro! ¿Cómo fue a dar allá?

—Como una especie de invitado. Y ahora —dije yo y cogí otra vez los guantes y el gorro— creo que tengo que volver.

—¿Ya?

—Sí. Hay bastante camino y no quiero fatigar mi caballo más de lo indispensable.

—¡Qué lástima —dijo ella con tono vacilante— que te vayas ya!

—Yo también lo siento —dije. Luego, después de un momento, le besé las manos, volví a mirar una vez más su cara, me di la vuelta y me dirigí a la puerta.

Todavía no había llegado a ella cuando percibí un rumor, como si Resa me llamara.

Volví la cara y la vi de pie con los brazos tendidos hacia mí.

—¿Cómo? —pregunté—. ¿Decías algo?

No me contestó, sino que bajó la vista y dejó caer los brazos.

—¿Has dicho algo? —volví a preguntar.

Se quedó inmóvil uno o dos segundos, luego volvió a levantar los ojos, me miró y dijo:

—No te vayas así, dime al menos que volverás.

—Al parecer —dije yo— te olvidaste de que no sé si todavía me será posible.

—Pero si te fuera posible, ¿volverías?

—¿Quieres tú que venga?

—Sí. Me... alegraría mucho. ¿Vendrás?

No contesté enseguida, y me pareció ver en sus ojos dos lágrimas.

—¿Vendrás? —repitió ella.

—Si te importa —dije yo—, vendré, por supuesto.

—¿Cuándo?

—Mañana por la noche... en caso de que todavía pueda.

—¿Mañana por la noche?

—Sí.

Vacilé un momento más, pero luego volví otra vez a su lado para besarla.

—¡Queda con Dios! —le dije, y me fui rápidamente.

Delante de la puerta esperaba otra vez el lacayo. Cuando volvíamos atravesando los salones traté de reflexionar sobre cuál sería ahora en realidad mi situación frente a Resa. Pensé en el regimiento, en la orden de marcha, en la situación de todos nosotros. De repente, a punto de abrir una puerta, el lacayo retrocedió. En la habitación siguiente había luz, y oímos pasos y palabras en ella. Nos quedó el tiempo justo de retirarnos detrás de una especie de biombo que allí había cuando se abrió la puerta de golpe y se encendió la luz en la habitación en que estábamos nosotros. Un grupo de oficiales, entre ellos dos generales, todos de abrigo puesto, pasaron apurados sin fijarse en nosotros y entraron en la habitación próxima. Dejaron la luz encendida. Conversaban en algún idioma eslavo que yo no entendí. Cuando hubieron desaparecido también nosotros salimos disparados.

Solo le dije todavía al lacayo que volvería a la noche siguiente, luego pasé por delante de la guardia y corrí hacia los caballos. Mientras Georg apretaba las cinchas le mandé que volviera con *Honvedhusar*, siempre al paso, y una vez llegado a Karanschebesch secara al caballo y se acostara. Yo me cuidaría de que Anton se ocupara de *Mazeppa*.

Con eso monté en *Mazeppa* y bajé al trote hasta el Danubio. A través del Danubio y sobre el camino de troncos volví a cabalgar al paso; luego empecé a galopar.

Sin embargo, mucho tiempo después de dejar atrás el camino de troncos seguía oyendo unos ruidos extraños, tronantes y retumbantes, como si vibraran los troncos bajo los cascos de *Mazeppa*. Pero ahora atravesábamos arena blanda. Me detuve, pero la resonancia seguía. Tampoco provenía de troncos y cascos, sino, a través de la noche en calma, del sur.

Era fuego de artillería.

Hacía mucho tiempo que no lo oía y me pareció como el débil pero incesante fragor de una lejana tormenta.

A cien, como mucho a ciento cincuenta kilómetros detrás de Belgrado, la artillería francesa hacía fuego sobre nuestro frente en retirada.

Cuando se ocultó la luna llegué a Karanschebesch. Desperté a Anton y corté sus posibles preguntas sobre la pasada noche de amor, con la breve orden de que llevara a *Mazeppa* al establo y lo secara inmediatamente.

Al mismo tiempo cerré de un portazo mi dormitorio y me tiré en la cama; estaba mortalmente cansado y me dormí enseguida.

Anton me despertó pasadas las siete. Parecía haberse propuesto no preguntarme nada más, pero en cambio movía continuamente la cabeza; solo que no le bastaba con esto sino que el movimiento de cabeza se extendía también a las manos, así que manoteaba de un modo espectral con sus guantes blancos a la luz del alba.

—Deja de hacer eso, por favor; prefiero que me digas si secaste bien a *Mazeppa*.

—Sí, mi alférez —dijo él—. El caballo está tumbado en un estado de total agotamiento.

Me dio este informe con tanta solemnidad como si no se tratara de un caballo sino de un viejo barón que se hallara en cama agotado y jadeante.

—No será tan grave —dije yo. No era posible que *Mazeppa* hubiera sufrido ningún daño, pues era un caballo demasiado bueno y estaba acostumbrado a hacer esfuerzos.

—Tráeme —le mandé— un barreño con agua. Quiero bañarme. Y luego te vas y ensillas a *Phase*. ¿Para qué hora está dada la orden de salida?

—Para las ocho —dijo—. Con impedimenta, casco y todas las armas.

—Entonces ensillas a *Phase* con la silla de *Mazeppa* y las alforjas, pero llenas de paja. Pones el abrigo en un rollo impecable, ¿eh? Apúrate, que ya no nos queda mucho tiempo.

—¡Oh, sí! —dijo—. Nos queda tiempo, pues ya he preparado la silla.

—¿Ah, sí? —dije yo—. Me parece muy bien. Entonces tráeme el agua.

—También está preparada ya —dijo. Abrió la puerta y trajo a rastras un barreño chato con un palmo de agua. Me puse de pie dentro y mientras él me enjabonaba y me enjuagaba, le dije:

—¡Qué bien, Anton, que lo tuvieras todo preparado; hay que reconocer que eres muy capaz!

—Si al menos mi alférez lo apreciara más —murmuró—. Pero mi alférez últimamente...

—Está bien —lo interrumpí—. Tráeme ahora el desayuno y vete luego a ensillar.

—¡Oh! —dijo alargando esta interjección—, ¡oh!, ya no digo nada, hace mucho que ya no digo nada.

Dicho esto, desapareció. Entretanto me vestí, todavía no tenía necesidad de afeitarme, comí unos bocados de pie y terminé de arreglarme. Anton había sacado ya a *Phase* al patio. Yo, sin embargo, entré en el establo. *Mazeppa* se revolcaba cómodamente en la paja.

Cuando salí de la casa, Georg entraba con *Honvedhusar*.

—Seca el caballo y a acostarse —le dije, y me fui al encuentro de mi sección.

Ya estaban formados y el sargento me dio el parte.

Miré a la gente, que tenía buen aspecto y buena indumentaria, aunque los uniformes, y en parte también los cuellos de las pellizas, estaban descoloridos y tenían un raro tinte gris pálido. Pero las armas y las botas estaban en buen estado. A los caballos ya empezaba a salirles el largo pelaje de invierno. Cabalgué a lo largo de la primera fila, luego les mandé avanzar un paso y pasé entre la primera y la segunda fila. Mientras tanto, miré a la gente a los ojos. Reinaba un silencio absoluto. Solo de cuando en cuando algún caballo movía la cabeza, pero se lo frenaba enseguida y solo se oía el susurro producido por sus crines.

Algunos de los hombres, según me pareció, tenían una mirada insegura. Dos me llamaron la atención porque me devolvían la mirada con una firmeza que sobrepasaba las reglas y me pareció atrevimiento. Los miré hasta que desviaron su vista.

Pregunté sus nombres a los suboficiales. En el ala izquierda de la primera fila había un cabo cuyo nombre había olvidado más tarde, pero entonces debió decirme que se llamaba Johann Lott.

Lo que recuerdo es que le pregunté si era de habla alemana y me respondió que sí. Después miré al sargento y él me dijo que algunos suboficiales de habla alemana habían sido agregados al regimiento.

—¿Por qué? —quise preguntar, pero de pronto se me ocurrió cuál podría ser la causa y no insistí.

—¡En marcha! —ordené, y nos unimos al escuadrón cuyas secciones se estaban congregando.

Di la novedad de mi sección a Anschütz.

Poco después se desenvainaron los sables, pues apareció Bottenlauben y Anschütz le dio el parte.

Esa mañana el regimiento hacía sus ejercicios, cada escuadrón por separado, en un gran llano arenoso fuera del pueblo; a nuestro lado habían salido los ulanos y, más allá, por Czepreg, maniobraban los regimientos Keith y Royal Allemand. Eran visibles cerca del horizonte como largas líneas grises. El de Keith debía su nombre a un inglés que había llegado a general en nuestro servicio. El Royal Allemand era todavía el mismo regimiento que, bajo el mando del Marqués de Bouillé, había esperado en Varennes, en la llamada «noche de las espuelas», a Luis XVI y su familia para salvarlos y hacerles pasar la frontera. Pero los guardias nacionales habían detenido al rey y ya no pudo escapar al hacha del verdugo. El regimiento, empero, se había pasado más tarde a las filas alemanas y había entrado de hecho al servicio del emperador. Era un regimiento muy famoso.

Nuestras baterías montadas no habían salido; se ahorraba a los caballos, que ya no podían alimentarse bien, el transporte de los cañones a través de la arena.

Nosotros también hicimos ejercicios durante un tiempo relativamente corto. Nuestro coronel, el señor Von Wladimir, apareció casi al término de las maniobras moviéndose entre los escuadrones de un lado para otro, dirigiendo la palabra a este y aquel, y detrás de él Heister llevaba el estandarte.

Parecía notablemente pequeño en medio de esta gran llanura, pero a veces salía de su punta dorada un resplandor deslumbrante. El brocado estaba tan pesadamente bordado que las cintas casi siempre formaban apenas un bulto colgado del asta; solamente una vez, cuando el coronel galopó un corto trecho, seguido por Heister, se desplegó y aleteó con golpes cortos y duros. Durante los ejercicios Bottenlauben me guiñó varias veces un ojo y al final, cuando el escuadrón desmontó para aflojar las cinchas, me llamó a su lado con un gesto.

—Bueno, jovencito —preguntó—, dígame, si no soy indiscreto, ¿cómo le fue?

Sonreí un poco y me encogí de hombros.

—No ocurrió nada —dije.

—¿Nada?

—Nada, aparte de una prolongada conversación.

—¿Cuál fue su contenido?

—Contenido y resultado negativos.

—¡Dios mío! ¿Y no tiene nada que contar más que eso?

—Sí. Si no, no hubiera contado nada.

—Y yo no le hubiese preguntado. Pero tal vez —no me lo tome a mal, joven—, tal vez no procedió con bastante habilidad.

—Posiblemente. Tampoco terminé con mucha habilidad.

—¿En qué sentido?

—En el sentido de que al final prometí volver esta noche.

—¿Para conversar nada más otra vez?

—Probablemente.

—¡Joven! —exclamó él—. Eso es poco, es bastante poco.

—Lo reconozco.

—Y con esto aún va usted a acabar con sus caballos.

—Espero que no, tengo tres.

—¿Y usted? ¿No dormirá?

—Todavía pude dormir dos horas.

—Entonces duerma usted esta tarde un par de horas más.

—Muchas gracias.

—¿Y esta noche quiere salir de nuevo a caballo, de veras?

—Le ruego me conceda usted este permiso, conde Bottenlauben.

Me miró moviendo la cabeza y dijo:

—Si usted cree que esta vez tendrá más suerte...

—Ahora ya —le dije— no es tanto ese mi propósito. Más bien sería una especie de despedida.

—Vaya —dijo él—, no se abata tanto. Tal vez todavía tendrá suerte. ¿Ha oído algo más?

—Sí.

—¿Qué era?

—Fuego de artillería.

—¿Cuándo? ¿Dónde? ¿En Belgrado?

Se lo conté. Él, apoyado en su caballo, miraba al suelo pensativo.

—Yo también —dijo luego— hice averiguaciones con respecto al estado de ánimo de las tropas. Pero los suboficiales no me supieron decir nada con certeza; sostuvieron que el estado de ánimo era bueno. Pero puede ser que ellos tampoco estén al tanto. O tal vez no quisieron confesar que su gente pueda estar disgustada. Yo, de todos modos, si viera el más mínimo síntoma de mal humor en alguno de estos mozos, me permitiría abofetearlo personalmente. Puede creerme.

Con eso dio orden de montar a caballo.

Una hora después volvimos al cuartel.

El coronel y Heister, empero, se habían ido ya al pueblo, y de nuevo no pude ver adónde habían llevado el estandarte.

Después del almuerzo, ese mismo día, Bottenlauben me llamó aparte un momento y me dijo:

—Jovencito, lo he pensado mejor. No me creo lo que me contó de Belgrado. Fue pura discreción suya el declarar no haber tenido suerte esta noche.

—Por desgracia, no —le contesté.

Pero él se limitó a reírse y me dijo:

—¡De todos modos, que lo pase muy bien la próxima! —Dicho esto, me dio una palmada en el hombro y me despidió.

De camino hacia el cuartel me sentía muy disgustado conmigo mismo. Pero me distraje al encontrar en casa una comunicación de la que resultaba que yo había sido traspasado oficialmente al regimiento María Isabel. El traspaso también afectaba a Anton y Georg.

—Anton —dije—, me voy a acostar; mientras tanto lleva mi guerrera al sastre del escuadrón y haz que le ponga distintivos negros. También a tu uniforme y al de Georg hay que ponérselos. Ahora pertenecemos definitivamente a este regimiento.

—¡Lo que faltaba! —dijo Anton.

Y no se podía saber sin más si lo había dicho porque añoraba sus distintivos rojos de granza, o por pesimismo en general. Solo cuando estaba a punto de dormirme se me ocurrió que esta exclamación de Anton también podía tener otro sentido. ¡Y si se había dado cuenta entretanto de que las tropas ya no eran muy dignas de confianza! Pero no tuve energía ya para llamarlo y aclarar qué había querido decir; me dormí inmediatamente y cuando desperté ya lo había olvidado.

Es que desperté del modo siguiente: Bottenlauben estaba sentado en mi cama y me sacudía por un brazo. Ya había oscurecido y Anton se hallaba de pie a un lado con una vela en la mano.

—Cadete —decía Bottenlauben—. Empieza la danza.

—¿Qué? —pregunté todo asombrado—. ¿Qué empieza?

—Nos ponemos en marcha a las siete de la mañana. Así que todavía tiene usted suerte, joven. Porque pasamos por Belgrado. Únicamente por allá podemos cruzar los puentes. Pero haremos noche inmediatamente después de Belgrado. En esta ocasión puede usted una vez más, a guisa de despedida..., etcétera, etcétera. ¿Me entiende, cadete? Pero esta noche no hay nada que hacer, por supuesto. No le puedo permitir que canse nuevamente sus caballos. Los necesitará durante los días próximos. Si quiere, envíe un campesino con un cabo para dar aviso, a fin de que no lo esperen en vano. Solo quería decirle esto. Tengo que marcharme ahora, pues hay mucho que hacer. Hasta luego.

Y dicho esto se fue. Anton, ya con distintivos negros, en una mano la vela y sobre el otro brazo mi guerrera, también provista ya de distintivos negros, estaba parado como el reproche hecho criado. Levantaba las cejas más de lo natural y sus patillas blancas casi chisporroteaban de indignación.

—Así que mi alférez —empezó—, mi alférez realmente quería, según he entendido de las palabras del señor conde, ¿quería ir de nuevo a Belgrado esta noche? Mi alférez, tú, que ya pasaste dos noches cabalgando, ¿querías pasar otra vez esta noche a lomo de caballo y en otra parte que no quiero nombrar con más claridad? ¿Pero qué es lo que te ocurre, mi alférez? Yo, aunque tenga toda la responsabilidad de cuidarte, no hubiera tenido ya la autoridad de antes para retenerte, pero gracias a Dios ha aparecido ese conde, ¿cómo se llama?, para impedir que te escapes otra vez, y esa excursión a Belgrado no tendrá lugar. ¡En esto el buen Dios y el señor conde han sido razonables y te han echado un buen cerrojo! ¿Es que en verdad no tienes otra cosa en la cabeza que seres femeninos en este momento en que tienes que considerar que el regimiento...?

—¡Silencio! —troné yo—. Te prohíbo toda esta verborrea. Dios y el señor conde no han echado un cerrojo, nada de eso... ¡Yo me voy a Belgrado lo mismo, para que lo sepas! ¡Afuera ahora, al instante, y mándame a Georg!

Se quedó rígido del susto ante mis gritos y mi resolución, que no acababa de comprender enteramente.

—¿Cómo? —balbuceó—. ¿Mi alférez quiere ir lo mismo a Belgrado, aunque el señor conde, expresamente...?

—¡Sí! —grité—. ¡Quiero ir lo mismo! ¡Así que vete de ahí y que venga Georg! ¡En marcha!

Empezó a menear la cabeza de nuevo y la meneaba cada vez más fuerte. Finalmente dejó caer la guerrera sobre mi cama, puso la vela sobre la mesa, se dio la vuelta de repente y dejó la habitación como si huyera, aunque al cruzar la puerta unió las manos sobre su cabeza, ante el incorregible que era yo.

Lo seguí con la mirada tratando de ordenar mis pensamientos y de considerar la información de Bottenlauben, pues la resolución de ir a Belgrado igualmente la había tomado sin meditarla. Ahora pensé por un momento en abandonarla, pero enseguida cambié de parecer, pues ¿quién sabía si volvería a ver jamás a Resa? Entretanto entró Georg y le pregunté qué hora era. Eran las siete.

De todas maneras no había tiempo que perder.

En resumen, le mandé que preparase enseguida a *Phase* y se fuera con ella al trote, si era necesario, otra vez hasta los puentes del Danubio y que me esperase allá. Preveía que iba a necesitar yo a *Mazeppa* para llegar hasta el Danubio, y eso a toda velocidad. Probablemente tendría un poco más de tiempo para el regreso.

A Anton, a quien solo con continuos gestos de amenaza podía impedir que estallara en sonoros lamentos sobre mi conducta y se retorciera las manos, le ordené que consiguiera de los campesinos del vecindario un poco de avena para dar raciones extra a los caballos. A partir de las nueve, además, tenía que tener a *Mazeppa* ensillado y preparado.

Esperaba estar de vuelta a las cinco y media de la mañana. A las siete todo debería estar empaquetado y ensillado. Eran las ocho menos cuarto cuando Georg se fue a caballo, no atravesando el pueblo, sino por detrás, campo a través. A las ocho estaba yo en la cantina del escuadrón.

Al parecer, Bottenlauben había resuelto celebrar una fiesta de despedida corta pero intensa. Con tazas llenas de un poco de café negro y abundante ron hizo continuos brindis por los dos monarcas y todos los príncipes de los estados alemanes, y de este modo ya teníamos una buena mona cuando todavía faltaban Lippe-Detmold, Braunschweig-Wolfenbüttel y Reuss de la línea menor. Bottenlauben estaba de notable buen humor. Sentía gran satisfacción porque al promulgar la orden de marcha no se había manifestado ni en el nuestro ni en ninguno de los demás escuadrones la más mínima señal de resistencia.

Ya eran casi las doce y yo me hallaba sentado como

sobre ascuas cuando nos mandó, muy de repente, a la cama. Dijo que mañana teníamos que estar descansados.

Que yo pensara en irme no se le había ocurrido siquiera.

Me dirigí corriendo a mi alojamiento y encontré a Anton, que se había dormido sobre la paja al lado de *Mazeppa* ensillado. *Mazeppa* relinchó suavemente al verme. Saqué el caballo del establo sin hacer caso de Anton, monté y salí disparado.

Esa noche *Mazeppa* hizo un esfuerzo extraordinario. Era apenas la una y media cuando llegué a los alrededores del Danubio. *Mazeppa* había funcionado como una máquina gigante, regular y de gran alcance. Pero al final, sin embargo, nadaba en sudor.

La noche era de luna llena, pero elevándose desde el sur aparecían cada vez más franjas de vapor en el cielo, y finalmente la luna redonda tenía un doble halo de los colores del arcoíris. Además, durante pocos minutos ocurrió un extraño fenómeno: a izquierda y derecha de la luna se formaron de repente otras dos lunas de un color rojizo turbio, casi negruzco, también rodeadas de arcoíris. Pronto volvieron a desaparecer, pero el presagio había durado bastante como para oprimirme el corazón.

También esta vez, al acercarme al Danubio, oí un ruido lejano a través de la noche tranquila, pero no era fuego de artillería, sino un continuo ruido como de martilleo, repiqueteo y chirriar. En efecto, al llegar al comienzo del camino de troncos, donde una gran carretera doblaba hacia el oeste, vi unas enormes columnas de convoyes. Venían cruzando los dos puentes del Danubio, pasaban por los caminos de troncos y, al llegar a la carretera arenosa, doblaban todos hacia el oeste. No podían ser sino la impedimenta del ejército en retirada enviados por delante.

En el camino de troncos tuve dificultad para pasar, todos los furgones estaban sobrecargados y hacían su camino con un pesado rechinar, pero se movían en perfecto orden.

También sobre los dos puentes las columnas de carros se arrastraban sin cesar.

Georg, con *Phase*, estaba parado en la cabeza del puente de la izquierda al lado del cuerpo de guardia, y la gente miraba fijamente y en silencio los convoyes. Uno gritó algo a uno de los conductores, evidentemente una pregunta, pero el conductor se encogió de hombros y siguió. No podía saber gran cosa, pues no eran más que carros de bagaje y aprovisionamiento, no carros de combate, que posiblemente venían del frente mismo. Descabalgué y ordené a Georg que volviera con él enseguida al trote. Luego monté sobre *Phase*, que había venido al trote casi todo el camino, según me dijo Georg, pues temía llegar tarde. Sin embargo, tuvo que esperarme una hora. Todo este tiempo estuvieron pasando las columnas de trenes sin que nadie supiera de dónde venían ni adónde se dirigían.

Mientras Georg montaba en *Mazeppa* y se disponía a volver, traté de cruzar el puente pasando al lado de los convoyes. Apenas había lugar y tardé mucho en llegar a la otra orilla. Luego me fui al trote hacia el Konak, até las bridas de *Phase* a las rejas de una ventana y di la vuelta al edificio hasta llegar al portal.

En la guardia no me entretuve mucho, pues llegó el

lacayo, que hacía largo rato que me esperaba, y me condujo al interior.

La conversación que tuve con Resa fue muy corta. Me recibió con los ojos brillantes de lágrimas, pues ya creía no verme más.

—Perdóname —le dije— por llegar tan tarde, pero era casi medianoche cuando pude salir de Karanschebesch. En efecto, estoy aquí sin permiso y solo para decirte unas palabras de despedida. No me fue fácil venir y quién sabe si estaré de vuelta a tiempo. Pero no quise irme sin haberte dicho adiós. Nos ponemos en marcha mañana por la mañana.

Ella no pudo pronunciar palabra.

—¿Cómo? —balbuceó al fin—, ¿de veras os marcháis?

—Sí. Pero volvemos por Belgrado. Probablemente pasaremos por aquí mañana a la tarde y luego haremos noche inmediatamente a la salida de la ciudad. Es posible que de noche pueda ausentarme otra vez para volver a verte. Pero no es nada seguro. Es fácil que se cambie alguna de las disposiciones. Tal vez sigamos en marcha durante la noche entera. La situación del ejército no puede ser buena de ningún modo. Ya anoche se oía fuego de artillería y hoy pasan muchos convoyes por aquí y atraviesan los puentes. Quizá tampoco vosotros os quedéis mucho tiempo. No comprendo cómo seguís aquí todavía. No obstante, tal vez nos volvamos a ver mañana, quizá en cualquier otro momento, tal vez nunca. De todos modos, adiós.

Con eso la tomé en mis brazos y la besé. De repente se apretó a mí y se puso a sollozar.

No había querido creer que tuviéramos que despedirnos; ahora se daba cuenta y acaso temía que fuera demasiado tarde.

Acaricié sus cabellos.

—Resa —dije—, piensa que mañana todavía pasaré por aquí. Si hay alguna posibilidad volveré por la noche. Espérame, haré todo cuanto pueda por venir, y si realmente vengo es probable que pueda quedarme más tiempo que en las otras ocasiones, pues el camino ya no será tan largo.

Con los ojos bañados en lágrimas me besó repetidamente en las mejillas y en la boca. Sus hombros, al hacerlo, temblaban como las alas de un pájaro cautivo.

—No dejes de venir —me rogó—. Dime que vendrás. Sería terrible para mí no poder verte más. Iré contigo a donde quieras. Ven a buscarme aquí y luego puedes llevarme a casa de Bagration o al lugar que quieras. ¡Te quiero!

—Resa —dije—, me siento muy feliz de que todavía me puedas decir esto. Es más precioso para mí que si hubieras ido conmigo ayer, sin desearlo realmente. Mañana, al atravesar la ciudad, trataré de hacer llegar un recado a Bagration y voy a hacer todo lo que pueda para volver aquí en la noche de mañana. Y ahora tengo que irme. ¡Queda con Dios! ¡Hasta la vista!

Con eso la volví a besar, pero ella no quería dejarme ir y mientras me acercaba a la puerta no me quitaba los brazos del cuello. Casi tuve que usar la violencia para librarme de ella y, cuando dejé la habitación, Resa se dejó caer sobre una silla al lado de la puerta, escondiendo la cara entre los brazos que apoyaba en el respaldo y sollozando. A mí también en este momento me resultó muy difícil irme. La miré un momento más y salí luego rápidamente.

En estos instantes tal vez la quería casi tanto como ella me quería a mí.

Cuando salí al patio eran casi las tres de la mañana. Había perdido mucho tiempo al atravesar el puente a causa de los convoyes y ahora, después de haber buscado a *Phase* y bajado hasta el río, casi necesité el mismo tiempo para llegar a la otra orilla, aunque cabalgaba en la misma dirección que los trenes. Seguí luego el camino de troncos, donde también me retrasé, y estaba en peligro continuo de ser empujado al pantano. Además estaba mucho más oscuro, la luna se escondía entre los turbios vapores que subían desde el sur y finalmente desapareció por completo.

Ya debían ser las cuatro de la mañana cuando al fin me liberé de los convoyes, que doblaron hacia la izquierda. Ahí terminaba el camino de troncos y empezaba la carretera arenosa. Me puse a galope tendido. Pero alrededor de las cinco me di cuenta de que *Phase* empezaba a flaquear. No se podía comparar con *Honvedhusar* y ni de lejos con *Mazeppa*; tuve que volver al trote durante largos trechos y cuando empezaba a galopar lo hacía cansada, rígida y sin ganar mucho espacio. Más tarde hasta empezó a tropezar. Temía mucho no poder llegar a tiempo a Karanschebesch.

Sin embargo, llegué con el alba. La tropa ya sacaba de los establos los caballos con su carga. Las primeras ráfagas de un viento frío del oeste que suele preceder a la lluvia nos alcanzaban por detrás a mí y a la yegua cansada.

En el zaguán de mi alojamiento ya estaban de pie

Anton y Georg con los dos caballos, *Mazeppa* y *Honvedhusar*, ensillados y cargados.

Anton estaba en ascuas, pero no tuvo ocasión de hacerme reproches, pues no había tiempo que perder. Solo dio un suspiro de alivio al verme, luego me deslicé de la silla. Mientras Anton trataba de dar de comer y beber a *Phase*, que estaba bastante apática, Georg le cambió la silla, pues él, que era el más liviano de nosotros, era quien la iba a montar, y, frotándola, le secó el cuello y las ancas. Sus cosas ya estaban en las alforjas y agregó el abrigo y la manta lo más rápidamente que pudo. Era de prever que *Phase* se repondría durante la marcha, que en su mayor parte se haría al paso. Lo que había que procurar es que Bottenlauben no viera la yegua por el momento. De todos modos estaría en la segunda fila.

Colocamos todo lo que no estaba empaquetado y nos pusimos los cascos; yo monté a *Mazeppa* y Anton a *Honvedhusar*, mientras soplaba ostentosamente para indicar cuán terrible era la angustia que otra vez había pasado por mí. Después apartó la vista meneando la cabeza y pareció tener la intención de no volver a mirarme nunca más.

Nos unimos puntualmente al escuadrón, el cual, con hojas marchitas de roble en los cascos, su insignia, se hallaba formado, y apenas me había colocado frente a mi sección apareció Bottenlauben, a quien había que dar el parte, sable en mano.

7

Bottenlauben parecía tener la intención de superar la situación interna, posiblemente bastante difícil, con extraordinaria energía, pues mandó con una voz todavía más atronadora que de costumbre envainar los sables y ponerse en marcha; el escuadrón se formó en secciones que compusieron columnas y empezó, al paso y con repiqueteo de armas y útiles, a moverse hacia la salida del pueblo.

Los campesinos, parados frente a sus casas, nos seguían con la mirada.

A espaldas de Bottenlauben, quien cabalgaba inmediatamente delante de mí, comí a escondidas el pan del desayuno que había metido en mi bolsillo.

Bottenlauben, que entretanto dirigía miradas enérgicas unas veces adelante, otras a la derecha y otras a la izquierda, no se dio la vuelta de milagro.

Mazeppa, según me di cuenta, estaba felizmente mucho más fresco de lo que yo había supuesto por mis experiencias con *Phase*. Se movía con elasticidad.

Las ráfagas de viento habían cesado, pero el cielo seguía muy oscuro.

La división se formó en una masa, así llamada porque todos los escuadrones marchaban en columnas paralelas, constituyendo un solo bloque entre Karanschebesch y Czepreg, cara al sur.

Detrás tenían que formar las baterías montadas y los convoyes, pero los escuadrones de ametralladoras en el ala izquierda de cada regimiento. Con repiqueteo, murmullos y traquetear se acercó cada una de las formaciones y ocupó su lugar.

El regimiento María Isabel formaba el ala derecha de la división, luego seguían los ulanos de Toscana y los dragones de Keith y al final el regimiento Royal Allemand.

Como yo mandaba la primera sección del escuadrón de nuestro regimiento, me hallaba en primera fila y en el extremo derecho del ala occidental del bloque de jinetes.

A cierta distancia de sus escuadrones, pero de cara hacia la tropa, se hallaban los comandantes del escuadrón y algo más lejos los coroneles y detrás de cada uno de estos, a la derecha, se elevaban, llevados por los abanderados, los cuatro estandartes.

Detrás de cada coronel, a la izquierda, se hallaban a caballo un ayudante y un sacerdote revestido. Los colores y el oro de las casullas brillaban resplandecientes.

El comandante de la división y su plana mayor se encontraban a bastante distancia, frente al centro de la división; se veía relucir el cinto escarlata del general.

Cuando el despliegue hubo terminado siguió un silencio de dos o tres minutos.

Luego sonó un toque de trompeta con la tonalidad clara y heroica de las trompetas de división, y los comandantes de los escuadrones, así como también los coroneles con sus ayudantes y el comandante de la división con su grupo, vinieron a nuestro encuentro, al paso.

Los estandartes, levemente inclinados hacia adelante, se movieron en dirección a sus respectivos regimientos.

Las puntas de sus astas relampaguearon.

A cierta distancia se detuvieron.

Había orden de no recordar a las tropas sus deberes con arengas.

En vez de esto se recitó a los regimientos el juramento de la bandera, sosteniendo en alto los estandartes.

También los comandantes de las secciones hicieron girar ahora a sus caballos y miraron los rostros de la tropa.

Luego los ayudantes de los regimientos pronunciaron en alta voz y por separado las frases del juramento de la bandera, los sacerdotes levantaron en alto los crucifijos, y así, los ojos fijos en el Salvador y en los estandartes, los soldados tuvieron que repetir el juramento.

Los ayudantes empezaron:

—Ante Dios Todopoderoso, prestamos sagrado juramento...

Con un sordo tronar lo repitieron las filas de las tropas:

—Ante Dios Todopoderoso...

—Fidelidad y obediencia a Su Majestad, nuestro Serenísimo Príncipe y Señor —dijeron los ayudantes, y la tropa repitió:

—... Fidelidad y obediencia.

Así siguió frase por frase.

Cada vez que la tropa terminaba, el recitado a coro se apagaba en un murmullo.

Los oficiales y comandantes de las secciones miraban las bocas para ver si todas pronunciaban el juramento.

Todas lo pronunciaron.

Varios suboficiales repitieron incluso frase por frase, en las lenguas de la tropa, lo dicho por los ayudantes, y la tropa contestó en sus propios idiomas.

Así se prestó el juramento de la bandera hasta terminar con las palabras: «Así Dios nos salve. Amén».

—Así Dios nos salve. Amén —repitió la tropa otra vez; el fragor se desvaneció en un murmullo y se hizo un silencio completo. Solo aquí y allá un caballo movía la cabeza. Despacio, los sacerdotes bajaron los crucifijos; los oficiales, sin embargo, miraban en silencio todavía un momento la cara de sus gentes, y luego hicieron girar de nuevo sus caballos.

Ya mientras se prestaba el juramento me había llamado la atención que un oficial montado en un caballo bayo de crines, cola y cascos negros pasara entre las secciones, al trote alemán, con cierto abandono e inclinado hacia adelante, acompañado, lo que era raro, por dos perros de espesa pelambre gris. Era evidente que quería comprobar si la tropa repetía el juramento correctamente, pero al menos los perros, pensé yo, hubiera podido dejarlos en otra parte. Además provocaba cierta inquietud, pues allí donde pasaba al trote, apareciendo repentinamente por las alas de las secciones, los caballos retrocedían un poco ante él, es decir, sobre todo ante los perros, que corrían con la cabeza y la cola bajas. En general los caballos no soportan a los perros a los que no están acostumbrados. Me parecía inútil el comportamiento de aquel oficial, sobre todo porque no pertenecía a nuestro regimiento. Más tarde desapareció en dirección a los otros regimientos.

Entre tanto, con un toque de la trompeta, se dio la orden de ponerse en marcha. El comandante de la división y nuestro coronel galopaban a nuestro lado, Bottenlauben repitió la orden con voz llena de brío, y se puso al galope delante de mí. También los otros dos capitanes repitieron la orden y, desde el lugar en que yo estaba colocado, el escuadrón, el regimiento, la división entera empezó a ponerse en marcha en filas de a cuatro, siguiendo a la plana mayor de la división, que tomó el camino que atravesaba Karanschebesch. Una gigantesca columna, bajo cuyos cascos brotaban nubes de polvo, salió del bloque de los jinetes. Inmediatamente delante de mí cabalgaba el coronel con sus ayudantes y Heister llevando el estandarte; luego seguía Bottenlauben y detrás iba yo frente a mi sección; formábamos la cabecera de los cuatro regimientos. Más o menos cien pasos delante de nosotros se hallaba el mando de la división.

Ahora también Koch y Anschütz vinieron hacia delante y nos felicitamos mutuamente porque la marcha se hubiera iniciado desde nuestra ala, pues así no teníamos que tragar polvo. Claro que este modo de ponerse en marcha se hubiera podido prever, pues habíamos estado situados en el ala más occidental, pero si volvíamos la mirada veíamos que las formaciones que había detrás de nosotros cada vez se envolvían más en polvo; se levantaba bajo los cascos de los caballos como el humo de una enorme línea de fuego y cubría gran parte de los que nos seguían antes de continuar su vuelo por los campos. Los trompetas empezaron a tocar «La generala» y luego otras sencillas marchas conocidas, por ejemplo una llamada «La partida de Trübau» y otras por el estilo.

—¿Quién era —pregunté— ese jinete que durante el juramento daba vueltas entre nuestras secciones? Debéis haberlo visto, llevaba dos perros consigo. ¿Qué idea es esa de venir con estas bestias cuando uno se pone en marcha?

Anschütz se rio un poco y luego dijo:

—¡Oh!, ese era uno del mando de la división, un capitán de la reserva entrado en años, cierto barón Hackenberg. Es oficial de enlace con el mando de este cuerpo de ejército. Evidentemente quería comprobar que todos juraban en orden; siempre lleva los perros consigo y no se lo prohíben, primero porque no hacen daño a nadie, y luego porque a él no se le dan órdenes. Dicen que es un personaje influyente, y en todo caso tiene fama de ser un tipo original a quien se le puede perdonar todo.

—Hizo que se espantaran los caballos en todas partes —dije yo—. ¿Qué es eso de pasar con perros entre filas de gente que está prestando juramento?

—Qué le vamos a hacer —dijo Anschütz.

—Bueno —dijo Bottenlauben—, ¿qué dicen los señores del modo como se prestó el juramento? Sin el menor tropiezo, ¿verdad?

—Hasta ahora, sí —dijo Koch.

—¿Hasta ahora?

—Hasta ahora.

—¿Qué quiere usted decir con esto?

—Nada —dijo Koch—. Solo quería decir que las chicas del pueblo dijeron también que la tropa había dicho que iban a prestar juramento sin reparo.

Con eso se ruborizó un poco, tal vez también porque en este momento volvíamos a pasar por Karanschebesch y los campesinos con sus mujeres e hijos todavía estaban en la calle. Pero cuando empezó a levantarse el polvo huían hacia dentro de las casas. Pues eran nubes gigantescas de polvo arenoso las que se levantaron enseguida al ruidoso paso de la cabalgata. El pueblo se llenó al instante de un chacoloteo de cascos y relinchos de caballos, que equivocadamente creían volver al establo, y con el eco del sonido de las trompetas.

Pregunté a Anschütz si conocía personalmente al capitán Hackenberg.

—No —dijo—, a él no lo conozco. Pero —agregó, pues tenía vastos conocimientos en el ejército— tiene un hermano menor con los dragones de Caprara que también es capitán, y muy alto. Se dice además que posee una fuerza extraordinaria. A este lo conozco algo.

—¿Y por qué trae estos perros consigo?

—¿El nuestro?

—Sí.

—¿Por qué no ha de traerlos? ¿Qué quieres que haga con ellos? Son suyos, y cuando nos ponemos en marcha tiene que llevarlos consigo, no puede mandarlos por ferrocarril.

—¿Los tiene siempre consigo?

—Sí.

—¿Y es —pregunté al cabo de un momento— capitán de la reserva?

—Anteriormente supongo que habrá servido durante algún tiempo como oficial en activo.

—¿Y qué hace ahora?

—¿Ahora?

—Sí, ¿qué hace cuando no circula en el momento preciso de prestar juramento espantando a los caballos?

—Eso no lo sé.

—Quiero decir, ¿de dónde proviene?

—No lo sé tampoco. Fuera de él y este hermano suyo no conozco a nadie de esta gente.

—¿Hace mucho que está con nosotros?

—Solo un par de semanas.

Bottenlauben dijo que había en la Alemania central una familia llamada Hackenberg, o que al menos la hubo, y probablemente estos dos eran parientes de esa familia. Incluso divagó ampliamente acerca de ciertas tierras alemanas que le pertenecían. Pero yo no presté mucha atención. Pronto dejamos atrás Karanschebesch, el camino se volvió monótono y empecé a dormirme sobre la silla. Ahora notaba el cansancio de las noches en vela. Verdad es que recibimos la orden de ponernos al trote, y durante casi veinte minutos lo hicimos, pero al fin volvimos al paso. Los otros charlaban entre ellos pero yo ya no compartía la charla. Solo en Eörmenjesch volví a enderezarme. Los húsares estaban parados frente a sus cuarteles y nos dirigieron unas miradas extrañas. Bottenlauben, meneando la cabeza con su gran chacó, pasó entre ellos displicentemente.

Pasado Eörmenjesch, el camino giraba hacia el sur. El viento del oeste volvió a levantarse y el polvo de nuestra columna volaba ahora hacia un lado. Empecé a dormitar de nuevo. Realmente estaba muy cansado.

Cierto es que mantenía los ojos abiertos, pero no veía ya bien lo que miraba. Las trompetas habían dejado de tocar y el repiqueteo de las armas y palas, el traqueteo de los cascos en la arena y la apagada conversación a mi alrededor se fundían en un ruido uniforme, arrullador. El terreno era completamente llano, yo lo había atravesado siempre de noche, pero ahora que hacía el camino de día no era más interesante. El cielo era de un color gris oscuro, nubes como vellones de lana lo cruzaban sobre nosotros, muy bajas. Había una notable cantidad de grajos posados en los campos y al acercarnos levantaban el vuelo en bandadas graznadoras.

Delante de mí se movían las grupas de los caballos y las espaldas de los jinetes del mando del regimiento con un ritmo tan igual como si me hubieran precedido así durante una eternidad y así fueran a precederme otra eternidad. Heister llevaba el asta del estandarte apoyada en el hombro, la rodeaba con su brazo y tenía entrelazadas las manos con que sostenía las bridas; de este modo seguía cabalgando inclinado hacia adelante, y sobre su cabeza, a cada paso del caballo, el brocado colgante y el manojo de cintas del estandarte oscilaban con la regularidad de un metrónomo. En este movimiento del estandarte se reflejaban las sacudidas desagradables del paso de un caballo ordinario de servicio. Pensé en un momento en *Phase*, que tenía un paso parecido al del caballo de Heister, y quise volverme para ver si se había repuesto, pero de repente me sentí demasiado cansado para hacerlo. Me fijé otra vez en los movimientos del estandarte, era lo único que, dibujándose sobre el fondo del cielo negruzco, permanecía dentro de mi campo de visión. Me molestaba que se sacara de paseo esta enseña de campaña como quien saca un idiota que menea la cabeza. Necesariamente, pensé, la gente tiene que perder el respeto al estandarte si Heister lo deja tambalear de un modo tan estúpido. Yo lo llevaría de un modo muy distinto. Pero este lo deja oscilar como un péndulo, solo faltaría que hiciera tictac, tic-tac...

Me estremecí y de repente tuve la impresión de haberme dormido de verdad. Una fuerte ráfaga de viento se levantó, agarró el brocado del estandarte y lo desplegó; como un relámpago se vislumbró el águila bicéfala. Al mismo tiempo, desde atrás se propaló una rara inquietud a todos los caballos de la sección. Al lado de los cascos de *Mazeppa* aparecieron, bajas las cabezas y las colas, dos grandes perros de pelo gris y un momento más tarde apareció a mi lado la cabeza de un bayo hirsuto con las crines negras.

El que montaba el bayo era de estatura nada más que mediana y de muy enjuta y esbelta figura. Podía tener más de cincuenta años, su uniforme estaba muy gastado y le quedaba flojo, el cuello de la pelliza y el oro de sus cordones se hallaban muy descoloridos, su cara era ligeramente morena y muy delgada, y tenía las mejillas y el mentón rodeados de una corta barba crespa y oscura. En la sombra de la visera del casco, empero, sus ojos eran de un azul tan insólito y fantástico que se traslucía hasta con los párpados cerrados. Nos estrechó la mano a todos y dijo:

—Hackenberg.

Con esto desnudó, entre el descolorido guante de ciervo y la manga de la pelliza, un trozo de su muñeca, la más delgada que jamás había visto yo en un hombre.

Preguntó, con una mezcla de confianza y arcaica cortesía, si podría tener el gusto de compartir nuestra compañía durante un trecho, y Bottenlauben contestó que nada nos complacería tanto, al tiempo que guiñaba los ojos como si esperara que la presencia del viejo nos proporcionara una diversión. Si hubiésemos sabido qué clase de diversión podíamos esperar de él, lo habríamos echado enseguida.

El bayo entre tanto alargó la cabeza, aspiró el aire con los ollares abiertos y siguió moviéndose con tanto abandono como los dos perros, que ahora corrían delante de nosotros.

La presencia de estos perros inquietó aún durante un rato a nuestros caballos, pero pronto se acostumbraron a la nueva compañía.

Hackenberg inició una conversación indiferente, los otros contestaron y yo me di cuenta entre tanto de que en la lejanía ya se vislumbraban la fortaleza y las alturas de detrás de Belgrado. Sin duda debía haberme dormido sobre la silla, pues de repente tuve la impresión de que ya era más de mediodía. En efecto, resultó que ya era casi la una y media y solo pasó un breve rato antes de dar la señal de parar y echar pie a tierra. Mientras aflojaban las cinchas se acercaron con estrépito las cocinas de campaña, y la tropa recibió su almuerzo.

El descanso duró casi media hora. Para los oficiales se pusieron unos platos de latón sobre las cocinas y se les sirvió pollo estofado. Además había vino de Hungría en las cantimploras. Para el mando del regimiento, que se había apeado más adelante, armaron incluso una mesa de campaña y unas cuantas sillas plegables alrededor. El coronel Von Wladimir fue invitado por el comandante de la división a compartir con el teniente Klein aquella comida.

Heister, que había clavado el asta del estandarte en el terreno arenoso, se nos acercó durante la comida con su plato en la mano. Nosotros habíamos convidado a Hackenberg. Comimos de pie. Hackenberg conversaba sobre esto y lo otro. Entre tanto Koch ofreció a los perros de Hackenberg los huesos del pollo; los perros primero echaron las orejas hacia atrás, pero luego aceptaron los huesos. Bottenlauben advirtió que no se debía dar huesos de pollo a los perros, pues podían ahogarse con ellos, pero Hackenberg dijo que sus perros no se iban a ahogar de ninguna manera.

También Heister quiso dar a los perros los huesos de su plato, pero al acercárseles se les erizaron los pelos y, cuando echó unos huesos al suelo frente a ellos, arremetieron contra él enseñando los dientes y la lengua, de tal modo que daban la impresión de ser unas bestias completamente salvajes y rabiosas. Heister retrocedió asustado y Hackenberg exclamó:

—¡Quietos! —tras lo cual los perros se retiraron de inmediato.

Hackenberg miró ahora a Heister un momento y, mientras nosotros prendíamos unos cigarrillos, dijo:

—Parece que el abanderado les resulta antipático a los perros.

Heister dijo indignado que lo sentía muchísimo.

—¿Cómo se llaman los perros? —preguntó Bottenlauben.

—No tienen un nombre especial —dijo Hackenberg—. Siempre les llamo perros. Tampoco necesito distinguir uno del otro, pues siempre están juntos.

Los perros se habían sentado otra vez y miraban con atención a Hackenberg. Los dos eran machos, animales adultos con un pelaje extraordinariamente espeso y largo.

Cuando volvimos a montar a caballo para seguir viaje, Heister se adelantó, sacó el estandarte del suelo y montó con él, pero Hackenberg se quedó a nuestro lado.

—¿Este alférez de delante —preguntó señalando a Heister— es el más antiguo del regimiento?

—Sí —dijo Anschütz.

—¿Y este alférez —y me indicó a mí— es más moderno?

—Sí —dijo Bottenlauben—, no cabe la menor duda, ya que el otro es más antiguo.

Parecía resuelto a no tomar en serio al viejo.

—¿Hay más alféreces en el regimiento? —preguntó Hackenberg.

—No —dijo Anschütz—, no hay ninguno más.

—De lo que resulta —observó Bottenlauben— que este alférez es el segundo.

—También resulta además —dijo Hackenberg dirigiendo una extraña mirada a Bottenlauben— que este alférez —y con esto me señaló a mí— tendría que hacerse cargo del estandarte en caso de que aquel —y señaló a Heister— tuviera, por ejemplo, que dejar el regimiento.

—Nada más lógico —dijo Bottenlauben.

Confieso que me sobrecogió un sentimiento muy raro cuando Hackenberg mencionó de repente las posibles circunstancias bajo las cuales tendría yo que hacerme cargo del estandarte. De repente me di cuenta de que yo había jugado con aquella idea, solo que no había querido confesármelo. Pero cuando Hackenberg lo mencionó supe que había pensado en ello. Ahora se dirigía a mí.

—¿Querrías —me preguntó— llevar el estandarte?

No supe qué contestar, pero finalmente dije:

—Sí, ¿por qué no? Pero, por otra parte, ¿por qué he de llevarlo yo siendo Heister mayor? Le corresponde llevarlo por derecho.

—Bueno —dijo Hackenberg—, acaso a pesar de todo te lo darán.

—¿A mí?

—Sí, a ti.

—¿Por qué razón?

—¡Oh! —dijo Hackenberg—, por una razón cualquiera. Podemos preguntarle.

—¿Preguntarle?

—Sí.

—¿Si me lo da?

—Si te lo da.

—Pero si no puede.

—¿Cómo que no?

—No me lo puede dar sin una orden.

—¿Pero tú lo aceptarías?

—Sí... lo aceptaría.

—Entonces llámalo.

—Pero... —dijo Bottenlauben riéndose—. Eso sí que es bueno.

—¿Qué es bueno? —preguntó Hackenberg.

—Que usted quiera preguntar a un alférez si quiere dar el estandarte a otro sin conocimiento del coronel.

—Conde —dijo Hackenberg—, ya ha habido estandartes que han pasado a otras manos sin que alguno hubiera querido entregarlos. De todos modos, que llame al alférez uno de vosotros.

Nos miramos unos a otros durante un momento y luego Bottenlauben, riéndose, dijo:

—Bueno, llámenlo.

Y Anschütz también con una pequeña sonrisa, le gritó:

—¡Heister! Haz el favor de venir junto a nosotros.

Heister se volvió en la silla, detuvo su caballo y, cuando habíamos llegado a su lado, preguntó:

—¿Qué pasa?

—De lo que se trata es —dijo Bottenlauben riéndose de oreja a oreja— que el barón Hackenberg le quiere preguntar si usted quiere entregar el estandarte a Menis.

—¿Si yo quiero entregar el estandarte a Menis?

—Sí.

—¿Por orden de quién?

—Por orden de nadie. Por su libre voluntad.

Heister miró a Hackenberg y frunció las cejas. Eran unas cejas negras y brillantes que parecían como pegadas sobre su cara, por lo demás un poco incolora.

—¡Mi capitán! —dijo cortante y con cierta arrogancia—, ¿cómo se le ha ocurrido eso?

—Bueno, bueno —contestó Hackenberg, tranquilizador—, por eso no tienes que sulfurarte tan pronto.

—¿Y a quién se debe esa linda ocurrencia?

—¿Cuál?

—La de preguntarme si quiero entregar el estandarte.

—A mí. Menis solo dijo que lo aceptaría si se lo dieran.

—Bueno —dijo Heister con un gesto de orgullo—, entonces que tenga paciencia.

Yo me enfurecí mucho por esta expresión, seguramente más de lo que correspondía a la situación, y ya estaba a punto de decirle a Heister que no se diera aquellos aires; pero Hackenberg se me adelantó:

—No digas eso. No tienes arrendado el estandarte. En cualquier momento y por cualquier razón, por ejemplo si te trasladan a otro lugar, el estandarte puede llegar a manos de Menis automáticamente. O puedes enfermar, o romperte una pierna. Entonces también lo recibiría. O puedes morir. En ese caso lo recibirá con toda seguridad.

Heister pareció perplejo por un momento.

—Ahora vamos —continuó Hackenberg— al frente. Es posible que mueras. Eso tienes que concedérmelo.

—¿Cómo no? —dijo Heister—. Si te parece... pero no sé si voy a morir o no. Por lo tanto es inútil hablar de esto.

—Bueno —dijo Hackenberg—, completamente inútil no es.

—¿En qué sentido?

—Al menos para ti sería interesante saber de antemano si vas a morir o seguir viviendo.

—Puede ser. Pero como nadie lo puede predecir no tiene sentido que me rompa la cabeza con esto.

—Para la muerte —dijo Hackenberg— debería uno estar siempre preparado. Y además, en efecto, se podría predecir; por ejemplo —dijo riéndose un poco— una gitana podría hacerlo. O un gitano. ¿Verdad?

Con esto miró a Heister y este pareció de repente extrañamente irritado por las maneras del viejo. No contestó enseguida e incluso me pareció como si un rubor pasase por su cara. Me pareció una falta de tacto por parte de Hackenberg aludir a la muerte de alguien en el momento de irnos al frente.

—No creo en los gitanos —dijo Heister al fin—. Y además aquí no hay ninguno.

—¿Ah, no? —dijo Hackenberg y miró de una manera cómica a ambos lados de su caballo como si buscara a alguien que pudiera decir la buenaventura—. Bueno, también hay otros que saben decir la buenaventura un poco. Si quieres, podría intentarlo.

—¿Tú, mi capitán?

—Sí, yo. Sobre mí mismo no me hago demasiadas ilusiones, no logré predecir exactamente cosas de verdadera importancia; pero algunos dicen que lo hago bastante bien, y en ciertos casos basta. Dame la mano. La derecha.

Nos miramos la cara unos a otros; el intento del viejo de predecir a alguien la muerte así como así no dejó de impresionarnos; solo Bottenlauben se reía, sacudiendo su gran chacó. Se burlaba de Hackenberg, pero de un modo extraño; yo tenía la impresión de que este buen humor era cosa superficial, y me daba la sensación de que no quería dejarse impresionar, como si conociera mejor que nosotros, quién sabe por qué, los modos de Hackenberg. Si no hubiera sabido que no era así, hubiera creído que se conocían de antiguo.

Heister entre tanto miraba al capitán y luego, como si la mirada del viejo lo hubiera sugestionado o tal vez porque la conversación en verdad le había despertado alguna superstición, dejó caer el estandarte contra su hombro, se quitó el guante derecho y le alargó la mano a Hackenberg.

Este tomó la mano y miró su palma.

Entre tanto llegamos hasta las cercanías de los caminos de troncos, y nos dirigimos hacia el de la izquierda, es decir, al que yo siempre había atravesado de noche. El camino se hallaba libre. En cambio, por encima de las puntas de los juncos marchitos que crecían en el pantano vimos trenes de campaña y columnas de carros que seguían atravesando el puente de más arriba y el camino de troncos correspondiente, y que no lejos de nosotros doblaban hacia el oeste. Tampoco el camino de troncos que se extendía ante nosotros estaba completamente libre; solo había sido despejado y todas las columnas de furgones habían sido derivadas al otro puente. Parecía que nuestro puente estuviera destinado al transporte de tropas y su impedimenta de la orilla húngara a la serbia, mientras que el otro estaba reservado al transporte de la orilla serbia a la húngara. Delante de nosotros, bastante lejos, vimos un regimiento de infantería que pasaba en este momento por el puente; parecía una serpiente gris casi incolora que se arrastrara en parte todavía sobre los troncos, en parte en el puente mismo. Los cascos de los soldados formaban un continuo oleaje movedizo y encorvado, y las bandas de los batallones tocaban marchas por turno. Se oían a lo lejos, traídas por el viento. Algunos carros de combate se mezclaban con la columna, sus lonas descoloridas resplandecían blancuzcas.

Más allá del puente se elevaba la fortaleza de Belgrado, un poco más baja que las nubes que en vuelo raudo viajaban de oeste a este.

Hackenberg, entre tanto, seguía mirando la palma de la mano de Heister, luego se sacó el guante y miró también su propia derecha. Era una mano larga, llamativamente estrecha y tostada. Nosotros mirábamos con cierta tensión. Finalmente dejó la mano de Heister con un gesto de cierto abandono y dijo:

—No quiero sacarte de quicio diciéndote que vas a

morir. No está bien predecir la suerte de alguien exactamente, pues de este modo solo se le empuja a ese destino. Mejor será que te deje cierto margen. Por eso te
digo: uno de nosotros dos morirá. Tú o yo, uno de los
dos no sobrevivirá a esta campaña.

Con esto volvió a ponerse el guante.

En Heister, y a decir verdad en todos nosotros, estas
palabras produjeron bastante efecto. Él cambió de color,
luego trató de reír y dijo:

—¿Ah, sí? ¿Eso es todo? Pues ahora sé tanto como
antes. Decirme que uno de nosotros dos morirá no es
muy distinto que si me dijeras que caerá uno de los diez
o veinte entre los que me encuentro. Las opciones para
mí son las mismas, morir o no. Eso es todo.

—No —dijo Hackenberg—, si yo te digo que uno de
nosotros dos caerá, tienes un *handicap* de cincuenta por
ciento, que es lo mismo que estar medio muerto.

Casi me pareció que con esto intentaba gastar una
broma, pero los demás tenían el aspecto de no saber qué
decir, solo Bottenlauben volvió a reír y dijo:

—Lo mismo que medio muerto... eso está bien. Pero
en serio —dijo dirigiéndose a Hackenberg— no debiera
usted inquietar al alférez con semejantes cosas, barón
Hackenberg. Necesita el dominio de sus nervios.

—No lo voy a perder de ningún modo —dijo Heister—. Nadie puede predecir el porvenir, por lo tanto no
me inquieta nada oír que alguien haga semejantes afirmaciones. Pero aunque estuviera dispuesto a creer al
barón Hackenberg, no sabría quién quedará con vida,
si él o yo; y me parece —agregó— que su muerte no
tendría mucho más interés para mí que la mía para él.
Así que ahora no sé más que antes.

Eso era una descortesía bastante seria, pero Hackenberg no tomó nota de ella; miró pensativamente a los perros que corrían delante de nosotros y luego dijo:

—Probablemente quedará con vida aquel de nosotros que sea más inteligente.

—Mi capitán —dijo Heister—, sin ánimo de ofenderlo, ¿cómo se puede comprobar esto? ¿Y por qué ha de seguir viviendo el más inteligente? Las balas no escogen sus víctimas según su talento o estupidez.

—Hasta cierto punto, sí. Al menos el más cuerdo, a pesar de todo el valor personal de que pueda disponer, evita situaciones que lo expongan sin motivo, mientras que el menos cuerdo no tiene la cordura de distinguirlas. Por eso ya se encuentra en desventaja. Y si queremos averiguar en efecto quién es el más cuerdo de los dos, hay un medio muy sencillo de hacerlo.

—¿Y cuál sería?

—Sería el siguiente: cada uno hace tres preguntas al otro. El primero que quede debiendo al otro una respuesta será el vencido. O mejor lo haremos así: cada uno plantea tres cuestiones al otro, y el que no sepa contestar siquiera a una de ellas será el más estúpido.

—Eso es pueril —exclamó Heister—. Siempre es posible hacer preguntas que no tengan respuesta, o preguntas sobre cosas acerca de las cuales el otro no tenga información, sin que por eso sea un estúpido.

—Queda a nuestra discreción —dijo Hackenberg— el hacer preguntas leales. En cuanto a mí puedes estar seguro de ello, y de ti también lo espero.

En este momento nuestros caballos entraban en el camino de troncos. Las maderas redondas se movían con ruido sordo bajo los cascos. Sobre los juncos ya se veía el Danubio con un brillo gris negruzco como de plata oxidada. La música frente a nosotros se oía con más claridad. Las bandas tocaban la Marcha del príncipe Eugenio mientras el regimiento de infantería cruzaba el río camino a Belgrado.

Bottenlauben sonreía ante la rara controversia de Heister y Hackenberg, y meneando su chacó, en el cual aleteaban las hojas de roble, dijo:

—Pregúntense algo bonito.

Heister parecía pensativo, pero de repente le dijo a Hackenberg:

—Para simplificar las cosas, capitán, ¿podrías decirme enseguida quién crees que va a caer, tú o yo? Pero la verdad es que no lo sabes. Es tan posible que caigamos los dos como que no caiga ninguno. Pero como pretendes saber tanto del porvenir y del más allá, y como eso ahora me interesa por encima de todo pues ya me has puesto el sello de medio muerto, dime entonces: ¿qué es lo que nos sucede en realidad cuando estamos muertos?

Hackenberg miró a Heister un momento, sonrió ligeramente y dijo:

—Nos entierran.

Con eso levantó las bridas y las volvió a dejar caer sobre el cuello del bayo.

—No —dijo Heister—, lo que yo quería decir era: si caemos, ¿adónde vamos a parar?

—A las listas de muertos —dijo Hackenberg.

—¡No! —exclamó Heister—, lo que yo quiero saber es esto: ¿qué es lo que queda de nosotros?

—La gloria —dijo Hackenberg. Y con esto miró a Heister de un modo algo burlón. Tenía razón, tuvimos que confesarnos nosotros, en todas sus respuestas. Su sencillez era asombrosa y no se podía decir nada en contra, sobre todo la gloria considerada como una continuación de la existencia era algo que tenía que satisfacer a un soldado.

Heister, no obstante, era de otra opinión.

—Son evasivas —exclamó—, no sabes nada y contestas con evasivas.

—No —dijo Hackenberg—, pero tú hiciste las preguntas de un modo poco hábil. Preguntaste por cosas sobre las cuales no puedo darte las respuestas auténticas. No porque yo no las sepa, sino porque tú no las creerías. Me ibas a decir que tendría que probártelo. En consecuencia yo, por sencillez, te di unas respuestas que aciertan en todo caso. ¿Es verdad o no?

—Sí, aciertan —dijo Heister—. Pero son tan superficiales...

—Tanto como tu apreciación de la situación. No se preguntan cosas que no se pueden comprobar. De todos modos tú ya has hecho tus tres preguntas. Pero no quiero ser mezquino. Hazme otras preguntas. Ahora que estas, por supuesto, ya no entran en este concurso. Con las primeras preguntas no he podido ser muy generoso, pero es que estaba en juego tanto mi cabeza como la tuya, pero ahora puedes preguntarme por cosas que te interesen aunque tampoco te las pueda probar. ¿Quieres saber, por ejemplo, de dónde provenís todos vosotros?

—¿De dónde provenimos todos?

—Sí. Uno tiene, en la mayoría de los casos, tanto más interés por su ascendencia cuanto menos sabe de ella. Sin embargo, de dónde viene uno es al menos tan digno de saberse como lo que tú has inquirido, a dónde va. ¿O es que tú no tienes interés en saber de dónde vienes? ¿Nunca te preocupaste de esto?

Esta pregunta produjo en Heister una extraña confusión, sin que yo comprendiera el porqué. Pero se repuso y dijo:

—Si quisiera saberlo me bastaría con mirar el Manual de los Linajes.

—Esto —dijo Hackenberg— no es instructivo en todos los casos y hay muchas cosas que no están inscritas ni en el Gotha ni en otros manuales. Aquí, por ejemplo, con una sola excepción, todas son personas distinguidas, sobre todo aristocracia que se remonta a campesinos, y los campesinos eran el pueblo y el pueblo desciende, como dicen las leyendas, de los dioses. Por eso es una ascendencia buena, solo que generalmente se la ha olvidado. Si tú, en cambio, crees estar enterado de la tuya, tú mismo puedes decírmela. Lo más sencillo es que estas tres preguntas cuyas respuestas me debes todavía las haga acerca de ti.

Heister hizo una tentativa de sonreír y dijo como sin darle importancia:

—Bueno, como quieras.

Sin embargo, había empalidecido visiblemente, y yo no podía imaginar por qué esta conversación lo irritaba de tal modo, a no ser que de veras creyese en la profecía de Hackenberg. Hackenberg miró durante un momento, como sumido en pensamientos, a sus perros que trotaban delante de nosotros, mientras que la música se oía ya muy distinta. Por el puente de enfrente pasaba ya el último batallón de infantería, y no distábamos de él más que unos mil pasos.

—Vosotros creéis —dijo Hackenberg al fin, y no era

muy claro a quién se dirigía— ser de noble ascendencia. Quizá, sin embargo, no sea así. Dime primero, pues, quién eres tú.

—¿Quién soy yo?

—Sí, tú mismo: quién eres y cómo te llamas.

Ahora, de acuerdo con sus maneras, Heister hubiera debido exclamar qué pregunta más ridícula era esa; pero no se reía en absoluto, sino que dijo mirando a Hackenberg con timidez, por así decir con cierto encogimiento:

—Me llamo Max Emanuel, conde Von Heister.

Con eso empalideció todavía un matiz más, y en general desde este momento no apartó los ojos de Hackenberg como si estuviera fascinado por él.

—Bueno —dijo Hackenberg—, esta respuesta, en verdad, no era difícil. La segunda tampoco será mucho más difícil. ¿Quién fue tu padre?

Debo confesar que, aunque la sencillez de estas preguntas nos daba ganas de reír, no nos reíamos en absoluto; en cambio, mirábamos a Hackenberg casi tan fijamente como lo hacía Heister, y este dijo, como si no hablara él sino solamente su boca:

—Mi padre era Karl Ludwig, conde Von Heister, barón de Tachsperg y Santa Magdalena, señor del mayorazgo de Portendorf. Soy hijo segundo. Fideicomisario, después de mi padre, es ahora mi hermano mayor Oktavian.

Entretanto, Hackenberg miraba la boca de Heister y movía sus propios labios como si pronunciara él mismo las palabras. También hacía gestos con la cabeza como si le alegrara cada palabra, y al terminar Heister, dijo:

—Muy bien. ¿Y quién fue tu abuelo?

Heister se puso de repente tan pálido como si fuera a descomponerse. Aunque varias veces hizo un gesto para contestar no le salió la palabra. Todos nosotros lo mirábamos fijamente. Aunque no comprendíamos qué pasaba, teníamos la seguridad de que solo podía ser algo muy inquietante. A todos nos oprimía un gran peso. En medio de este silencio los caballos seguían moviéndose al mismo compás debajo de nosotros, los troncos resonaban, nos acercábamos cada vez más a la orilla. Las últimas filas de la infantería ya habían entrado en el puente y cruzaban el río. La música se perdía por momentos en el viento fuerte que soplaba sobre el agua.

En la frente de Heister había brotado un poco de sudor. Finalmente dijo con el aire de un hombre cuya lengua quedara paralizada y que tratara de volver a hablar:

—Mi abuelo fue Leopold, conde Von Heister, fideicomisario de Portendorf.

—¡Falso! —dijo Hackenberg. Su voz de repente era otra que la de antes; se enderezó en la silla—. Tu abuelo fue un cualquiera. Tu padre era hijo de personas extrañas. El verdadero Karl Ludwig von Heister murió cuando tenía dos días. Era el último de cinco hermanos; cuatro mujeres habían llegado antes que él. Para que el mayorazgo no pasara a otras manos, Leopold von Heister compró un niño a unos gitanos que se hallaban en las cercanías. Ese fue tu padre. Y tú lo sabes. Era un secreto en vuestra familia, pero tú lo conocías. ¡Niégalo si puedes! Por lo tanto hubieras podido darme la verdadera respuesta si hubieras querido, pero has preferido mentir. Y un alférez no debe mentir, sobre todo cuando lleva el estandarte. Tampoco se les da un estandarte a los vagabundos. Tendrás que entregarlo. Mis preguntas eran sencillas, pero no las contestaste. Perdiste la cabeza.

Con eso se despidió de todos con un gesto de la mano e hizo girar a su caballo. Habíamos llegado a la orilla. Delante de nosotros apareció, vacío en toda su extensión, el puente. Hackenberg se fue cuesta abajo por la barranca que bajaba en declive desde la cabeza del puente, su bayo pisó, con una gran zancada de sus patas delanteras, el dique de la orilla, construido de madera, tierra y piedras, se puso al galope haciendo saltar chispas de sus cascos y se alejó junto a la corriente del río. Los perros corrían delante del jinete. La carretera resonaba. Desapareció entre los sauces que crecían junto al agua. Con un ruido de truenos, el regimiento pisaba el puente.

Heister se había quedado blanco como la cal. No podía pronunciar palabra. El viento fuerte que soplaba sobre el río se apoderó del estandarte y lo desplegó. El águila bicéfala, brillante, extendía las garras hacia Belgrado.

Nosotros mirábamos confusos los cuellos de nuestros caballos. Sobre todo lo de que Heister no contradijera en nada las afirmaciones de Hackenberg nos hacía imposible dirigirle la palabra. Nos resultaba inexplicable cómo sabía Hackenberg las cosas que había sostenido, pero Heister mismo parecía aceptar como realidad todo lo que le habían dicho, pues probablemente lo sabía todo. Es verdad que también los gitanos pueden ser gente honrada, solo que no deben pretender ser condes. Bottenlauben, a quien el asunto interesaba en cierto modo más que a ninguno de nosotros, porque también era conde, estaba tan perplejo que ni siquiera sacudía su chacó. Era una situación sumamente penosa. Tenía, en verdad, y nosotros lo sentíamos, una trascendencia mucho mayor que el descubrimiento de una trampa familiar. Era algo que tocaba los más profundos secretos ancestrales.

Entretanto el regimiento pasaba sobre el puente con un ruido atronador. Las planchas resonaban bajo miles de cascos. Heister, sin volver la cabeza, cabalgaba delante de nosotros. Iba agachado y con la cabeza encogida entre los hombros. El fuerte viento sacudía y meneaba el estandarte como una cosa que ya no se hallara en manos de Heister.

Sobre el otro puente, doscientos pasos a nuestra derecha, los convoyes seguían pasando de la orilla serbia a la húngara. Al cabo de varios minutos habíamos llegado al centro del río, donde se encontraban las grúas, y nos acercábamos a la ciudad. El regimiento María Isabel entero debía estar ya sobre el río y también el primer escuadrón de los ulanos de Toscana podía haber entrado en el puente.

En este momento, toda la masa de jinetes que nos seguía se detuvo de repente.

8

Nos dimos cuenta de esto por la manera en que a espaldas nuestras cesó el resonar violento de los troncos. Nosotros, y al mismo tiempo los grupos del coronel y del general de división, nos detuvimos también, y eso, curiosamente, justo después de haberse detenido los regimientos, como si hubiésemos adivinado desde hacía mucho que tendríamos que parar aquí. Se hizo un silencio absoluto en el que se oían solamente el chapoteo del agua y el silbido de las ráfagas de viento.

Nos volvimos en las sillas y vimos las filas de a cuatro inmóviles, y Bottenlauben dijo:

—¡Eh!, ¿qué pasa?

Las caras de los cuatro jinetes de la primera fila, un suboficial y tres soldados rasos, además del corneta, que estaba un poco separado, tenían una extraña expresión. El suboficial y el corneta nos miraban casi con timidez. Los tres soldados rasos, en cambio, evitaban mirarnos a la cara, mirando en línea recta, y parecían resueltos a permanecer rígidos e indiferentes de allí en adelante, sin hacer caso de nada, pasara lo que pasara. Estas caras un poco chatas de campesinos eslavos expresaban una sola cosa, pero con gran determinación: no avanzarían más.

—¿Qué? —gritó Bottenlauben—. ¿Qué es lo que pasa?

Esta llamada fue repetida por algunas voces dentro de la columna de jinetes. Aquí y allá, en la larga formación, un oficial o un suboficial hicieron girar a sus caballos, emitieron un grito y el murmullo de algunas voces les contestó: «¡Adelante!» y «En marcha», gritaban, pero no se movió nadie; los regimientos quedaron como clavados en el sitio.

Solo se oía el ruidoso trajín de los convoyes desde el otro puente.

—Bueno —dijo Anschütz dejando caer las bridas sobre el cuello de su caballo—, aquí lo tenemos.

—¿Qué es lo que tenemos aquí? —exclamó Bottenlauben.

—El motín.

Bottenlauben no contestó enseguida. Pero luego de un instante sacó despacio un gran sable corvo, hizo girar a su caballo y se adelantó unos cuantos pasos al encuentro de la cabeza del escuadrón. También los estados mayores del coronel y del general se habían dado la vuelta, se acercaron con ruido de cascos y se pararon a nuestras espaldas.

—¿Qué pasa aquí? —preguntó el general.

Nadie le contestó.

En la mano de Heister, que también se había vuelto y estaba contemplando la escena tan distante como si no le importara nada, aleteó el estandarte.

Bottenlauben se enfrentó muy de cerca con uno de los hombres de la primera fila, acercándose tanto que el hocico de su caballo casi tocó las caderas del jinete.

—¡Adelante! —ordenó. Pero el hombre no se movió.

Miraba fijamente hacia adelante aunque la proximidad del capitán tal vez lo intimidaba, y el color de su cara cambió ligeramente.

—¡Adelante! —gritó Bottenlauben y su voz se quebró.

El hombre siguió sin moverse y los demás le dirigieron rápidas miradas de soslayo.

Entonces Bottenlauben se enderezó en los estribos, levantó el sable lo más alto que pudo y lo dejó caer de plano con toda su fuerza sobre el casco del hombre con un ruido estridente; este se agachó bajo la fuerza del golpe y dos tercios del sable saltaron con un estallido y cayeron a gran distancia. Un momento más duró el silencio, luego empezó en las filas de la tropa un murmullo que aumentó enseguida, convirtiéndose en un griterío, y un instante después se levantó de todos lados dentro del regimiento, y probablemente también de los ulanos que en parte todavía estaban en la orilla, un clamoreo como nunca lo había oído.

Hizo estremecer el aire y perduró, ya un par de segundos después parecía haber durado minutos, pero no aflojó ni tenía aspecto de parar. Los soldados, sin osar dejar en apariencia la formación militar, pusieron de repente unas caras tan desfiguradas como si ellos mismos tuvieran miedo de lo que hacían, y como si quisieran, una vez empezado el griterío, acallarlo con más griterío. Nosotros, desconcertados, no podíamos hacer otra cosa que mirarlos fijamente. Aunque habíamos intuido algo, nunca hubiésemos supuesto que semejante cosa, tan extraña e incomprensible, tan espantosamente distinta, hasta entonces reprimida una y otra vez, hubiera estado escondida bajo la sumisión de esta tropa. Ahora, no obstante, estallaba, como un rebaño que se hubiese liberado de la fuerza que lo sujetaba; y aunque la tropa no hacía en verdad otra cosa que prorrumpir en gritos, parecía como si con este griterío se desprendiera de ella y del regimiento todo lo que eran: un gran instrumento de poder lleno de significado y empuje, una unidad plena de sentido histórico, una herramienta de la política mundial. Era como si los cascos y uniformes, las distinciones de los suboficiales y las águilas imperiales de las escarapelas se desprendieran de la gente, como si se desvanecieran caballos y sillas y no quedaran más que unos cientos de desnudos campesinos polacos, rumanos o ucranianos que no veían el sentido de llevar, bajo el cetro de una nación alemana, la responsabilidad del destino del mundo.

A los oficiales, cuando en medio del alboroto general trataron de hablarse, no se les oía, era como si movieran los labios sin emitir sonido. Los convoyes en el otro puente se detuvieron en parte y la gente de allá miraba en nuestra dirección. Finalmente el general de división hizo tocar la señal de «¡Atención!» repetidas veces. Las otras trompetas tenían todavía tanto sentido de su deber como para repetir la señal, y durante un rato el sonido de las trompetas atravesó el ruido como un agudo canto de gallos, finalmente se impuso y el clamor se apagó.

Otra vez se produjo un silencio en el que solo se oían el viento y el río.

Los oficiales se miraban unos a otros.

—Bonita cosa, ¿eh? —dijo Bottenlauben. Miró el trozo de sable que le había quedado en la mano y lo tiró al agua.

En este momento, Jochen, que había estado colocado al final del escuadrón, se adelantó por un lado de la columna, sacó su sable y lo entregó a su capitán.

Bottenlauben lo miró, luego le agradeció con un movimiento de cabeza y aceptó el sable.

—Señor conde —dijo Jochen—, los mozos no quieren seguir de ninguna manera.

—¿Ah, sí? ¿De ninguna manera?

—No. Dicen que si van a la otra orilla no volverán jamás. Del otro lado, dicen, hay franceses que nos van a capturar a todos. Habrán oído eso a los húsares.

Bottenlauben se volvió en la silla y miró al coronel cara a cara. El coronel, al cabo de un instante, puso su caballo en movimiento. Se fue, al paso, bordeando las columnas, y cuando había llegado cerca de la segunda sección de nuestro escuadrón se detuvo, se enderezó sobre los estribos y llamó:

—¡Soldados! —las caras de la gente se volvieron hacia él—. ¿Quién —exclamó en voz alta— dio la orden de que os detuvierais aquí?

De la columna surgió un sordo murmullo.

—¿Cómo? —gritó—. ¿Quién? ¿Quién ha sido el que os ha dado una orden que contradice la mía? Yo mandé marchar, ¿quién os mandó parar aquí? ¡Que se presente el que lo hizo! ¡Que venga aquí y me diga que dio una contraorden y yo le pediré que rinda cuentas!

Siguió un silencio absoluto.

—¡Vamos! —gritó el coronel. Sacó la pistola y la levantó.

No contestó nadie.

El coronel puso la boca de la pistola en el pecho de uno de los soldados que se hallaba frente a él.

—¿Quién es el canalla —le gritó— que te mandó parar aquí?

Casi al mismo tiempo los oficiales, todos, incluso los del mando de la división, nos pusimos al galope y corrimos entre la baranda y la tropa hasta el coronel. La tropa de este modo se veía acosada contra la otra baranda. También Anton, quien había ido al final de la primera sección, salió de la columna y se encontró de repente a mi lado. Sopló inflando los carrillos como solía hacer cuando le pasaba algo desagradable, pero yo no le hice caso.

—Ahora —gritó el coronel al hombre—, ¿quieres contestar o no?

Se propagó un murmullo amenazador. El hombre había cambiado de color y balbuceó que nadie le había dado orden alguna.

—¿Por qué —gritó el coronel— te detuviste entonces?

El hombre contestó algo en su idioma que no comprendimos y, después de eso, otro se abrió camino hasta su lado, un hombre de bastante estatura, con cara resuelta, un poco gruesa, y el ceño fruncido, y dijo en tono alto y violento, en un alemán defectuoso, que no se podía hacer responsable a uno solo. Se habían parado todos, pues todos al mismo tiempo habían resuelto no seguir adelante.

Simultáneamente empezó de nuevo un gran griterío a nuestro alrededor.

—¡Silencio! —rugió Bottenlauben.

El griterío se aplacó y el hombre continuó diciendo que no era una determinada persona quien había dicho que el regimiento no debía seguir, sino el regimiento entero que no quería ir a la otra orilla, pues era un desatino cruzar el río solo para ser capturados. La situación enfrente era desesperada, eso la tropa lo sabía muy bien, y por ello ya en Karanschebesch se habían puesto de acuerdo para no cruzar el puente. A ninguno de ellos se le iba a ocurrir, solo para cumplir una orden, hacerse capturar o más bien matar en la otra orilla.

Este discurso fue pronunciado con exaltación creciente, y de nuevo lo siguieron gritos de asentimiento. El coronel preguntó a este orador en tono bronco si el regimiento había olvidado que hacía pocas horas prestó juramento, pero el hombre exclamó que la gente ya no se sentía obligada por el juramento. No lo habían prestado por voluntad propia, y por eso carecía de valor. Y además no habían jurado hacer algo que consideraban un completo desatino. ¡Que el coronel mirara hacia el otro puente, por el cual volvían ya los convoyes de la otra orilla! ¿No era eso bastante elocuente?

—Si es un desatino o no cruzar el puente, no lo puedo juzgar yo —gritó el coronel, que le recordó que un soldado no podía criticar las órdenes de sus superiores.

Pero él ya no era un soldado, contestó el hombre, sino un campesino ucraniano a quien todo militar alemán y austriaco le importaba un pito.

Cuando el hombre decía esto se produjo en el coronel un extraño cambio. Este hombre envejecido, y probablemente también enfermo, se vino abajo visiblemente y su cara expresó al mismo tiempo asco y resignación. Guardó la pistola como si su papel hubiera terminado, se dirigió al general y dijo con tono de rutina y casi sin expresión:

—Excelencia, solicito nuevas órdenes.

Siguió una pausa. El general nos miró reflexivo. Luego

se inclinó hacia su ayudante y le dijo algo en voz baja. El ayudante se enderezó, saludó y se fue al galope entre la baranda y la columna hacia la orilla húngara. Lo seguimos con la mirada. Anton, a mi lado, carraspeó, luego se inclinó hacia mí y dijo en tono bastante alto:

—¡Bueno!

—¿Qué, bueno? —lo increpé.

—Esto nos ocurre, mi alférez, por estar ahora con este regimiento. Todo a causa de esa historia con la mujerzuela de Belgrado.

—¡Silencio! —le chisté—. En nuestro regimiento anterior seguramente habría ocurrido lo mismo.

Con esto, por lo ambiguo de la expresión, quedó confuso lo que yo quería decir.

Anton se encogió de hombros.

—No te encojas de hombros —le grité—. Si crees que tú también puedes amotinarte te tiro al agua. A ti aún te puedo dominar.

Esta discusión tuvo su fin cuando el general de la división levantó la voz y exclamó:

—¡Coronel! Diga a la tropa que si la gente no obedece, mandaré hacer fuego contra el regimiento. He ordenado a mi ayudante que dé la señal de alarma al regimiento Royal Allemand.

El coronel miró al general durante un momento, luego se volvió otra vez hacia la tropa y abrió la boca para hablar, pero apenas había pronunciado unas palabras cuando un repentino ataque de tos le impidió seguir hablando. Se tapó la boca con el pañuelo y luego dijo, con voz entrecortada todavía por la tos:

—Conde Bottenlauben, diríjase usted a la gente.

Bottenlauben se levantó sobre los estribos, elevándose

mucho sobre nosotros, y gritó con su voz más potente por encima de la columna entera:

—Si el regimiento no reanuda la marcha, Su Excelencia mandará hacer fuego contra el regimiento.

Siguió un murmullo, luego gritos confusos en una y otra parte mezclados con risas. El orador de antes acercó su caballo a Bottenlauben y exclamó:

—¿Quién mandará hacer fuego?

—¡Su Excelencia!

—¿Y quién —gritó el hombre— hará fuego?

—Aquellos —rugió Bottenlauben— a quienes se les mande.

—¿Y quiénes serían estos? —gritó el hombre—. ¿Acaso cree mi capitán que en todos estos cuatro regimientos encontrará un solo hombre decidido a hacer fuego contra sus camaradas? ¿O que haya uno solo entre nosotros que esté todavía dispuesto a obedecer una orden?

—¡Mozo! —rugió Bottenlauben—, no te vengas encima de mí con tu caballo sucio; si no vas a ver lo que te pasa —y con eso clavó de tal modo las espuelas en los flancos de su caballo alazán que este se alzó sobre las patas traseras, saltó casi encima del otro y volcó al jinete junto con el caballo.

Siguió a esto gigantesco tumulto de gente maldiciendo y caballos espantados. Bottenlauben, a quien con la indignación parecía habérsele puesto de punta cada pelo del chacó, quedó encima del caído sobre el alazán esparrancado. Pero en este momento la atención de todos se desvió de esta escena. En la orilla de la que veníamos una columna de jinetes avanzaba a paso acelerado en dirección al otro puente. Era el regimiento Royal Allemand, o al menos parte de él. Ya llegaban los primeros a la otra cabeza de puente y entraban al galope en él. Con esto se promovió un desorden entre las columnas que entre tanto se habían puesto de nuevo en movimiento. Se pararon, pero también se detuvieron los jinetes, formando un revoltijo entre los furgones. Pero enseguida saltaron de los caballos y avanzaron, fusil en mano, por el puente. A los pocos instantes llegaron sobre el río a la misma distancia que habíamos llegado nosotros en nuestro puente. Varios cientos de dragones formaron fila frente a nosotros a lo largo de la baranda, en la cual apoyaron sus fusiles, y en el mismo dique de la orilla el escuadrón de ametralladoras montó sus armas.

Este movimiento se realizó con suma rapidez. Fue seguido primero por nuestra gente casi con incredulidad, pero cuando se vio cada vez más claro que el regimiento Royal Allemand parecía en efecto preparado, dado el caso, a hacer fuego contra nosotros, toda nuestra tropa prorrumpió en gritos de indignación.

El general de la división y sus oficiales, entre tanto, cabalgaban ya a todo lo largo de la columna gritándoles a las tropas si comprendían ahora lo que iba a pasar si no se resolvían a obedecer enseguida. Pues todavía existían regimientos que sabían cuál era su deber. Si las gentes no se mostraban dispuestas a proseguir la marcha, se haría fuego.

Al mismo tiempo, procedente de la orilla, un jinete del Royal Allemand galopaba a lo largo de nuestras filas y gritaba a las tropas:

—Vuestros camaradas saben muy bien lo que significa hacer fuego contra camaradas; sin embargo, si vuestra gente sigue en su actitud, lo harán. Ellos son alemanes y obedecerán en cualquier caso.

Un oleaje de maldiciones cayó sobre él y los oficiales que cabalgaban a lo largo de la columna. En cierto lugar se formó un gran revoltijo de jinetes y parecía como si fueran a agredir al propio general de la división. En este momento probablemente había dado la orden fatal. Fuera como fuese, oímos de repente el sonido agudo de una sola trompeta. Tocaba la señal de «¡Fuego!».

Un instante después estalló un infierno. Todo a lo largo de la baranda del otro puente, en el que formaba el Royal Allemand, y también desde la orilla empezó un traqueteo crepitante, como si se arrojaran ramos verdes de pino al fuego. Pero como los disparos iban dirigidos directamente contra nosotros sonaba como un incesante palmoteo y estallido agudo encima de nuestros oídos. Una rugiente granizada horizontal de proyectiles nos barrió y en el acto nuestra columna entera, completamente desamparada, se convirtió en un caos en el que docenas y cientos de hombres y caballos se revolcaban sobre las planchas del puente. Algunos de los jinetes salvaron de un salto la baranda y se arrojaron al río, otros se apearon y trataron de devolver el fuego o tiraron montados; el retumbante galopar de los caballos espantados que se escapaban sin jinete se alejaba con un ritmo loco hacia Belgrado. A nuestro alrededor, bajo el choque de las balas salpicaba el agua como bajo una fuerte granizada.

A los primeros disparos, Heister se tambaleó en la silla. Su caballo dio vueltas sobre sí mismo como un trompo y él se asió a las crines. El estandarte se le caía de la mano cuando, de la primera sección, se adelantó el cabo Johann Lott hacia él y agarró el estandarte. Heister cayó de cabeza sobre las planchas, quedó inmóvil y su caballo salió disparado.

En este momento, en medio del revoltijo de los caídos, el coronel, sangrando de una herida en la cara y con su caballo tambaleante al galope, se adelantó, gritó al cabo e hizo un gesto señalándome a mí. El cabo dirigió su caballo hacia mí y me entregó el estandarte. Me lo pasó con la mano en alto. Aleteando y crepitando como en medio de un huracán de plomo, yo creí, en el espacio de un latido del corazón, que no me lo entregaba Lott, sino Hackenberg. Y en efecto, desaparecieron las caras de los dos en el mismo instante, pues yo apenas hube asido el asta cubierta de terciopelo cuando un disparo arrancó al cabo de su caballo.

Pero de esto apenas tuve ya conciencia. ¡Ahora tenía yo el estandarte! A mi alrededor se desataba el infierno, ¡pero yo tenía el estandarte! A mi alrededor las vidas de los demás se dispersaban como cáscara de trigo en el viento, ¡pero yo tenía el estandarte! A mi alrededor se había desatado un infierno, ¡pero yo tenía el estandarte! De repente me di cuenta de que ya desde el primer momento en que lo vi supe que lo tendría. Lo había recibido en el mismo momento en que el regimiento del que era enseña había en realidad dejado de existir... ¡pero lo tenía! ¡Yo tenía el estandarte!

Mazeppa se alzó sobre sus patas traseras. Yo levanté el brazo en alto y el estandarte aleteó por encima de las cabezas de todos, batió, crepitó y traqueteó por encima de muertos y heridos, de cayentes y caídos, cuyo aspecto le era familiar. Luego *Mazeppa* cayó sobre las patas delanteras, se desplomó hacia un lado y rodó al suelo.

Un disparo le había atravesado el pecho. Había logrado sacar a tiempo los pies de los estribos y me hallé a horcajadas encima del caballo. Miré a mi alrededor. El puente ofrecía un aspecto horrible. Estaba casi vacío. Casi todos los que habían montado un caballo yacían sobre las planchas ensangrentadas. El sacerdote ucraniano cabalgaba a lo largo del resto de los escuadrones mostrando el crucifijo a vivos y moribundos. Finalmente un tiro derribó también su caballo.

En este momento apareció Anton de nuevo a mi lado. Se apeó de un salto y me ofreció a *Honvedhusar*.

Al hacerlo, su cara estaba casi impasible. Trajo el caballo con el mismo aire ceremonioso de siempre, como si esta fuera una de sus funciones habituales, y cuando, después de un segundo de duda, no por mí, sino por el estandarte, resolví montar el caballo y puse el pie en uno de los estribos, él se apoyó en el otro para que la silla no se corriera al montarlo yo.

En este momento sentí un respeto sin límites por este viejo y le perdoné todo lo que me había hecho rabiar. Él, a pesar de sus costumbres molestas y cómicas, era uno de los últimos de una época mejor, que no existía ya, ahora menos que nunca. Pero no pude entregarme a estos pensamientos más tiempo. Cuando estuve montado vi que sobre los restos del regimiento y también sobre los escuadrones de los ulanos aleteaban paños blancos que varios soldados habían puesto en las puntas de los sables en alto. El regimiento se rindió.

El fuego cesó inmediatamente. Con un eco gigantesco resonaron los últimos disparos contra las murallas de la fortaleza que dominaba Belgrado.

El suelo del puente estaba cubierto de hombres y caballos muertos y heridos; los que todavía se hallaban en pie, del regimiento entero, podían ser no más de ciento cincuenta hombres, también en parte heridos, o descabalgados, y caballos sin jinete con las riendas colgantes que corrían de un lado para otro.

A este resto del regimiento, los oficiales y suboficiales que todavía conservaban la vida o podían mantenerse en pie lo golpearon con la parte plana de sus sables.

—¡Adelante! —gritaron.

Bottenlauben, mostrando los dientes como debió hacerlo Federico el Grande en aquella batalla en que sus granaderos no habían querido seguirlo, galopaba a lo largo del puente chillando con una voz que debido al supremo esfuerzo casi había perdido su sonido:

—¡En marcha, mozos! ¡Seguid! ¿Queréis seguir o todavía tengo que trataros a bofetadas?

Su abrigo, evidentemente debido a la rozadura de una bala, estaba roto a todo lo ancho de la espalda y cubierto de sangre. También el coronel, sangrando por dos heridas y manteniéndose con gran esfuerzo sobre la silla, volvió a ponerse a la cabeza del regimiento. Yo con el estandarte ocupé mi lugar detrás de él. Anschütz, que había perdido su caballo, vino también. Koch estaba herido, Czartoryski muerto. Los escuadrones solo tenían la tercera parte de sus efectivos. Vi también a Georg yacer sobre su sangre, y a *Phase* a su lado. Ella ya no se movía. La plana mayor del general de división, que galopaba hacia adelante, consistía ya en muy pocos jinetes. También en el primer escuadrón de los ulanos, según pudimos comprobar, reinaba la confusión, había sufrido mucho bajo el fuego. Klein sostenía al coronel en la silla. Jochen yacía bajo un caballo caído.

En total, el fuego había durado todo lo más un minuto o dos. Pero el regimiento, prácticamente, no existía. Sus restos, cuya resistencia estaba quebrada, se movían hacia nosotros empujados a sablazos. A los heridos, por el momento, había que dejarlos. En este instante solo se trataba de imponer la orden que los soldados se habían negado a obedecer, y hacerlos cruzar el río. También los ulanos, seguidos por los dragones de Keith, se ponían en movimiento y pasaban despacio a través del puente en nuestra dirección. Dos o tres trompetas tocaban. El regimiento Royal Allemand se retiró del otro puente y volvió con sus caballos. La corriente llevaba unos cuantos muertos y cadáveres de caballos.

Klein, en nombre del coronel, dio la orden de marchar al paso. El estandarte apoyado en mi estribo volaba en alto. Todos los que podían mantenerse de pie se pusieron en movimiento. Y de este modo, diezmado, ensangrentado, en parte a caballo y en parte a pie, paso a paso, el regimiento seguía al estandarte camino de Belgrado.

9

Las calles de la ciudad se hallaban desiertas, pero en las ventanas de las casas y las azoteas se apiñaba una multitud inquieta que dirigía miradas atentas a las tropas que habían librado entre sí este inaudito combate; a galope tendido vinieron a nuestro encuentro los ayudantes de la jefatura militar y asediaron a preguntas al general de división. Dejando atrás un rastro de sangre llegamos hasta la llamada plaza mayor; aquí el coronel se derrumbó de su caballo. El ayudante y el corneta saltaron de las sillas, lo recogieron en brazos y acostaron su cabeza sobre sus rodillas. Detrás de nosotros se agolpó desordenadamente el regimiento.

El general de división hizo girar a su caballo, miró primero al coronel desmayado y luego dirigió la mirada a los restos de nuestra tropa.

—¿Quién —exclamó— es el oficial que le sigue en edad?

El capitán Charbinsky, del tercer escuadrón, avanzó al galope.

—Usted se hará cargo —ordenó el general— del regimiento, que a partir de este momento queda separado de la división y a la espera de las disposiciones del Tribunal Militar. No se me puede pedir —e hizo un gesto señalándonos— que me enfrente al enemigo con esta gente. Estaciónelos en algún cuartel de la ciudad.

Dicho esto, con un gesto de desprecio hizo girar a su caballo. La sangre se nos subió a la cabeza mientras Charbinsky hacía una inclinación sobre el cuello de su caballo; sin embargo, me pareció ver aparecer una sonrisa en su boca bajo los bigotes mongoles. Durante esta escena los otros regimientos pasaban a nuestro lado por la calle Milanova y seguían luego por la calle Alexander. Al frente iban los ulanos de Toscana, con su tropa muy diezmada también, luego los dragones de Keith, en cuyos rostros noté una expresión bastante mordaz, y algunos de ellos dirigieron a los nuestros algunas frases que no comprendí. Al regimiento de Keith siguieron las baterías a caballo, luego la retaguardia, y al final, como empujándolos a todos hacia delante, apareció el regimiento Royal Allemand, cuyos oficiales y tropas, al vernos allí parados, nos gritaron que deberíamos atender a los heridos que todavía se hallaban tendidos en los pontones, pues los puentes estaban a punto de hundirse en el río.

En efecto, los pontones habían quedado dañados y agujereados de tal modo por el fuego de fusilería que el agua había empezado a entrar por los muchos impactos de las balas, llenando despacio las embarcaciones. Nuestra gente, que entretanto ya se había apeado de los caballos sin órdenes y se vendaban las heridas unos a otros, echaron ahora a correr, unos a pie y otros a caballo, reunidos en grupos, de vuelta hacia el río. Solo quedaron unos pocos, los que, demasiado débiles, se habían tendido sobre el pavimento, y caballos sin jinetes reuni-

dos en asustadizo desorden. Salté yo también del mío y
planté el asta del estandarte en el suelo entre dos losas
del pavimento. El brocado colgaba ahora laxo, como
agotado; las alas del águila, que se habían desplegado
por encima de tanta sangre, se habían vuelto a cerrar. El
ayudante, con el auxilio de Anton y del trompeta, levantó al coronel y yo lo hice transportar a una de las
casas; Bottenlauben y Anschütz, quienes habían montado sobre unos caballos de la tropa, se fueron al galope
en dirección al Danubio. El ruido de cascos de las últimas filas del Royal Allemand se desvaneció en la calle
Milanova, y yo quedé con el estandarte, con los desma-
yados tirados en el suelo y con los caballos, los cuales,
arrastrando las bridas, empezaban a ir y venir por la
plaza. Eso fue todo lo que quedó del regimiento cuya
enseña llevaba yo.

Desde las ventanas de las casas seguía mirándonos fijamente la gente que no se atrevía a salir a la calle, pues
seguramente creía que el fuego de las tropas en rebelión
podía empezar de nuevo en cualquier momento. Aunque aquel pueblo era enemigo, se reflejaba en los ojos de
la gente todo el horror que les producía el que hubiera
sido posible una catástrofe semejante. Empezó a oscu-
recer, nubes gigantescas de tintes verdosos corrían por
el cielo, y en el fantástico reflejo procedente de lo alto
las ventanas parecían repletas de mascarillas de muertos, más bien que de caras humanas. Apoyado contra
Honvedhusar miré el estandarte erigido frente a mí,
luego encendí un cigarrillo y traté de fumar. Pero sentía
tantos ojos dirigidos hacia mí que al cabo de pocos segundos no pude soportarlo; me enderecé y, describiendo
un círculo con el brazo a mi alrededor, grité:

—¡Fuera!

En el mismo momento desaparecieron todas las caras y las ventanas se cerraron de golpe.

Cuando nuestra gente llegó a orillas del Danubio, encontraron el puente sobre el que habíamos pasado hundido ya en ciertos lugares hasta los tablones; parte de los heridos trataban de arrastrarse hasta la orilla por sus propios medios. También había enfermeros voluntarios de los hospitales e, impulsadas por la misericordia, personas de la ciudad que fueron corriendo al puente para salvar a los desvalidos. Pero la corriente se apoderaba ya con toda su fuerza de los pontones medio hundidos y barría los tablones arrastrando consigo cuerpos de hombres y de caballos. Algunas anclas fueron arrancadas del fondo y el puente entero empezaba a arquearse en la dirección de la corriente del río. Nuestra gente avanzó corriendo por el puente lo más lejos que pudo y arrastró los heridos hacia la orilla sobre lonas, cuando el puente se rompió por el medio; las aguas embalsadas, de repente en libertad, se precipitaron arrastrándolo todo, pontones, vivos, heridos y muertos mezclados en un solo torbellino. Entre gritos trataron de ganar la orilla los que todavía creían poder salvarse, y en pocos segundos el puente había desaparecido, mientras la superficie del río se cubría de escombros a la deriva.

También el otro puente había sufrido tanto bajo el fuego con que algunos de los nuestros trataron de devolver el ataque del Royal Allemand que también algunos de sus pontones estaban a punto de hundirse. Los carros de impedimenta tuvieron que detenerse, pero en conjunto todavía resistió al empuje del río y los pontoneros ya estaban ocupados en arreglarlo. Durante el atardecer y la noche lograron recomponerlo de tal modo que al día siguiente ya se podía cruzar otra vez. Del puente de más abajo, sin embargo, no quedaron más que los pontones que la corriente había arrastrado hasta los bancos de arena y guijarros de la orilla y montones de tablas y vigas aún entrelazadas y enredadas.

Los heridos que se había logrado llevar hasta la orilla fueron trasladados a los hospitales. También unos cuantos muertos habían sido arrastrados hasta tierra firme y fueron dispuestos en una fila, cubiertas las caras con sus pellizas; los muertos que el río devolvió a la orilla se sacaron también y fueron dispuestos en una segunda fila.

Cuando nuestra gente volvió de su triste trabajo ya había oscurecido casi por completo. La tropa reunió los caballos que entre tanto se habían dispersado por toda la plaza, y los enfermeros se llevaron a los que habían perdido el conocimiento. Empezaron a caer unas cuantas gotas grandes y brillantes y un instante después llovía ya con gran fuerza. Con las bridas de los caballos sobre el brazo, los soldados se retiraron al abrigo de los muros de las casas cuyos tejados sobresalían y se pusieron en cuclillas, de espaldas a la pared, o se sentaron en los escalones de las entradas de las casas. Yo arranqué del suelo el estandarte y lo llevé conmigo debajo del tejado donde se hallaban reunidos los oficiales. Nadie hablaba; los caballos, con las cabezas gachas, estaban inmóviles bajo el aguacero; unas cuantas luces se encendieron en las casas y la lluvia caía ante las ventanas iluminadas como una resplandeciente catarata de plata; los faroles se balanceaban con el viento. Esperábamos el regreso del mensajero que Charbinsky había enviado a la comandancia local para que nos proporcionara acuartelamiento. Entre tanto vimos llegar a la plaza un jinete que venía por la calle Milanova. Miró a su alrededor y luego, al reconocernos, se dirigió a nosotros. Era Bagration.

—¡Al fin! —exclamó al verme—. ¡Al fin te encuentro! —saltó de la silla y vino corriendo a reunirse con nosotros bajo el tejado—. Hace una hora que te busco —dijo—. Me fui siguiendo a la división, pero allí me dijeron que vosotros ya no estabais con ellos; perdí mucho tiempo con esto, pues hace rato que debiera haber salido.

—¿Salido? —le pregunté.

—Sí.

—¿A dónde?

—Nos vamos en tren.

—¿Quién, el estado mayor?

—Sí. No hubiera sido posible que yo me ausentara, pero la señorita Lang nos hizo tal escena que Orbeliani al fin me dio permiso para salir en tu busca.

—¿La señorita Lang os hizo una escena?

—Sí. Vino llorando, quería saber dónde estabas. Le dijimos que no lo sabíamos, pero entonces se puso a gritar que tenía que saberlo y nos hizo una escena tal que todo el mundo vino corriendo y finalmente Orbeliani me mandó que saliera a buscarte.

—¿Ah, sí? —dije yo. Y de momento no se me ocurrió nada más. Los otros me miraron, se hizo un silencio y luego Charbinsky preguntó:

—¿Así que el estado mayor se va?

—Sí —dijo Bagration.

—¿A dónde?

—De vuelta a Hungría.

Los oficiales se miraron unos a otros. Luego de un instante me separé con Bagration.

—Oye —le dije—, dile a Resa de mi parte que le beso las manos pero que me resulta imposible verla en este momento. No puedo ausentarme de aquí ahora. Tengo el estandarte. Heister cayó y yo tengo el estandarte ahora. Tal vez mañana me sea posible verla. Nos quedamos aquí en la ciudad. Díselo, hazme el favor. Le agradezco que te haya mandado a buscarme y espero poder encontrarla mañana en alguna parte.

—¿Mañana? —dijo él—. Mañana tal vez ya no estará aquí.

—¿Cómo que no?

—A la archiduquesa también se le va a sugerir que salga. Muy probablemente se evacuará toda la ciudad.

—¿Evacuarán la ciudad?

—Es muy posible.

—¡Pero si a nosotros nos dieron orden de quedarnos aquí!

Bagration se encogió de hombros.

—¿Dónde queda ahora el frente? —pregunté yo.

Solo me contestó con un gesto muy vago.

—Vaya, vaya —dije, y él prendió un cigarrillo.

En este momento apareció en la plaza un segundo jinete, que descabalgó y entregó un papel a Charbinsky. Este lo leyó, se lo metió en el bolsillo y mandó montar a caballo.

Nos habían dado la orden de instalarnos en los cuarteles de caballería de la calle Milanova, pero como la tropa no demostraba demasiada prisa por salir a la lluvia y hacía preparativos para cubrirse con lonas, Bottenlauben exclamó:

—Salgan de debajo de los tejados. ¡Fuera!

Con lo que las gentes salieron de sus resguardos y empezaron a montar en los caballos.

—De todos modos —le dije a Bagration—, dile a Resa de mi parte que tengo la esperanza de volver a verla, si no mañana, en alguna otra ocasión. En este momento me es imposible. Quedo en deuda contigo por haber venido y muy agradecido a Resa por mandarte. Adiós.

Dicho esto le di la mano y él volvió a echar las bridas que había tenido en la mano sobre el cuello de su caballo y montó en la silla. Luego vaciló un momento más y me dijo:

—Te quiere muchísimo.

Miré hacia el suelo en silencio y al fin le dije:

—No puedo dejar el estandarte ahora.

No contestó nada y al cabo de pocos instantes me dirigí a mi caballo y monté yo también, recogí el estandarte del suelo y lo apoyé en el estribo. Bagration me miró un momento más, saludó luego y se fue al galope.

Formamos en fila de a dos y detrás venían los que habían perdido sus caballos y nuestro convoy de impedimenta. Al cabo de pocos minutos estábamos calados hasta los huesos. Bottenlauben, cabalgando a lo largo de las filas, miraba con expresión amenazadora las caras de los soldados, mientras delante de la primera fila se hallaba parado diagonalmente Charbinsky sobre su caballo, que estaba todo mustio como un caballo de la estepa y doblaba una de las patas traseras. Charbinsky estaba inmóvil, con el cuello de la pelliza levantado hasta las orejas, sin volverse, mientras la lluvia goteaba por las puntas de su bigote.

Finalmente se dio la orden de ponerse en marcha. La lluvia tamborileaba sobre nuestros cascos, se deslizaba a través de los uniformes y llegaba hasta dentro de las botas; de las gárgolas caían chorros resonantes de agua sobre el pavimento, y del estandarte, que se tambaleaba sobre mi cabeza como un atado de ropa mojada, caían chorretones sobre mis hombros. Mientras cabalgábamos a lo largo de la calle Milanova pensé un momento si no debería intentar ver a Resa esta noche, pero abandoné la idea casi inmediatamente. De repente me resultaba difícil pensar en ella, me sentía preso de una extraña indiferencia; tal vez era resultado del cansancio, pues llevaba varias noches sin dormir. No me sentía capaz de formular ideas claras; solo un revoltijo de imágenes que ya no podía gobernar se agolpaba en mi interior: imágenes de filas de jinetes y nubes de polvo, el traqueteo de los disparos, la cara del coronel, los rostros de los muertos, las máscaras en las ventanas que rodeaban la plaza... solo faltaba la cara de Resa.

Apenas tuvimos que cabalgar unos cuantos minutos antes de llegar a los cuarteles. Pero allí nos dieron a entender en seguida que no podíamos acuartelar, pues todas las estancias se hallaban ya repletas de heridos que habían sido traídos del frente en retirada.

—Sin embargo, teníamos orden —dijo Charbinsky— de acuartelar aquí.

—Es muy posible —le contestaron—, pero no hay sitio.

—De manera que teníamos que buscar otro alojamiento.

Entretanto estábamos parados bajo la lluvia torrencial. Finalmente nos dieron el consejo de alojarnos en el edificio de enfrente, una escuela. Allí solo una parte de las salas estaban llenas de heridos.

Anschütz dijo que también necesitábamos establos.

Tampoco los había, le contestaron, pues hasta estos estaban llenos de heridos.

Finalmente cruzamos la plaza en dirección a la escuela, un gran edificio de varios pisos, y nos apeamos de los caballos.

Todavía desde la silla planté el estandarte en el suelo y bajé del caballo.

Desde entonces no he vuelto a montar a caballo.

Tomé el estandarte y seguí a los demás dentro de la casa.

Las salas que encontramos estaban atestadas de bancos de escuela que habían traído de las salas donde yacían los enfermos. Mandamos apilar los bancos para hacer sitio de la mejor manera posible. A los soldados se les asignó la sala de dibujo y dos aulas, y a los oficiales, algunos gabinetes y salitas comunicadas entre sí, donde los ordenanzas empezaron a improvisar camas con las mantas de la impedimenta, mientras nosotros permanecíamos todavía en el patio tratando de hacer entrar los caballos en el edificio. No fue fácil hacerlos subir por los escalones de acero de la entrada que conducían a la planta baja e instalarlos en la sala de gimnasia y algunas aulas; resultaba absurdo verlos allí, sin paja, entre los aparatos de gimnasia, inseguros como sobre hielo y temiendo resbalar continuamente. Algunos se negaron terminantemente a subir por los escalones y hubo que dejarlos en el patio. Sería difícil de encontrar un cuartel más grotesco que esta escuela; hubieran podido colocarnos en graneros, en las plantas bajas de las casas de los campesinos, incluso en iglesias; nada parecía tan inadecuado como estos ambientes modernos de suelos encerados sobre los que resonaban los cascos de los caballos. Era como si se nos quisiera demostrar en qué mal lugar y época estábamos.

Cuando, por fin, con el estandarte al hombro, subí las escaleras que conducían a nuestros cuartos, me dio en la cara el hálito de mis horas de escuela, olvidadas hacía mucho tiempo. Los suelos aceitados olían como los de la escuela a la que yo había ido y el olor de fenol de las salas de enfermos se confundía con el de aquel líquido con el que ya entonces se desinfectaban los retretes. En un rincón del gabinete en que estaba yo alojado había bancos de escuela apilados hasta el cielo raso, y en el otro extremo Anton estaba ocupado en preparar una yacija para mí con viejas mantas de caballos que tal vez había encontrado en algún carro de pertrechos. No había otra cosa, pues mi equipaje se había perdido con la silla de *Mazeppa*. Al abrir la puerta de la habitación contigua vi que me encontraba en un gabinete de historia natural lleno de animales disecados, vitrinas con piedras relucientes, peces metidos en tarros de alcohol, esqueletos de gatos, martas y perros y un esqueleto humano de pie. Volví a cerrar la puerta y abrí la próxima, que conducía al alojamiento de Bottenlauben; allí ya había fuego en la estufa y ponían la mesa para nuestra cena. Bottenlauben se hallaba de pie, desnudo hasta la cintura, y le estaban vendando la herida que había recibido diagonalmente sobre la espalda. No era más que un rasguño de bala.

Volví a mi cuarto e hinqué el estandarte, con la punta de acero que tenía en la parte inferior del asta, entre las tablas del suelo en medio de la habitación. Allí quedó con un sonido hueco y vibrante.

Luego me saqué el casco y los correajes; pero como no quería sentarme sobre uno de los ridículos banquitos de niños, me quedé de pie y miré lo que hacía Anton.

—¿Qué tal? —dije al fin.

—Bueno —dijo él mientras me quitaba la pelliza para ponerla enrollada como almohadón sobre mi cama—. La pelliza está mojada, menudo chaparrón, y nuestras cosas se han perdido, *Mazeppa* ha muerto y a *Phase* le han pegado un tiro, Georg está herido, pero han podido traerlo hasta la orilla. El teniente barón Koch también ha llegado a tierra. El príncipe Czartoryski ha caído y el conde Von Heister ha muerto de los primeros. Los útiles de aseo, que estaban en las alforjas de *Mazeppa*, también se han perdido, claro. El señor coronel tiene dos heridas graves y todavía se encontraba sin conocimiento cuando yo me vine; el teniente Klein se quedó para acompañarlo. La segunda manta del señor alférez que Georg tenía en su silla también se perdió. El teniente Von Broehle ha caído y los tenientes Faber y Kömetter muy probablemente se ahogaron, pues fueron heridos con los escuadrones de atrás y no se les pudo sacar del puente. El ordenanza del conde Bottenlauben, Jochen, el que no sabía servir la mesa, ha muerto. De la ropa interior de mi alférez encontré algo en las alforjas de *Honvedhusar*, todo lo demás se perdió. Se pudieron sacar a la orilla treinta y cuatro heridos y algunos muertos, los demás se quedaron en el río; eso es lo que han conseguido, pues esos pillos, que Dios los tenga en su gloria, no querían cruzar el puente.

Habló sin castañetear los dedos ni una sola vez y sin dudar ante ninguno de los nombres; quedé muy asombrado de la facilidad con que ahora los recordaba todos.

—Si mi alférez me lo permite serviré ahora también al señor conde, pues se ha quedado sin aquel Jochen, y de este modo procuraré, sin llamar la atención, que mi alférez pueda lavarse con las cosas del señor conde hasta que hayamos conseguido algunas, y también serviré a la mesa, para que los señores no tengan que mirar durante la comida esas carotas de los que se han rebelado. Quien con cerdos a comer se sienta, tiene que atenerse a las consecuencias.

Quedé tan asombrado ante este discurso y el tono raro y confuso en que me hablaba —era evidente cuánto lo habían trastornado los acontecimientos— que solo le dije:

—Está bien..., está bien.

Anton se ajustó entonces sus blancos guantes de hilo y se fue a la habitación de Bottenlauben, a donde lo seguí un instante después.

A la cena vinieron, además de Charbinsky, nosotros dos y el ayudante, otros dos caballeros del tercer escuadrón y del escuadrón de ametralladoras (un teniente llamado Szalay y un tal teniente Von Weiss), además de un oficial de intendencia y el teniente interventor. Klein nos informó de que el coronel, al volver en sí de su desmayo, se había ido con unos caballeros hospitalarios de San Juan; luego Charbinsky tomó la palabra y sostuvo durante algún tiempo una conversación con la cortesía característica del polaco, pero hablando de todo excepto de nuestra situación actual, hasta que Bottenlauben lo interrumpió preguntándole cómo creía que iban a seguir las cosas y qué nos sucedería ahora.

—¿Cómo dice? —preguntó Charbinsky inclinándose con un gesto deferente.

Bottenlauben dijo que deseaba saber si se permitiría que los cabecillas de entre la tropa, que tenían en su conciencia la sangre de los demás, siguieran con sus trabajos de zapa o si se pensaba descubrirlos y arrestarlos.

—¡Ah! —dijo Charbinsky encendiendo un largo cigarrillo en una vela que le ofreció Anton—. Eso dependerá de las órdenes que estamos esperando. Posiblemente tendremos una investigación por parte de los tribunales militares.

Nos dijo que él no creía en la existencia de tales cabecillas. Las tropas, según había oído decir, declararon haber procedido de común acuerdo. Así que resultaría difícil responsabilizar a determinadas personas por lo que todos habían cometido en conjunto.

Lo primero, contestó Bottenlauben, él no creía que a semejante motín se pudiera llegar sin cabecillas, y si realmente no los hubo, sería necesario responsabilizar a la tropa entera.

Charbinsky lo miró un momento de soslayo y luego dijo:

—Es que usted, probablemente, conoce muy poco el carácter de nuestra gente para comprender cómo se debe interpretar esta negativa a seguir luchando. No se les puede pedir a estos campesinos ucranianos, tan sencillotes, lo que tal vez se pueda pedir a sus alemanes. Siguen siendo, por más que vistan uniforme, los mismos campesinos de siempre. Y sobre todo siguen siendo ucranianos. En consecuencia tienen intereses muy diferentes de los nuestros. Aquellos que comparten nuestros intereses, los oficiales y suboficiales, han cumplido con su deber. Pero en las tropas no puede usted suponer un espíritu militar que por naturaleza no tienen. Son dema-

siado primitivos para esto. A estas gentes se les ha enseñado a tener cierto aire marcial, pero nada más. ¿Qué
otro castigo quiere imponerles usted? El ataque del
Royal Allemand ya ha resultado bastante destructor,
¿no lo cree usted así? Dos tercios del regimiento ya no
existen, ¿no significa esto nada para usted?

—No los considero —contestó Bottenlauben— tan
sencillotes como usted se complace en pintarlos, y si les
hubieran enseñado con tiempo que tienen que ser soldados, y no un rebaño de carneros polacos, no hubiera
sido necesario imponerles hoy esta convicción con varios cientos de muertos y heridos.

—¿Le parece? —dijo Charbinsky mientras sacudía la
ceniza de su cigarrillo—. Bueno, tal vez ha sido un error
hacer de ellos soldados, de todos modos se hizo corriendo un riesgo, y no podemos sorprendernos de que
al final fallen. Estos hombres que personalmente no tienen ningún interés en la guerra ya llevan cuatro años en
el frente por Austria. ¿Cuánto tiempo más, en su opinión, deben pelear por una causa que para ellos no significa ninguna idea, sino todo lo más una costumbre?
¡Si ni siquiera han agredido a los oficiales, se han limi-
tado a declarar que ya están hartos y quieren volver a
casa! ¿Es eso, acaso, tan incomprensible?

—¿Quiere usted —exclamó Bottenlauben— justificar
todavía su conducta?

—No —dijo Charbinsky—, solo quiero impedir que
usted cargue sobre ellos una culpabilidad que no es
tanto suya como del sistema. Además no fui yo quien
empezó a hablar de esto, sino usted. Y yo propongo que
cambiemos de tema. Una investigación judicial no es
cosa tan honrosa para que usted la desee con impacien-

cia. Personalmente no pienso de ninguna manera proceder contra los soldados por mi cuenta, y prohibo terminantemente desde ahora cualquier injerencia particular de ninguno de los caballeros. El regimiento ya ha sufrido bastante. Y si los acontecimientos en general siguen su curso como hasta ahora, resultará muy poco probable que haya lugar a una investigación ulterior. Así lo espero, al menos. Por otra parte, por supuesto, así lo temo.

—¿Qué quiere usted decir con esto?

—Quiero decir que probablemente muy pronto ya no pediremos rendimiento de cuentas a las tropas, sino que las tropas nos lo pedirán a nosotros.

—¿Eso le parece?

—Sí. Nosotros tendremos que responder por lo que hemos hecho.

—¿Lo que hemos hecho? Hemos hecho lo que nuestro deber nos dictaba.

—Eso es —dijo Charbinsky—. Eso, precisamente.

Y en el silencio que se produjo encendió un nuevo cigarrillo. Después su mirada se cruzó con la de Bottenlauben, pero cuando este parecía disponerse a contestar algo, se le adelantó dirigiendo una pregunta al teniente Von Weiss, que había servido en su escuadrón. Von Weiss, después de un instante, le contestó, y Charbinsky inició de nuevo una conversación sobre cosas indiferentes, como había hecho antes. Estaba sentado con aparente negligencia y con su bigote mongólico caído, hablando como si improvisara, pero en realidad dominaba la conversación por completo, dirigiéndola a los asuntos insignificantes que deseaba.

Hacia las diez se levantó, dijo que había dispuesto el

sepelio de nuestros muertos para la mañana siguiente y se despidió.

Cuando hubo salido se produjo un silencio, luego Bottenlauben nos miró y dijo:

—Bueno, ¿qué dicen ustedes ahora?

Anschütz dio unos golpecitos sobre la mesa con la caja de fósforos que tenía en la mano, la dejó luego y dijo:

—Este Charbinsky, por supuesto, tiene una relación muy diferente a la nuestra con las tropas. Es polaco, incluso creo que de origen ruso; en lo externo, su comportamiento es enteramente igual al de un oficial imperial, pero sin embargo quiere mucho a sus ucranianos, sin que por eso confraternice con ellos. Un gran señor polaco siempre guardará la distancia entre él y sus gentes, sin embargo los considerará siempre como gente suya; los comprende mejor que nosotros y puede ser que en algunas de las cosas que dijo, desde su punto de vista, tenga tanta razón como nosotros desde el nuestro. Es un enfrentamiento de dos puntos de vista. No creo, sin embargo, que no sepa lo que debe hacer, y tal vez ha sido imprudente por su parte, conde Bottenlauben, y solo ha servido para despertar su espíritu de contradicción, llamarle la atención sobre lo que según su opinión se debería hacer. Por el momento está en su derecho al esperar que se inicie la investigación judicial, sin que pueda proceder hasta entonces por su cuenta.

—¡Pero él duda incluso —exclamó Bottenlauben— que se llegue a semejante investigación! Ustedes acaban de oírlo.

—Así es —dijo Anschütz—, en efecto. Y además hay bastantes razones para creer que esta investigación no llegará a realizarse, y yo mismo, si le interesa saberlo, lo dudo también.

Con esto se levantó, nosotros también nos levantamos, y como no sabíamos qué más decir nos quedamos ahí parados hasta que finalmente nos despedimos de Bottenlauben, quien, las manos en los bolsillos de su guerrera, se quedó sentado ante la mesa con la mirada fija. Los demás se fueron, yo me quedé un momento más; él levantó al fin la vista y se encogió de hombros, y yo me incliné y volví también a mi habitación.

Ahí estaba erigido el estandarte; en la corriente de aire que entraba por la puerta se movieron durante un momento las cintas, luego volvieron a caer y de la hoja dorada que coronaba el asta salió un destello; cerré la puerta detrás de mí. Por primera vez me hallaba a solas con el estandarte.

Cuando todavía lo llevaba Heister solo lo había visto de lejos; desde que lo llevaba yo, los ojos de los demás se habían dirigido siempre hacia mí. Ahora me encontraba a solas con él.

Ya al entrar, sus cintas habían aleteado con un movimiento de retroceso como si me rehuyeran y ahora, aunque nadie más estaba presente, me resultaba mucho más difícil acercarme que tomarlo en presencia de todo el regimiento y apoyarlo en mi estribo. Lo mismo que una mujer que en sociedad puede producir la impresión de ser de fácil acceso y luego cuando estamos a solas con ella nos damos cuenta de lo inaccesible que es, ahora de esta enseña solitaria, de esta banderola de jinete, salía un rechazo y una altiva amenaza como si no hubiera pasado ya por las manos de un sinnúmero de hombres, como si fuera pura como en la hora de su consagración.

Con los destellos que salían de su punta manifestó su pretensión de ser una enseña del reino, soberana, imperial, sagrada, un nido del águila que clavaba sus garras en el brocado dirigiendo la mirada al sol que no se ponía en todo el alcance de sus alas, en Francia, en Milan, allende los mares, en Flandes, en Zenta, Slankamen, Malplaquet, Aspern, Leipzig, Custoza, Kolín. Los pliegues de su brocado todavía exhalaban el perfume solemne del incienso de las misas de campaña y procesiones, el aroma dulzón de la sangre de las victorias y el amargor de las guirnaldas de laureles.

Lentamente me acerqué al estandarte, pero era infinitamente difícil aproximársele, consentido como era; alargué las manos en su dirección como se hace, para no asustarlo, ante un animal noble y salvaje todavía desconfiado al cual uno no sabe aún cómo tratar: pero mis manos estaban vacías, venía con las manos vacías, no podía llevarlo más a la cabeza de los maravillosos escuadrones, de los ejércitos blancos como la nieve, como todos mis antecesores; mis manos solo eran las de un alférez de un regimiento amotinado, de un fin de casta de una época sin gloria... Pero finalmente, sin embargo, toqué el brocado como si palpara los bucles de una novia, y también su contacto era suave como pelo de niña; hoy era noche nupcial, pero yo no la celebré con aquella a quien había prometido ir, sino con esta enseña, más pura de lo que jamás había sido una muchacha.

Al día siguiente, tres de noviembre, a las doce del mediodía, se enterraron los muertos.

Grupos de campesinos serbios desde hacía mucho se ocupaban de cavar sepulturas en el cementerio para los heridos que morían en los hospitales.

Marchamos a pie hacia el cementerio bajo la lluvia que caía blandamente; detrás de nosotros, de dos en dos, los dragones llevaban los muertos. Tropas aisladas y una larga columna de vehículos de motor venían a nuestro encuentro por la carretera y también en nuestros cuarteles habíamos oído durante la noche y la mañana ruidos de marcha y vehículos por la calle Milanova.

Encontramos abierta ya en el cementerio una fosa de seis pies de ancho y catorce de largo.

Se tendieron en dos filas los muertos, unos sobre otros, cubiertos con lonas, y encima los cuerpos del teniente Von Broehle y del alférez conde Von Heister.

Luego se acercó tambaleándose sobre los hombros de seis dragones el ataúd del coronel Von Wladimir, que durante la noche había muerto a causa de sus heridas. Un paño mortuorio, cuyas puntas agarraron por un momento Charbinsky, Bottenlauben, Anschütz y Klein, cubría el ataúd.

Lo colocaron entre los cuerpos de Broehle y Heister.

El sacerdote pronunció las oraciones.

Las filas de soldados permanecieron en un silencio sombrío.

La lluvia caía.

Durante todo el tiempo se oyó el traqueteo y el rechinar de los furgones en movimiento por la carretera del otro lado del muro del cementerio.

Cuando la fosa quedó cubierta, una sección, bajo el mando del teniente Von Weiss, disparó una salva por encima.

En el camino de vuelta a los cuarteles, al salir del cementerio, encontramos la carretera que llevaba a la ciudad repleta de tropas y trenes de pertrechos.

Marchamos al lado de ellos y, como se movían más despacio que nosotros, adelantamos a varios grupos.

Las tropas parecían agotadas y harapientas y los caballos estaban exhaustos y enteramente cubiertos de salpicaduras de fango.

—¿Qué regimiento es? —preguntamos.

Pero nos dieron los nombres de muy diferentes regimientos de infantería, pues al parecer era una tropa mezclada sin orden, en su mayoría eslavos y húngaros y también algunos triestinos. Para resguardarse de la lluvia habían colgado sobre sus cabezas lonas de carpas, algunos se hallaban sin mochila, evidentemente la habían perdido, pero la mayoría arrastraba una pesada carga.

Cuando les preguntamos de dónde venían señalaron hacia atrás, y cuando quisimos averiguar a dónde iban señalaban hacia delante.

Anschütz les preguntó si habían tenido combates, y ellos asintieron con la cabeza, pero cuando les dirigió una pregunta que significaba más o menos por qué los retiraban, un teniente, que hasta entonces había marchado en silencio al lado de su sección, nos hizo una rápida seña y meneó la cabeza. Lo miramos con asombro y él repitió la seña.

—¿Qué fue lo que pasó? —preguntó por fin Anschütz en francés. Pero él no le hizo más caso, y cuando Anschütz repitió su pregunta contestó en alemán, aunque con acento extranjero, que no comprendía el francés. Luego se encogió de hombros, bajó la mirada y se quedó atrás con su gente, que marchaba despacio. Nos mira-

mos mutuamente y Charbinsky, prendiendo un cigarrillo, observó las tropas con aire pensativo.

Cuando llegamos a la ciudad, la cabeza de esta columna ya había doblado hacia la derecha, y nosotros
seguimos en línea recta y entramos en nuestros cuarteles. Poco después nos llamaron a almorzar. En la mesa
Charbinsky nos distrajo de nuevo con su conversación
deliberadamente trivial. De no ser por eso, por supuesto,
hubiéramos vuelto a hablar de las cosas que incesantemente nos preocupaban; pero él impedía toda conversación particular entrometiendo una observación refe-
rente a otra cosa. Sin embargo, durante todo este tiempo
había reservado un golpe final. Al levantarse y correr la
silla, dijo:

—Al menos podemos consolarnos pensando que no
somos los únicos que sufrimos molestias. La infantería
con la que hemos vuelto a la ciudad ha sido retirada del
frente también por haberse amotinado.

Lo miramos sin contestar nada.

—¿O es que ustedes no se han dado cuenta? —continuó—. Bueno, ya les dije ayer a los señores que no tenían intuición respecto a las tropas.

Con esto nos dejó.

Durante un rato no habló nadie, y al fin Anschütz
dijo:

—Ya se veía a las claras que estas tropas tenían algo
raro.

Luego Klein contó que Charbinsky se había pasado
toda la mañana conversando por teléfono con varias
comandancias y lo que él pudo sacar de esas conversaciones telefónicas fue que el frente, en efecto, se hallaba
en disolución. Tropas aisladas, columnas de carros y

también artillería habían vuelto del sur durante toda la noche, pasando por la ciudad para ganar la orilla húngara en parte por el puente ferroviario, en parte por el de pontones todavía existente, nadie sabía si con órdenes o sin ellas. Tenían que pasar todos por Belgrado, pues en ninguna otra parte había puentes sobre el Danubio. Como para ilustrar sus palabras resonó de nuevo en la calle el ruido sordo de la infantería en marcha. Nos acercamos a las ventanas y las abrimos para mirar hacia abajo. La calle Milanova estaba llena de tropas de aspecto harapiento y sucio que marchaban dispersas y sin disciplina, procedentes del sur y en dirección hacia el norte.

Nos quedamos mirando en silencio, luego cerramos las ventanas y volvimos a la mesa. Tratamos de discurrir sobre nuestra situación, pero no llegábamos a ninguna parte. Al fin se despidieron los demás y yo me quedé en la mesa con Bottenlauben y Anschütz hasta las cinco. Anschütz, en el transcurso de la conversación, manifestó su extraña convicción de que nuestra desgracia había comenzado con la llegada de Hackenberg. Desde su profecía de la muerte de Heister habían empezado los motines y acaso solo se había producido todo porque el viejo con su palabrería echó mal de ojo al regimiento pues sin este motín Heister no hubiera podido caer. Tal vez la gente solo se había amotinado para que Heister cayera. Esto lo dijo tan serio, que Bottenlauben, luego de una pausa de asombro, le preguntó si se había vuelto loco. Anschütz contestó que normalmente no era supersticioso, pero, sin embargo, al iniciar Hackenberg su conversación con Heister no había podido defenderse contra un presentimiento muy malo, y aunque tal vez

Hackenberg mismo no hubiera provocado el desastre, al menos había sido su personificación visible, pues estaba latente en el aire y lo hizo estallar con su charla, como si de un relámpago se tratara.

Bottenlauben exclamó que el capitán era un viejo estúpido y nada más, él se había dado cuenta enseguida. Anschütz replicó que ya había dicho que el viejo personalmente no tenía importancia, ya que su aparición posiblemente había estado destinada a aportar una relación visible entre los acontecimientos, mientras que lo real se producía en un plano invisible. Bottenlauben dijo que no lo entendía. Él no lo entendía tampoco, dijo Anschütz; pero, sin embargo, tenía la certera impresión de que la aparición de Hackenberg inmediatamente antes del motín y el cumplimiento de su profecía habían sido algo más que meras casualidades.

—¡Pero no solo Heister ha caído —exclamó Bottenlauben—, sino varios cientos más!

—Por eso mismo —dijo Anschütz—, y tengo que confesar que me sentí inclinado a darle la razón en muchas de las cosas que dijo.

Hablaba con mucho aplomo, pero con voz apenas audible, y este hombre, de ordinario tan apacible y sosegado, parecía de repente cambiado y desconcertado de un modo extraño. Al fin Bottenlauben preguntó qué sentido había tenido entonces la aparición de Hackenberg, según la opinión de Anschütz.

—Eso —dijo Anschütz— no se sabe aún, pero probablemente el regimiento y acaso todo el ejército estaban ya perdidos lo mismo que Heister; de otro modo no estallarían ahora motines por todas partes. Ninguno de nosotros puede decir que la descomposición anida ya en él mismo, y, aunque no sabemos por qué nos hundimos, parece, sin embargo, según todo lo ocurrido, que tenemos que ceder el lugar a un nuevo pueblo y a un nuevo ejército.

Bottenlauben exclamó que prohibía semejantes alusiones pero fue interrumpido por la entrada de Klein. Este nos miró un momento en silencio y luego dijo que Charbinsky acababa de dictarle una orden, según la cual el regimiento tendría que ponerse en marcha mañana.

—¿A dónde? —preguntó Bottenlauben.

—De vuelta al otro lado del Danubio.

—¿De vuelta? —exclamó Bottenlauben—. ¿Por orden de quién?

—Por orden de nadie —dijo Klein—, a no ser la decisión de Charbinsky.

Él mismo, Klein, había hecho inmediatamente una tentativa de protestar, pero Charbinsky le había explicado que ya no tenía sentido quedarse en esta margen peligrosa. Aquí todo estaba ya perdido, la tropa había tenido razón en no querer cruzar el río y si se la obligaba a quedarse aquí, la única consecuencia serían las deserciones. Posiblemente tarde o temprano ya no sería posible volver a la otra orilla.

Al oír esto Bottenlauben se puso el chacó y, sin decir palabra, salió de la habitación a grandes zancadas. Fue corriendo en busca de Charbinsky, seguido por el ayudante. Klein no estuvo presente en la discusión entre los dos capitanes, pero por los gritos que salieron del despacho del regimiento entendió que Bottenlauben juraba que, antes de acceder a que el regimiento volviera a pasar el Danubio que se le había hecho cruzar con tan

graves pérdidas, él personalmente arrestaría a Charbinsky y bajo su responsabilidad obligaría a los restos de su
tropa a enfrentarse con el enemigo. Charbinsky contestó a gritos que Bottenlauben era un condenado pru-
siano que no tenía por qué meterse en nada de lo que
pasaba aquí, pero, al parecer, finalmente cedió. En cualquier caso no dio la orden de marcha.

Tampoco apareció en nuestra mesa para la cena. Algo
más tarde, sin embargo, Anton pudo informarme de
que la revocación de la orden de marcha, lo mismo que
el hecho de que la marcha había sido proyectada, debía
haberse filtrado, pues la tropa cuchicheaba en grupos
por todas partes profiriendo maldiciones contra Bottenlauben. Bottenlauben se levantó enseguida para enfrentarse con la gente, solo con una fusta en la mano, y
Anschütz y yo cogimos nuestras pistolas corriendo y lo
seguimos, con las correas de las fundas colgadas al
brazo. Bottenlauben se metió en medio de los grupos.

—¡Vamos! —gritó—. Dispérsense.

Tras lo cual la gente, en efecto, empezó a dispersarse.

Por si acaso, esa noche dormimos con las pistolas pre-
paradas para disparar. La marcha y el transporte por las
calles había terminado, todo estaba en silencio, pero al
amanecer los grandes vidrios de las ventanas de la escuela se pusieron a vibrar muy despacio: era el lejano
tronar de los cañones lo que los sacudía y el aire dentro
de las habitaciones vibraba con ellos como en el interior de un instrumento.

A la mañana siguiente se vio que, en efecto, algunos
soldados habían desertado, pero los demás, al parecer,
cambiaron de opinión, pues cuando nos hallábamos reunidos después del desayuno, se presentó una delegación

de dragones y nos declaró, de un modo bastante conciso, que la tropa había formado un consejo de soldados al cual los oficiales debían plegarse, o al menos dictar de acuerdo con él sus órdenes a partir de ahora.

Los consejos en esta época no eran cosa nueva, ya se conocían ejemplos de ellos en Rusia y, en efecto, la confusión entre nuestras altas autoridades había llegado a un grado tal que se había autorizado la formación de tales consejos. En consecuencia, siguiendo el ejemplo de otros casos célebres cuya fama se había propagado enseguida, Charbinsky se había hecho nombrar presidente del consejo de soldados. Algunos oficiales creían que entrando ellos mismos en aquellos consejos podrían impedir las medidas más graves que pudieran planearse.

Aquella gente nos explicó que ya se había acordado volver al otro lado del Danubio. Expusieron su causa de forma bastante aceptable. No obstante, Bottenlauben les dispensó un recibimiento muy poco acogedor. Nunca una delegación había sido echada tan brutalmente ni cubierta de insultos tan denigrantes, y cuando una hora más tarde apareció un sargento como parlamentario para convencernos, tampoco se le dio mejor trato. Inmediatamente después Bottenlauben en persona, de nuevo sin armas pero acompañado por nosotros, que portábamos nuestras pistolas, se dirigió a los improvisados establos, inspeccionó los caballos como si nada de lo ocurrido le importara, censuró su mantenimiento y abofeteó a algunos de los negligentes. Estos no osaron resistirse, pero los demás se agruparon al otro extremo de las salas. Bottenlauben los obligó de nuevo a dispersarse, mientras decía a gritos que se reía del consejo de soldados. Charbinsky no se dejó ver durante toda la escena. En el almuerzo, sin embargo, no solamente faltó él, sino también Klein y Szalay; se dijo que también estos se habían unido al consejo y era evidente que ahora ya no se atrevían a discutir con Bottenlauben.

En la calle Milanova, entre tanto, había empezado de nuevo la marcha y el transporte, solo que de forma mucho más desordenada que el día anterior. A toda prisa pasaban formaciones completamente disgregadas y hombres aislados, casi todos ya sin mochila. Se decía que los nuestros habían evacuado totalmente la ciudad, con excepción de los hospitales cuyos enfermos no se podían desalojar. Se oía incesantemente ruido de camiones y yo no podía librarme de la idea de que seguramente ya se había expedido una orden de evacuación para nosotros, aunque no nos había llegado a causa de la confusión general. La cuestión de si nosotros mismos debíamos disponernos a partir se hizo candente; Bottenlauben seguía rechazando toda discusión sobre esto, pero me causaba asombro que ni siquiera Charbinsky y la tropa hicieran ya preparativos de marcha.

Esa misma tarde sabríamos la razón de esto. Hacia las cuatro y media apareció, con todos los síntomas del desasosiego, el viejo Anton y me informó de que la tropa había llegado a un grado tal de indignación por el trato recibido por su delegación y el sargento y por el desprecio de que había sido objeto el consejo de soldados que habían resuelto, antes de marcharse, saldar cuentas con nosotros y sobre todo con Bottenlauben. Klein y Szalay se habían opuesto a ello, pero sin resultado.

Como para confirmar sus palabras se levantó al mismo tiempo un gran clamor en el patio.

—Está bien —dijo Bottenlauben—. Empieza la danza, o tal vez termina, según cómo queramos llamarlo.

Para hacer honor a su buen juicio debo añadir que, a partir de este momento ya no nos obligó a compartir su punto de vista, tan intransigente. Al contrario, fue el primero en hacer una proposición razonable. Era evidente que daba por perdida la situación. Dijo que de ninguna manera podíamos dejar que nos acorralaran aquí. Nos pusimos las gorras y cogimos apurados nuestras pellizas y pistolas. Mientras Anton ayudaba a Bottenlauben a ponerse el abrigo, yo desprendí del asta el brocado del estandarte y lo escondí sobre mi pecho, bajo la guerrera. El asta cayó al suelo con un ruido resonante.

Al abrir la puerta vimos subir por las escaleras las tropas armadas. Cerramos la puerta de golpe y echamos la llave. Luego atravesamos corriendo, seguidos por Anton, el cuarto de Bottenlauben y el siguiente, pasamos de este al corredor, lo seguimos hasta la otra escalera y bajamos, siempre perseguidos por el estrépito de la gente, que había abierto a golpes la puerta cerrada y nos perseguía. Aún no habíamos llegado abajo cuando vimos también en aquel zaguán una gran cantidad de gente. Anschütz disparó en el acto dos veces por encima de las cabezas de los soldados, quienes después de un momento de indecisión se volvieron contra nosotros. Retrocedimos y pasamos por el corredor que en la planta baja rodeaba las aulas. Bottenlauben abrió una de las puertas, que conducía a una sala del hospital donde yacían los heridos sobre lechos improvisados. Pasó corriendo entre ellos hasta la ventana, la abrió y se lanzó a la calle.

Lo seguimos y saltamos afuera. A partir de este momento dejó de correr y solo caminó delante de nosotros a grandes zancadas mientras el viento desplegaba su gran abrigo abierto, pero detrás de nosotros salió corriendo la tropa por el portón y desde una de las ventanas se disparó un fusil. El proyectil rebotó contra el pavimento a nuestro lado y tres o cuatro disparos más lo siguieron. Bottenlauben dio unos cuantos pasos más, luego se dio la vuelta y descerrajó los diez disparos de su pistola, en parte contra la tropa que salía del zaguán y en parte contra las ventanas. La gente entró corriendo por el portón y las caras desaparecieron de las ventanas.

En ese momento Anton se puso a proferir insultos tan atroces contra los soldados que tuve que prohibirle semejante lenguaje. Bajamos a grandes pasos por la calle Milanova y, al volvernos, vimos que salía de nuestro antiguo cuartel otro grupo de soldados dispuesto a perseguirnos. Pero en esta parte de la calle ya había bastante gente, grupos de soldados y personas que al oír los disparos habían echado a correr, y en medio de la confusión nuestra tropa nos perdió de vista. Doblamos por una calle lateral, luego por otra; todas estaban llenas de carros y gente; gran cantidad de carruajes de campesinos requisados, cargados de equipajes y heridos, se movían en la misma dirección que nosotros; también se movía con gran traqueteo la artillería dispersa, con armones y caballos, pero sin cañones. La disolución del ejército ya se producía dentro de los límites de la ciudad. El fuego de los cañones se oía de un modo irregular y muy de cerca. Había dejado de llover, pero las calles brillaban aún con la humedad mientras que en el cielo crepuscular las nubes se dispersaban. Eran las cinco y empezaba a anochecer.

De espaldas a una fila de casas estaba estacionada una columna entera de artillería pesada motorizada. La tropa se hallaba de pie a su lado o sentada sobre los vehículos con las piernas colgando. Pasamos junto a la columna, pero al llegar a su término no sabíamos para dónde seguir. Habíamos escapado a los amotinados, pero lo que veíamos a nuestro alrededor probablemente también eran amotinados o gente que huía, imposibles de retener; así pues, lo mismo. Era de suponer que ya no existían puestos de mando, o solamente aquellos que los consejos de soldados gobernaban. No nos quedaba, pues, otra solución que volver con todos los demás al otro lado del Danubio. Yo, sin embargo, propuse que nos dirigiéramos antes a la comandancia militar, en caso de que existiera todavía.

La comandancia militar de la ciudad había estado situada justo al lado del estado mayor del ejército. En el camino hacia allá ya vimos que comenzaban los saqueos. Una calle entera se hallaba en el mayor revuelo. Algunos infantes, evidentemente en retirada y durante mucho tiempo sin provisiones, se habían desbandado y habían asaltado varios establecimientos de comestibles, otros entraron también en las casas vecinas. La población civil gritaba presa del pánico. Algunos oficiales golpeaban a su gente, otros se mantenían alejados, encogiéndose de hombros y fumando cigarrillos.

En los edificios que había ocupado el estado mayor del ejército todas las ventanas estaban abiertas. De ellas salían volando paquetes de expedientes y documentos; algunos de ellos se cargaban sin dilación en camiones parados en larga fila, con los motores en marcha, y otros eran arrojados a una gran fogata en el centro de la plaza, cuyos reflejos se proyectaban en las paredes de las casas. En los torbellinos de aire caliente volaban por lo alto trozos de papel inflamado. También encontramos desierta la comandancia local; solo unos cuantos suboficiales se hallaban ocupados, allí también, en quemar documentos. Preguntamos dónde estaba la comandancia local. «Se marchó», nos dijeron. Quisimos saber en qué parte existía aún alguna comandancia. Contestaron que no lo sabían. Uno, sin embargo, se acordó de haber oído decir que en el Konak se hallaba estacionada la comandancia de cierto destacamento de retaguardia de tropas croatas, encargado de mantener el orden en la ciudad hasta que pudiera ser entregada a los franceses.

¡Así que ya se había llegado a esto! Mientras tanto salía de las estufas el humo de los papeles quemados. Volvimos a salir a la calle. Al llegar al Konak encontramos que la guardia de las entradas ya se había retirado. De un destacamento de retaguardia, ni rastro. Tal vez se encontraba en otra parte. En cambio vimos que en el patio descargaban heridos de varios camiones. A su lado estaba Resa.

Al principio no la reconocí porque se hallaba de espaldas a nosotros. Llevaba un chaquetón de piel corto de los que se usan dentro de casa, y tenía las manos en los bolsillos. Al oír nuestros pasos se volvió.

Como la luz de los faroles de acetileno le daba ahora de espaldas, su cara quedaba a oscuras y no pude distinguir su expresión; en cambio, el reflejo de la luz circundó el pelo que llevaba descubierto formando un inconcebible halo de oro. La vi tender las manos en mi dirección y la oí decir:

—¡Por fin! ¡Te estaba esperando! ¡Al fin llegaste!

Corrí a su encuentro y tomé sus manos.

—¡Dios mío! —dije, dándome cuenta en este mismo momento de que era ella—. ¡Dios mío! ¿Cómo es que todavía estás aquí?

—Porque —dijo ella— te estaba esperando. Dijiste que vendrías. Pero no llegabas. Pero al fin has vuelto. ¡Por fin estás aquí!

Diciendo esto me echó los brazos al cuello e, inclinando rápidamente la cabeza, escondió la cara contra mi hombro.

—¿Pero cómo es posible —exclamé— que te quedaras aquí? ¿La archiduquesa está todavía? ¡Imposible! ¿Cómo pudo dejarte?

Por unos instantes noté una vibración en todo su cuerpo, como si estuviera sollozando en silencio. Levantó luego la cabeza y echándola hacia atrás me miró a los ojos. Los suyos estaban llenos de lágrimas.

—¡Pero habla! —exclamé, pues entre tanto los otros también se habían acercado y nos miraban.

—Ya te lo dije —contestó ella—, yo no quise irme. Pedí a la archiduquesa que me dejara con el pretexto de ocuparme de los heridos. Instalé gran número de ellos aquí en el Konak. Pero la verdad es que solo esperaba que llegaras. ¡Y ya has llegado!

Con esto me tomó la cara entre las manos y me miró con los ojos muy abiertos. Tomé sus manos y no supe qué decirle. Me hallaba enteramente confuso por lo que me decía, pero la verdad era que la había olvidado por completo, al menos no se me había ocurrido que todavía siguiera en la ciudad. Además, me desconcertaba el ver que no hacía ningún caso de los demás.

—Perdona —dije, a fin de dar otro giro a la situación— y permíteme que te presente a estos señores. Al conde Bottenlauben ya lo conoces, y este es el señor Von Anschütz...

Los miró a los dos con indiferencia y les dio la mano. Mientras Bottenlauben le dirigía unas palabras, Anton me tocó por detrás.

—¿Qué pasa? —le pregunté dándome la vuelta.

—Perdone, mi alférez —murmuró él con discreto disimulo— ¿es esta acaso la señora por cuya causa mi alférez... a la que mi alférez... cuando mi alférez todas las noches...?

—¡Cállate! —le ordené—. ¿Qué te ocurre?

—¡Muy hermosa! —murmuró él, e inclinándose hacia mi oreja dijo más discretamente todavía—. ¡De veras es hermosísima! Siento en el alma haber estado tan en contra...

Pero ya no tuve ocasión de llamarlo al orden. Acercándose rápidamente se oía un crepitar de disparos y al mismo tiempo se veía ya a través del portón del Konak que por la calle pasaba al galope tendido y entre continuos disparos una masa de jinetes cuyos uniformes, a pesar de lo avanzado del crepúsculo, súbitamente reconocí como extranjeros.

Dos regimientos ingleses de caballería se habían adelantado al ejército de los aliados y habían tomado la ciudad con un ataque repentino.

10

Mientras todavía estábamos parados en medio del patio, tratando de comprender qué había pasado, apareció el segundo grupo de jinetes y entró al galope por el portón del Konak. Tuvimos la presencia de ánimo suficiente para escondernos a tiempo detrás de los camiones y entrar corriendo desde allí por una de las puertas que conducía a las escaleras; y desde allá, detrás de una puerta de vidrio, miramos a los intrusos.

Se habían detenido frente a los camiones en número de unos dieciocho o veinte, provistos de cascos e impermeables y montados de un modo excelente. Cada uno llevaba el fusil en la mano y ceñidas al cuerpo dos cartucheras de tela. Durante un breve rato interrogaron a la gente de los camiones, y dos o tres de nuestros médicos acudieron a toda prisa desde los hospitales instalados en las salas de la planta baja. Luego una parte de los jinetes desmontó y se dirigió hacia el edificio, evidentemente para tomar posesión de él.

Nosotros dejamos en el acto nuestro puesto de observación y subimos corriendo las escaleras. Resa había vacilado un momento, acaso con la intención de salir al encuentro de los ingleses, trabar conversación con ellos y darnos tiempo de este modo para organizar nuestra huida; pero Anton la tomó del brazo y la llevó consigo escaleras arriba.

—¡Apresúrese! —le gritó—. Nada de historias ahora, señorita.

Llegamos al piso de arriba, entramos en una de las salas y miramos por las ventanas. Las calles alrededor del Konak estaban repletas ya de caballería inglesa, que galopando en todas direcciones disparaba incesantemente, y lo que se veía aún de nuestros soldados o de la población civil se dispersó corriendo a través de las calles laterales. No vi que nadie hubiera sido alcanzado por los tiros; al parecer solo tenían la intención de provocar confusión e impedir una posible resistencia.

En todo caso nosotros nos encontrábamos, si no prisioneros todavía, al menos cercados, y oíamos ya cómo los soldados que se habían apeado entraban por los corredores del castillo. No era de suponer que supieran de nuestra presencia, pero por el modo de producirse el asalto parecía que los ingleses trataran de llegar lo más pronto posible a todas partes. Seguimos corriendo delante de ellos sin saber adónde hasta que Resa vio una puerta tapizada, en la cual no hubiéramos reparado, la abrió y nos llamó para que entráramos.

Esta puertecilla conducía a un angosto corredor que bordeaba las salas y aposentos y desde el cual se calentaban desde afuera las estufas. El pasillo estaba oscuro, pues no tenía ventanas, y tropezamos con montones de material para la calefacción. Entre tanto, los ingleses pasaron corriendo por la serie de habitaciones a nuestro lado y prendieron las luces en todas partes. Luego se hizo un silencio; también el fuego disminuyó en las calles, con excepción de algunos disparos aislados; pero oímos que nuevos contingentes de caballería entraban en el patio y allí se detenían.

Nos orientamos en el pasillo a la luz de un fósforo, luego volvimos a abrir cautelosamente una rendija en la puerta tapizada y miramos dentro de las habitaciones; se hallaban vacías y con todas las puertas abiertas. Después de un corto rato volvimos a oír pasos de varias personas, pero esta vez no llegaban corriendo, sino pausadamente, y un oficial, con las manos en los bolsillos de su abrigo, entró seguido de varios de los suyos; tenía sujeto el barboquejo de cuero de su casco de acero, no debajo de la barbilla, sino encima, así que debía sujetarlo con un raro movimiento saliente de su labio inferior. Cada vez que decía algo, el barboquejo se le movía y tenía que volver a ponerlo en su lugar mediante el movimiento de su labio. A este hombre parecía causarle terribles molestias este método inglés de llevar el barboquejo tan arriba, así que acabó por sacarse el duro casco; uno de los soldados lo tomó y le pasó un gorro, que se puso. Luego examinó la sala. Parecía extraño que no llevara armas; los soldados, en cambio, llevaban sus fusiles en la mano. Un momento después pasaron a la sala próxima.

Nos dijimos que acabarían por dar con nosotros y nuestro escondrijo y que muy probablemente estábamos perdidos. Pues, aunque no se descubriera enseguida este pasillo de la calefacción, era probable que cuando algunos soldados se acuartelaran en el Konak hicieran funcionar las estufas, y entonces nos descubrirían forzosamente. Pero una rara cualidad de los ingleses nos garantizó la libertad: no entendían nada de estufas. En toda Inglaterra no hay estufas, sino chimeneas, y aunque durante la guerra se hubieran acostumbrado a ellas no se habían aficionado a su uso. Al acuartelarse en el Konak eligieron las salas provistas de chimeneas. No se fijaron en la existencia de un pasillo de calefacción, solo se interesaron por las chimeneas, en las que pronto encendieron fuego, y al ver que no había madera no la buscaron cerca, sino en los sótanos, donde había grandes provisiones.

Todo esto, sin embargo, no lo sabíamos en aquel momento; nos sentíamos muy inseguros en nuestro escondrijo y empezamos a examinarlo a tientas, sin hacer ruido. De vez en cuando encendíamos de nuevo algún fósforo. El pasillo en que nos encontrábamos tenía todo lo más dos pasos de ancho; por un lado conducían a él una fila de puertas tapizadas y las puertas de las estufas, y en el otro solo había una puerta que daba a una especie de cuarto de herramientas. Allí había amontonado algún combustible, palas para el carbón y largos atizadores de hierro. Esta cámara no tenía otra salida. Volvimos al pasillo.

Los dos extremos de este, que era bastante largo y sinuoso, estaban formados por otras puertas que conducían a unos altillos de los cuales subían y bajaban escaleras de servicio. Salimos con gran cautela a uno de estos altillos y miramos por la ventana hacia el patio de abajo. Estaba lleno de caballos de los ingleses. La tropa, a pie, esperaba al lado de los animales.

Deliberamos un momento si no debíamos intentar una escapada por las escaleras, pero luego desistimos de esta idea. Pues abajo, al patio, no podíamos salir, y subir al tejado tampoco tenía sentido... ¿qué íbamos a hacer allá arriba? Paseando por la casa corríamos el riesgo de ser descubiertos. Tal vez, pensamos, lográramos salir del edificio más tarde, durante la noche, por alguna puertecilla desconocida que debía haber; pero todavía era temprano para buscarla y aun en el caso de llegar a la calle nos arrestarían enseguida. De noche o de madrugada, probablemente, la empresa podría tener más éxito. Por el momento resolvimos volver a nuestro pasillo. Cerramos con llave por dentro la puerta que conducía al altillo. Luego fuimos sin hacer ruido hasta el otro extremo y cerramos también la otra.

Teníamos la intención de cerrar con llave también las puertas tapizadas que daban a las diferentes salas y salones, pero resultó que estas no tenían cerradura. Solo se les podía echar un pestillo desde afuera. Por lo tanto, era posible que en cualquier momento alguien pasara de las salas al pasillo y nos encontrara.

De este modo nos hallábamos a oscuras, deliberando en voz baja qué se podía hacer. No nos atrevíamos a prender la luz. Mientras tanto oímos a los ingleses andar por las salas y conversar. Finalmente Bottenlauben propuso que nos retiráramos al cuarto de herramientas y tapáramos su entrada con un montón de leña tan alto que desde el pasillo no pudieran suponer fácilmente que detrás había un espacio.

Este consejo nos pareció a todos el mejor. Nos retiramos a la cámara y empezamos, en la oscuridad, a amontonar los leños contra la puerta; pero como no veíamos nada hacíamos tanto ruido que Bottenlauben dijo que uno nos alumbrara para que viendo mejor pudiéramos trabajar con menos ruido. De modo que Anschütz empezó de nuevo a encender fósforos y mantenerlos en alto, respaldándose contra la pared trasera, cubierta con una especie de tapiz barato. Junto a esta pared se amontonaban los leños que usábamos para tapar la puerta, y a medida que los sacábamos había aparecido aquel tapiz; yo estaba a punto de comentar lo raro que era que detrás de los leños hubiera un gobelino, aunque fuera de tan baja calidad, cuando de pronto se apagó la luz y oímos un ruido como si alguien cayera. Inmediatamente oímos maldecir a Anschütz en voz sofocada.

Lo que había ocurrido fue lo siguiente: detrás de aquel tapiz había un nicho del tamaño de una puerta, mejor dicho el comienzo de un pequeño pasillo que conducía hacia abajo por medio de unos escalones de ladrillo; y Anschütz, creyendo apoyarse contra una pared, había caído hacia atrás por estos escalones, cediendo el tapiz a sus espaldas.

Encendimos a nuestra vez un fósforo, pero no lo descubrimos inmediatamente, pues el tapiz permanecía colgado en su lugar; solo que Anschütz había desaparecido, y lo oíamos maldecir detrás. Al fin levantamos el paño y vimos la abertura.

Por suerte los escalones no eran muchos y Anschütz se había hecho poco daño. Bajamos hasta donde se encontraba y lo ayudamos a levantarse. Parecía ofrecérsenos una nueva salida, pero vimos que el final de la escalera estaba cerrado por una puerta de reja, que había detenido a Anschütz en su caída. La reja era muy sólida, se hallaba cerrada y no cedió por más que la sacudimos. Una bocanada de aire mohoso y viciado nos dio en la cara. Introduje mi mano con un fósforo lo más lejos que pude entre los barrotes de hierro y traté de iluminar aquel antro. No pude distinguir las paredes ni el techo, pero el suelo tenía el aspecto de ser el de un sótano.

Posiblemente este sótano tenía alguna salida al exterior. Seguimos con nuestros esfuerzos para mover la puerta de reja, pero, como la escalera era tan estrecha que solo uno o dos podíamos llegar a la puerta al mismo tiempo, no tuvimos éxito alguno. Resolvimos buscar algunas de las herramientas que había en el cuarto de herramientas y forzar con ellas la puerta. No podíamos pasar unos junto a otros por la estrecha escalera, y hubimos de volver todos arriba, donde nos dedicamos a toda clase de conjeturas acerca de esta salida disimulada. Al encontrarnos de nuevo en la cámara, el tapiz colgaba en su lugar como si nunca hubiera habido allí abertura alguna. Era una salida disimulada de un modo sencillo, pero muy eficaz; sin duda no existía por casualidad, sino que según todas las apariencias respondía a algún fin. Además, normalmente no solo se hallaba escondida detrás del tapiz, sino también detrás de una pila de leña, y solo al remover esta la habíamos descubierto y todavía se nos hubiera escapado si Anschütz no se hubiera resbalado contra este tapiz.

Más tarde pensé a menudo acerca de esta salida secreta que iba a ser nuestra salvación y creo poder suponer que, en efecto, estaba construida a propósito. No pude confirmar mi teoría pero nada más probable que suponer que la familia real quisiera tener asegurado en todo caso un camino de huida para salir del Konak, sea porque siempre contaban con rebeliones, o por otra razón cualquiera. Con relación al palacio, la salida estaba tan bien disimulada que ni siquiera el personal de servicio podía descubrirla más que por casualidad, pues

¿a quién se le hubiera ocurrido revisar el viejo tapiz que colgaba de la pared de un cuarto de herramientas todo sucio de carbón? Frente a posibles intrusos del otro lado, el acceso se hallaba protegido por la puerta de reja. Claro que era posible romper aquella a la fuerza, pero por todo lo que llegué a conocer después, era difícil suponer que nadie llegara hasta aquella puerta desde fuera.

Ya estábamos preparados, provistos de unas cuantas herramientas escogidas en la cámara, para volver y empezar de nuevo nuestras tentativas contra la puerta, cuando Bottenlauben nos hizo reparar en lo siguiente: primero, dijo en voz baja, probablemente íbamos a hacer tanto ruido al romper esta puerta que llamaríamos la atención; así que era mejor dejar nuestro intento para más tarde, hasta que todos durmieran en la casa; al menos antes de empezar a hacer ruido debíamos asegurarnos de que nadie se encontraba en las salas vecinas, y esperar un momento en que ninguno de los ingleses se hallase cerca; y en segundo lugar, opinaba que aunque llegáramos a salir afuera seguiría el peligro de que nos hicieran prisioneros. Para eso lo mismo hubiéramos podido saltar por una de las ventanas. El caso es que no sabíamos qué puntos de la ciudad mantenían ocupados los ingleses. Tal vez pudiéramos averiguarlo por sus conversaciones.

Estas objeciones nos convencieron. Resolvimos, por lo tanto, espiar otra vez a través de las puertas tapizadas de las salas contiguas. Con suma cautela y muy despacio bajamos los picaportes y entreabrimos un poco las puertas. En dos de las salas no había nadie; en la tercera, desde la cual oíamos hablar ya desde fuera, se hallaba sentado un oficial inglés.

Para abrir la puerta que conducía a este cuarto, siquiera un dedo, necesitamos casi un cuarto de hora.

El inglés estaba frente a la chimenea que debió haber influido para que eligiera esa habitación. Acercaba los pies a la leña, pero como la habitación seguía fría, llevaba puesto el gabán. Sobre una mesita a su lado se hallaba una taza de té, de la cual tomaba sorbos de vez en cuando y, cosa extraña, tenía también sobre las rodillas varias revistas inglesas, que hojeaba. Esta manera de instalarse al cabo de media hora en una ciudad apenas conquistada como si se encontrara en una mansión campesina en alguna parte de los Midland Counties me impresionó sobremanera. Parecía como si se sintiera muy seguro. Verdad era que no resultaba una hazaña extraordinaria tomar esta ciudad a un ejército en disolución, y además, poco después nos enteramos de que los dos regimientos ingleses habían contado con un amplio apoyo por parte de la población serbia.

De vez en cuando el oficial dejaba la lectura de sus revistas para recibir informes de diversos ayudantes, entre los cuales había también dos oficiales. Uno era bajo y gordo y acompañaba con una risa jovial todo cuanto decía; el otro tenía la costumbre de golpearse con la fusta la caña de las botas. No pude sacar nada de sus informes, ni de lo que decían, evidentemente mi inglés era insuficiente. El ordenanza del oficial se ocupaba entretanto en arreglar el cuarto con más comodidad y echar más leña a la chimenea.

El inglés era un hombre bastante joven, esbelto, de mediana estatura y de cabello negro muy opaco, sin brillo alguno. Al cabo de algún tiempo se retiraron los ayudantes y también el ordenanza y él volvió a sus revistas.

Finalmente encendió un cigarrillo. Era un cigarrillo egipcio, pero no rubio. Pronto sentimos el aroma a través de nuestra puerta.

Seguí observándolo un rato; acerqué luego mi boca al oído de Resa y le susurré:

—¿Sabes hablar inglés?

Vi en la oscuridad que ella asintió con un gesto.

—Vete ahora —le mandé— por el pasillo y entra sin ruido en la habitación contigua. De aquella pasarás a esta, inicia una conversación con este hombre y trata de sacarle todo lo que puedas. Dile que has venido de abajo, del hospital. ¿Me has entendido?

—Sí —suspiró ella, y rozó mi mejilla con un beso. Luego desapareció en la oscuridad.

Bottenlauben, que no sabía lo que pasaba, quiso preguntar qué intentaba, pero yo lo agarré de un brazo y él se calló.

No oímos a Resa abrir la puerta que conducía al cuarto contiguo, fue muy sigilosa, solo vimos que la luz de la otra habitación alumbraba el pasillo y desaparecía otra vez. Un momento después vimos abrirse la puerta de la habitación del inglés y Resa entró. El inglés al principio siguió sin levantar la vista, pero cuando oyó que unos pasos se le acercaban se volvió y miró a Resa. Al ver frente a sí semejante belleza apareció cierto asombro en sus ojos, retiró las piernas que extendía hacia la chimenea, dejó las revistas sobre la mesilla donde ya yacían sus guantes de cuero de cerdo y se levantó.

Resa desempeñó su papel con maestría. Se mostró como una excelente actriz. ¿Qué mujer, dicho sea de paso, no lo es? Tal vez solo las que son malas actrices de profesión.

Resa, con las manos en los bolsillos de su chaquetón de piel, se detuvo frente al inglés y él le preguntó de dónde venía.

—De abajo, de la enfermería —dijo ella.

Luego agregó otra cosa que yo no comprendí, él hizo otra pregunta y resultó una corta conversación en el curso de la cual le oí a él repetir varias veces las mismas frases, evidentemente porque ella tampoco entendía el inglés a la perfección. Finalmente la invitó a sentarse con un gesto, y ella se sentó sobre el brazo de un sillón.

De allí en adelante se esforzó él en hablar con Resa tan distintamente que también yo, detrás de mi puerta, comprendí la mayor parte de lo que decían. Al parecer Resa le había causado una gran impresión, él la miraba incesantemente y muy pronto con una falta de disimulo no habitual en los ingleses. Pronto íbamos a enterarnos de la causa: este inglés era un aristócrata y la aristocracia de este país no guarda tantos miramientos con los rígidos conceptos morales como sus conciudadanos burgueses. La sangre normanda tampoco es agua, aunque sea mucho menos agitada que la anglosajona.

El asunto es que en Inglaterra, donde en general solo el hijo mayor hereda el título, existe la costumbre, al conocer a una persona de cierta posición, de mencionar con algún motivo plausible el parentesco aristocrático de uno, y así lo hizo también este inglés al hablar con Resa. Era un vizconde Somerset, hijo mayor de un conde de Auber.

Eso explica también la liberalidad y hasta la imprudencia con que entabló conversación con Resa sobre varios temas. Parecía no ocurrírsele siquiera la idea de que ella pudiera tener la intención de espiarlo, y casi aceptaba como cosa natural que su primer encuentro en esta ciudad recién ocupada fuera con una hermosa muchacha. Al parecer vivía un poco aún en el mundo de ilusiones de sus antepasados. Además era todavía muy joven. Verdad era que tenía el grado de comandante, pero era probable que este rango se le hubiera otorgado debido al rápido crecimiento del ejército inglés en tiempos de guerra, por respeto a su alcurnia, o tal vez por ser buen jinete. Parecía haberse destacado en unas cacerías a caballo y mencionó también que había pasado largo tiempo en el Canadá, en una gran yeguada perteneciente a su familia.

Al darse cuenta de que estaba metido en la conversación y abandonaba su reserva, Resa le sonrió, y si mi cabeza no hubiera estado llena de otros asuntos la hubiese encontrado en este momento sumamente encantadora. Pero me limité a observar con tenso interés el desarrollo de la escena.

Resa dijo que encontraba muy audaz el asalto de los ingleses a la ciudad, pero Somerset opinó que la audacia no había sido tan grande, pues el ejército austriaco ya se hallaba en plena disolución y además los ingleses habían encontrado inmediata ayuda de los naturales, sin la cual probablemente no hubieran logrado desarmar los restos de nuestras tropas.

—¿Cuántos ingleses han llegado en total? —le preguntó Resa.

—Casi mil doscientos —dijo él.

—¿Y no se sienten nada inseguros? —preguntó ella.

—De ningún modo —contestó él. Los aliados ya tenían en su poder la cabeza del puente ferroviario de la isla de Guerra y la del puente de pontones de la orilla húngara, lo que bastaba, y además contaban con refuerzos que tenían que llegar durante la noche o a la mañana siguiente. Además esta guerra ya había dejado de ser una guerra y los generales mandaban por delante esos dos regimientos de caballería solo para hacer mayor número de prisioneros, adornando de este modo todavía más el éxito de los aliados. Él, Somerset, opinaba que, en general, ya se habían disparado los últimos tiros y que ahora tenía por delante una agradable temporada en Belgrado, pues este castillo del Konak le gustaba extraordinariamente y más todavía la esperanza de que Resa lo acompañara a menudo frente a la chimenea como en este momento.

Con esto se inclinó hacia ella y le besó las manos. Resa le sonrió y él le dijo que tenía unas manos muy hermosas.

—¿De veras? —dijo ella, y miró sus manos con otra sonrisa. Luego lo miró a él y bajó la vista de nuevo. Él trató de atraerla hacia sí diciendo que no solo sus manos eran encantadoras, sino que ella entera lo era mucho más todavía; diciendo esto trató de sentarla sobre sus rodillas.

Resa fingía cierta resistencia, pero al fin cedió y se sentó sobre el brazo de su sillón. Él, al parecer, creía tener ahora vía libre para sus ataques y más todavía porque Resa seguía sonriéndole. Durante un rato discutieron por un beso. Al fin ella se inclinó hacia él.

En este momento puso Resa su brazo derecho sobre el respaldo del sillón y él la abrazó con su izquierda atrayéndola hacia sí. Luego ella lo besó.

Toda traición se produce con un beso. Mientras Resa besaba a Somerset, sus ojos miraron hacia la puerta detrás de la cual nos encontrábamos nosotros y con la mano que reposaba sobre el sillón nos hizo una seña. Era una seña ligera, apenas perceptible, pero yo la capté enseguida. En vez de decirme que esta muchacha que besaba al inglés en realidad era mi amada, solo me fijé en la seña que nos estaba haciendo. Sin el menor ruido salimos de nuestro escondrijo.

Ahora ella cerró también su brazo derecho alrededor de los hombros de Somerset atrayéndolo hacia sí de modo tal que él no estaba en posición de observar lo que pasaba. Luego se enderezó, repentinamente, y se apartó de él, y cuando Somerset levantó la vista vio que en el sillón que antes había ocupado Resa se hallaba sentado un desconocido con el uniforme de los húsares alemanes dirigiendo contra él la boca de una pistola de repetición.

Al mismo tiempo Anschütz y yo nos habíamos dirigido sin ruido a las dos puertas que conducían a los aposentos contiguos, y las cerramos con llave.

Somerset miró a Bottenlauben como si no creyera a sus propios ojos, y en el silencio que se había producido, Anton, que salió también del escondite, se llevó una mano a la boca con una tosecilla discreta.

—¡Dios los maldiga! —dijo Somerset después de habernos mirado a todos y dirigiéndose a Bottenlauben—. ¿Cómo han entrado ustedes aquí?

—¿Qué dice? —preguntó Bottenlauben.

Se lo tradujimos.

—¡Dios lo maldiga a usted, lord Somerset! —le respondió Bottenlauben—. No tengo tiempo de explicárselo ahora. Deme enseguida su gorra y sáquese el abrigo.

—¿Mi gorra? —pronunció Somerset—. ¿Tengo que dársela?

—Sí.

—¿Y mi abrigo también?

—Así es.

—¿Por qué?

—Porque necesito estas dos cosas.

—¿Para qué?

—¿De qué otro modo —dijo Bottenlauben— podría yo cruzar los puentes del Danubio que usted tiene ocupados? A estas personas que usted ve conmigo me las voy a llevar, probablemente como prisioneros míos.

—¿Como prisioneros suyos?

—Noto con placer —dijo Bottenlauben— que la aristocracia de su isla no parece tener más rapidez de comprensión que la de nuestro continente. ¿Cómo es que se queda usted aquí tomando el té mientras sus tropas ocupan la ciudad?

—¿Mis tropas?

—Sí.

—Mis tropas tenían orden de ocupar el Konak, no la ciudad.

—¿Ah, sí? —dijo Bottenlauben—. Entonces perdóneme usted.

—¿Cuántos escuadrones tiene usted aquí en el Konak?

—¿Qué le importa esto?

—Me importa —dijo Bottenlauben—. ¿No se quita el abrigo?

—¿El abrigo?

—Sí, el abrigo. Y dese prisa, por favor.

Esta orden fue pronunciada con tanta decisión que Somerset después de un momento se levantó. Empezó a desabotonar el abrigo, pero de repente se interrumpió y volvió a sentarse.

—¿Y bien? —exclamó Bottenlauben.

Somerset paseó la mirada entre las dos puertas, en las cuales habíamos quedado Anschütz y yo. Con la mirada todavía fija en Anschütz abrió despacio la hebilla del cinturón de su abrigo, dejando colgar los dos extremos de este. Luego siguió desabrochándolo.

Observábamos cada uno de sus movimientos, pero al mismo tiempo me llamó la atención la extraña expresión con que lo miraba Anschütz; mejor dicho, solo después, al recordar la escena, llegué a representarme la expresión de su cara. Miró cómo Somerset se levantaba del sillón como si algo horrible surgiera delante de él. En ese momento ya noté algo, pero hasta mucho después no llegué a comprender realmente la magnitud del terror que se había reflejado en sus ojos.

Creíamos que Somerset estaba desarmado. No sabíamos que los ingleses llevaban los revólveres debajo de los abrigos y no encima.

Con el abrigo abierto Somerset podía llegar a su revólver. Con un gesto rápido como un relámpago lo sacó de la funda y disparó varias veces contra Anschütz, lanzándose de un salto hacia la puerta que aquel custodiaba. Anschütz se desplomó. Pero Somerset no había alcanzado aún la puerta cuando tres o cuatro disparos de la pistola de Bottenlauben lo derribaron.

Corrimos al lado de Anschütz y tratamos de enderezarlo, pero nos dimos cuenta de que estaba mortalmente herido. Sus párpados aletearon todavía un poco, luego quedaron inmóviles, se estiró y sus brazos cayeron inertes.

No teníamos tiempo de entregarnos al dolor y a la ira producidas por su pérdida. Ya oíamos por fuera gritos y pasos que se acercaban y un instante después golpeaban en ambas puertas y sacudían los picaportes.

Recostamos la cabeza de Anschütz y nos levantamos del suelo. Ya desde el patio empezaba también a llegar un enorme griterío de voces y órdenes entremezcladas. Empujaban las puertas con mucha fuerza, ahora ya debía ser una multitud de gente la que se echaba contra ellas y era cuestión de un momento que los goznes cedieran.

Nos metimos corriendo en el pasillo de la calefacción, donde no había nadie, y de allí fuimos al cuarto de herramientas. Apenas habíamos llegado cuando oímos correr a la gente por el pasillo de la calefacción. Levantamos el tapiz, bajamos los escalones dejándolo caer otra vez en su lugar. Luego esperamos, pistola en mano, y prontos a recibir a tiros a quienquiera que tocara el tapiz.

Pero a nadie se le iba a ocurrir mirar detrás de él. Los ingleses, aunque llegaron al cuarto de herramientas y removieron las cosas que allí había, no tocaron al tapiz. Salieron otra vez para recorrer el pasillo todo a lo largo; el ruido se fue alejando y luego volvió cuando recorrieron otra vez las salas; por lo que oíamos debía haber una gran multitud de hombres buscándonos, evidentemente porque no sabían quiénes ni cuántos éramos nosotros.

El tumulto duró más de un cuarto de hora. Esperábamos con el corazón palpitante. Cuando todo estuvo tranquilo otra vez tuvimos que alabar la inteligencia de aquellos que habían escondido esta escalera de un modo tan sencillo como hábil.

Ahora debían ser las siete; nos hallábamos sentados

en la oscuridad sobre los escalones, solo a través del tejido del tapiz traslucía casi negruzca una poca de la luz que los ingleses habían encendido en la cámara. Durante mucho tiempo no nos atrevimos a hacer nada. Resa había tomado mis manos y las tenía entre las suyas, permanecíamos en completo silencio y solo a ratos oíamos que algo se movía en el sótano de abajo, probablemente ratones, y de vez en cuando Anton murmuraba alguna cosa, empezando algún monólogo. Le susurré que se callara.

A veces sentía que Resa apretaba mis manos con más fuerza, luego su presión aflojaba para reforzarse un instante después, como provocada por las ondas de la emoción que la agitaba. Finalmente acercó su boca a mi oído, lo sentí por la tibieza de su aliento, que me rozaba.

—Dime —susurró—, ¿qué queríais hacer con el inglés?

—¿Con Somerset? —pregunté en voz baja.

—Sí. En caso de que... en caso de que no lo hubierais matado.

Me encogí de hombros.

—¿Teníais de veras la intención de matarlo?

—No lo sé —murmuré—. Tampoco podíamos saber que él iba a defenderse.

Se calló un momento y luego preguntó:

—¿Hubierais entrado en la habitación si yo no os hubiese hecho la seña?

—¿La seña?... No, probablemente no, o tal vez más tarde. No hubiéramos sabido cuándo lo tendrías tan...

Otra vez permaneció silenciosa y yo agregué:

—Pero lo hiciste con mucha habilidad.

Ella respondió en voz muy baja:

—No debí haberlo hecho.

—¿Por qué no?

—Ahora está muerto.

—También Anschütz —dije yo— está muerto.

Ella vaciló otra vez y luego susurró:

—No es solo eso... sino que lo hice delante de ti.

—¿Hiciste qué? ¿Dejar que te diera un beso?

—... Sí.

—Eso fue lo más hábil. De este modo no se dio cuenta de nuestra entrada.

—¿Y si no hubierais entrado? ¿Qué más debería haber hecho? Él se hubiera puesto cada vez más atrevido. Yo no sabía si ibais a entrar realmente. Solo sabía que tú lo veías todo. Por un momento creí que no podría hacerlo.

—Pues no se te notaba nada.

—Tal vez —murmuró ella— porque a las mujeres nunca se les debe notar nada...

No la comprendí bien.

—Pero él no te hizo nada —dije—. Si no nosotros hubiéramos...

—¿Qué hubierais hecho?

—Entrado en el cuarto, y no hubiera pasado nada.

—¿Nada, dices? Ha pasado más que si no hubierais venido. ¡Está muerto! Tú viste como yo le impedí que oyera y luego habéis entrado y lo habéis matado... Hubieras debido decirme que tenía que ser su amante para que pudierais escapar y yo, por ti, lo hubiera hecho. Hice las cosas de tal modo que habéis podido matarlo. ¿Pero cómo puedes decir ahora que no ha pasado nada? Ha pasado mucho más que si yo me hubiese sacrificado. Que él esté muerto es mucho más irreparable que lo que me hubiera pasado a mí, y yo tengo la culpa, y tú me viste...

Había hablado cada vez más alto y ahora casi gritaba.

—¡No hables tan alto! —susurré yo y también Bottenlauben y Anton dijeron algo a media voz—. De veras, no te entiendo. No sé lo que quieres decir...

—No, no me entiendes. Te quedas mirando mientras el otro me besa, me mandas que se lo permita, pero tú no me das ningún beso, apartas mis brazos de tu cuello después de tantos días en que no supe dónde estabas ni si jamás te volvería a ver...

—¡Resa! —balbuceé—. No quería ofenderte, pero la situación realmente no era tal que me permitiera mostrarme cariñoso contigo...

Con eso llevé sus manos a mis labios, pero ella me abrazó y me besó en la boca. Sentí lágrimas en sus mejillas y la repentina y tormentosa emoción con que me besó. En cierto momento, pensando en Bottenlauben y en Anton, que se hallaban en la oscuridad a nuestro lado, sentí ganas, casi sin querer, de apartar sus brazos de mis hombros, pero ella no me dejó. Fue extraño que durante este beso no sintiera en ningún momento que me besaba porque me quería, sino que estaba dominado por la impresión del beso que le había dado a Somerset, y en el mismo sentido que ella atribuía a este beso... Un instante después ya me sentía avergonzado de tal pensamiento. No me comprendía a mí mismo. Sobre todo no comprendía mi propio comportamiento con esta mujer que lo sacrificaba todo por mí... Sequé las lágrimas de sus mejillas, luego volví a acariciarla y ella tomó mis manos y permaneció arrimada a mí.

Así permanecimos sentados largo rato otra vez, pero sin hablar. Varias veces oímos que pasaba gente por las salas de al lado, las puertas en el corredor de la calefacción debían haber quedado todas abiertas porque podíamos oír los pasos hasta aquí. Meditaba si jamás saldríamos sin ser hechos prisioneros. Pensaba en la muerte de Anschütz y en tantos más que habían caído en el regimiento. Habían muerto el coronel, y Chartorisky, y Broehle, y Heister, y Kömetter von Trübein, y el teniente Faber. Los demás de seguro eran prisioneros. Y *Mazeppa* había muerto, y *Phase*, la alazana. El río se los llevó a los dos, como a muchos otros cientos de caballos muertos. Charbinsky debía estar prisionero, y Klein, y Szalay, y todos los amotinados. No quedaba nadie más que nosotros aquí en la oscuridad. Y ni siquiera pertenecíamos al regimiento, pues Bottenlauben era un emisario de los alemanes y Anton y yo proveníamos de otro regimiento de dragones, pero a nuestras manos había llegado el estandarte del regimiento María Isabel. Me imaginé una archiduquesa niña, muy joven, que había vivido en tiempos muy remotos: la veía ante mis ojos con un vestido color marfil con cintas rosa, frente a una fila resplandeciente de jinetes de blanco con corazas negras y correajes de cuero y terciopelo rojo, entregando las enseñas a los abanderados, jóvenes y rubios como ella; el emperador se hallaba a su lado y le sonreía, el cielo era de un azul pálido sembrado de nubecillas. El estandarte del escuadrón de la guardia era completamente nuevo entonces, no había visto sangre todavía, sus bordados dorados relucían cuando se movía un poco en el viento de mayo. Deseaba llevar la mano al brocado que tenía bajo la guerrera, pero para eso hubiera tenido que liberar mis manos de las de Resa y no quise hacerlo. Tal vez la habría herido.

Finalmente Bottenlauben encendió un fósforo y miró

su reloj. Eran las diez pasadas y me dijo en voz baja que ahora tendríamos que tratar de abrir la reja.

Levantamos muy cautelosamente el tapiz y miramos hacia el cuarto de herramientas. No vimos a nadie. Ahora podíamos intentar hacer saltar la reja, pues Somerset, aunque todavía permaneciera en la sala de al lado, ya no podía oírnos.

Elegimos dos atizadores fuertes y largos y volvimos con ellos detrás del tapiz. Cuando íbamos a empezar el trabajo se me ocurrió que los ingleses, que no habían podido explicarse por dónde habíamos salido, tal vez habían puesto centinelas que guardaban silencio para engañarnos y hacernos prisioneros en caso de que nos mostrásemos o nos traicionáramos con algún ruido. Propuse, en consecuencia, hacer una prueba, y Bottenlauben se declaró de acuerdo. Dejé caer uno de los hierros, que golpeó ruidosamente contra el suelo y cayó escaleras abajo.

Escuchamos aguantando el aliento. Si hubiera habido centinelas era el momento de que hicieran su aparición, pero todo continuó en silencio. Nos pusimos manos a la obra.

Primero, Bottenlauben y Anton presionaron la parte superior de la reja hasta que se separó un poco del marco; yo metí uno de los atizadores entre la reja y el marco y lo hice bajar todo lo que pude hasta el cerrojo. Luego metimos debajo el otro atizador entre la reja y el marco y lo empujamos hacia arriba en dirección a la cerradura. Ahora teníamos, encima y debajo de la cerradura, sendas palancas; uno de los extremos se apoyaba en la pared y sobre el otro empujamos. De este modo, la cerradura debía acabar por ceder.

Para colocar los atizadores habíamos encendido unos fósforos, pero luego seguimos trabajando a oscuras. Empujamos los extremos de los hierros con toda nuestra fuerza, pero la puerta no cedió; en cambio, los hierros se doblaron. Tuvimos que sacarlos, enderezarlos y colocarlos de nuevo. Donde tocaban con la pared empezó a desmoronarse el revoque, pero la reja no cedió. Casi un cuarto de hora trabajamos con todas nuestras fuerzas y el sudor nos corría por la frente, en parte por el esfuerzo y en parte porque allí en la oscuridad cada vez se apoderaba más de nosotros el miedo de no poder salir. De vez en cuando escuchábamos, luego renovábamos nuestros esfuerzos. Finalmente saltó el pasador del cerrojo con un estallido, y la reja se abrió chirriando sobre sus bisagras oxidadas.

Transcurrieron uno o dos minutos en completo silencio; luego, visto que nada se movía, entramos en el sótano.

A partir del pie de la escalera el suelo seguía bajando. Era como un declive cubierto de cascotes que bajaba diez o doce pasos más y los escombros se movían bajo nuestros pies.

Levantamos un fósforo encendido y miramos alrededor.

El sótano era estrecho y alto, casi en forma de pozo, y el suelo estaba todo cubierto de los mismos cascotes sobre los que habíamos bajado.

En el aire encerrado del lugar el fósforo ardía con una luz opaca y rojiza, como envuelta en una neblina de polvo, y vimos que las paredes del sótano se componían de unos ladrillos pequeños de una forma muy rara que semejaban tortas, entremezclados con piedras de color verduzco. La bóveda de arriba se perdía en la oscuridad. Donde el suelo de cascotes lindaba con la pared transversal había una abertura baja, evidentemente la parte superior de una puerta cuyos fundamentos habían quedado enterrados.

Se extinguió el fósforo y sus restos incandescentes cayeron al suelo. Encendimos uno nuevo, e inclinándonos pasamos a través de la abertura de la pared transversal. Esta pared era muy gruesa, de casi tres o cuatro pasos, y el suelo seguía bajando cada vez más. Cuando pudimos levantarnos otra vez nos encontramos en un segundo sótano, este bastante grande pero bajo.

Los cascotes estaban aquí solo en cierta parte, y donde el suelo estaba libre de ellos lo encontramos cubierto por una capa de arena de color gris, del espesor como de una mano, tan fina que casi resultaba impalpable. También las paredes estaban hechas con aquellos ladrillos de forma tan rara y nos dijimos que estos sótanos de ningún modo podían pertenecer al Konak. Eran demasiado antiguos y probablemente pertenecían a la antigua ciudad turca sobre cuyos restos se había edificado la nueva.

En un rincón de esta segunda bodega vimos varios pedazos, sin labrar y de diversos tamaños, de la misma piedra verduzca que antes habíamos visto empleada en las paredes. Fuera de esto el ámbito estaba vacío.

No era rectangular; su trazado era casi el de un trapecio y en la pared diagonal de la izquierda vimos otra abertura, estrecha pero bastante alta para poder pasar sin agacharnos. Esta abertura no parecía hecha en la misma época que la bóveda, sino abierta posteriormente en la pared. Sus bordes eran dentados; un montón de escombros, ladrillos y tierra se hallaban junto a la entrada y en el mismo pasadizo el suelo estaba cubierto de trozos de ladrillo, cuya rotura tenía un aspecto tan reciente que se podía concluir que el pasadizo se había abierto no hacía mucho tiempo.

Tenía unos diez pasos de largo y atravesaba primero el muro, luego una construcción de vigas y tablas, evidentemente destinada a contener el derrumbamiento de la tierra, y luego otra vez un muro, y nos llevó al fin a otra bóveda, una especie de bóveda de cañón en dirección transversal a la que traíamos, cuyos extremos se perdían en la oscuridad.

Habíamos contado con salir pronto al aire libre, y nos sentíamos desilusionados. Nos dirigimos primero a la izquierda, pero allí, al cabo de casi quince pasos, hallamos cerrada la salida por una pared. Dimos la vuelta y encontramos en el otro extremo dos aberturas, una de las cuales estaba todavía en la pared lateral, la otra en la pared transversal. Ambas conducían a su vez a otras bóvedas cuya oscuridad tratamos de iluminar, pero sin encontrar ninguna señal de salida, una escalera, por ejemplo, que subiese a lo alto; solo aparecieron más aberturas que evidentemente conducían de nuevo a otras bóvedas. Nos miramos unos a otros, luego el fósforo se apagó; quedamos a oscuras y no podíamos resolvernos a encender otro más, pues temíamos que nuestras provisiones se agotaran. Al sacudir las cajitas nos dimos cuenta de que ya quedaban muy pocos, también nos dijimos que si acaso nuestro camino nos conducía de vuelta al mundo exterior, probablemente sería mucho más largo de lo que al comienzo habríamos supuesto. Al parecer había aquí un laberinto de sótanos y no podíamos atrevernos a seguir adelante sin exponernos al peligro de quedarnos perdidos en la oscuridad al terminarse los fósforos. O había que correr este riesgo o tratar de conseguir astillas para encenderlas y seguir iluminando así nuestro camino. Probablemente podríamos sacar esas astillas de la madera que revestía el pasillo por donde habíamos pasado hacía un rato. Ya estábamos por volver allá cuando Anton dijo que lo más sencillo sería ir a buscar velas.

Ya iba a preguntarle si se había vuelto loco y dónde iba a encontrar aquí abajo una cerería para comprar velas por unos dinares, cuando él, evidentemente adivinando esta objeción, se apresuró a decir que en el Konak había velas en todos los candelabros de las paredes. Solo hacía falta ir a buscarlas.

Ahora recordábamos nosotros también haber visto estas velas, y aunque corríamos el riesgo de ser descubiertos, yo me ofrecí enseguida a ir por ellas. Resa quiso retenerme diciendo que sería mejor que fuera ella, pues siendo mujer no la iban a arrestar al descubrirla, ya que no la conocían y siempre le quedaba el recurso de decir que venía del hospital de abajo. Bottenlauben, en cambio, opinó que todos los que fueran encontrados en las habitaciones en las que se había matado a Somerset serían, sin duda, arrestados inmediatamente. Y por eso sería mejor que fuera él o yo. Pues nosotros, en el peor de los casos, podíamos defendernos con nuestras pistolas. Finalmente decidimos que Resa y yo iríamos juntos, yo la acompañaría por los sótanos, la esperaría en el pasillo de la calefacción hasta que cogiera las velas y la acompañaría de vuelta. Solo entraría en las salas si veía que Resa estaba en peligro.

Esta resolución la tomamos de pie en la oscuridad, luego nos entregaron el resto de los fósforos y nos pusimos en camino.

Atravesamos la bóveda de cañón y el pasillo hasta la bóveda siguiente, pero aquí Resa se detuvo de repente y dijo que tenía que hablarme.

—¿Ahora? —dije yo, deteniéndome también.

—Óyeme —dijo ella—. No te he acompañado para ir por velas.

—¿Para qué, si no? —pregunté yo mientras el fósforo que había tenido en la mano cayó al suelo consumido, dejándonos a oscuras otra vez.

—Quería estar a solas contigo —dijo ella—. Deseo hablarte sin que nos oigan los demás.

—¿Ah, sí? —dije yo—. ¿Por qué? ¿Qué querías decirme?

Ella vaciló un momento.

—Todo esto —dijo al fin— ya no tiene sentido.

—¿Qué es lo que no tiene sentido?

—Todo lo que estáis haciendo. ¿No lo ves? No podremos salir de aquí abajo. Como máximo podremos volver al Konak.

—¿Por qué lo dices?

—Y, aunque lográramos salir a alguna parte, os harían prisioneros.

—¿Te parece?

—Sí. ¿Para qué, entonces, buscar tanto tiempo una salida? En el mismo momento de salir al aire libre os harán prisioneros.

—Lo dudo.

—Yo no. Lo mismo da por dónde salgáis. ¿Por qué no volver al Konak y entregarse a los ingleses?

—Es posible —dije yo— que no encontremos tal salida. En este caso, en efecto, tendríamos que volver al Konak. Pero en ningún caso nos vamos a entregar.

—No os quedaría otro remedio.

—Sí. Trataríamos de escapar a través del Konak mismo.

—¡Pero os descubrirían!

—En ese caso nos defenderíamos.

—¿Pero para qué? —exclamó ella—. ¿Qué se conseguiría con todo esto? ¡La guerra está terminando! El inglés también lo dijo. Fue inútil que lo matarais, y que Anschütz tuviera que morir también. Pero entonces todavía no sabíais que tampoco hay escapatoria por aquí abajo. Ahora ya lo sabéis. No voy a consentir que corráis más riesgos inútiles. Bottenlauben, por lo que a mí se refiere, puede hacer lo que le parezca, pero a ti sencillamente no te lo permito. —Se echó en mis brazos en la oscuridad—. ¡Es que te quiero! —exclamó—, ya no tienes derecho a hacerme desgraciada. ¿Por qué no decir, simplemente, a los ingleses que os rendís porque la situación es desesperada? No quedaréis prisioneros mucho tiempo. Terminada la guerra, se acabaron los prisioneros. ¿Por qué queréis haceros herir o matar a toda costa? ¿No veis que es inútil seguir sosteniendo una causa que ya está perdida por completo?

Me quedé un momento callado, luego dije:

—Resa, yo no puedo aceptar la responsabilidad de que tú también corras peligro. Si no nos quieres acompañar prométeme al menos que no vas a denunciarnos aunque te interroguen, y te dejaré volver con los ingleses...

—¡Pero no se trata de mí! ¡Solo se trata de ti! ¿Por qué

no quieres subir y decir que te entregas? ¿Acaso es por Bottenlauben? Tampoco tú, en caso de que él no quiera acompañarnos, tienes que decir dónde está. Que trate de escapar por su cuenta, no tardará mucho en ser capturado también, y si se resiste, caerá muerto...

—Resa —dije yo—, no sé de qué estás hablando. Nada de eso viene al caso. Primero, todavía estoy a las órdenes de Bottenlauben, y seguiría estándolo si en vez de encontrarnos en los sótanos del Konak estuviéramos en la luna. En tanto que existamos Bottenlauben y yo el regimiento no ha dejado de existir. Así que, aunque quisiera, no podría tomar resoluciones en contra de las suyas. Y puedes estar segura de que él no piensa entregarse.

—¡Oh! —exclamó ella—. Lo odio.

—¿Por qué? —dije yo—. Yo lo aprecio más que a cualquier otra persona. Pero aunque él me mandara entregarme a los ingleses no podría hacerlo tampoco.

—¿Por qué no?

—Llevo el estandarte —contesté—.

—¿El estandarte?

—Sí. Lo llevo conmigo. Lo desprendí del asta y lo llevo conmigo ahora. Es imposible que, mientras yo viva, caiga en manos de los ingleses. Si me hicieran prisionero lo encontrarían en mi poder. Yo no me entregaría en ningún caso, pero mientras tenga el estandarte es inconcebible. No podrán sacarlo de mi casaca abrochada a no ser que esté muerto.

Se hizo un silencio.

—¿Y qué es lo que quieres hacer con él todavía?

—¿Con el estandarte? Tengo que devolverlo. Al menos debo tratar por todos los medios de volverlo a llevar a los nuestros.

—No lo lograrás. Será imposible.

—Tal vez —dije—, pero al menos habré hecho todo lo posible.

—¿Así que incluso te harías matar por causa de este trocito de tela?

—Sí.

—¡Es una locura! —exclamó.

—No estoy aquí —dije— para discutir contigo si es una locura lo que fue sagrado para miles.

—¡Lo fue! Pero ahora ya nadie se preocupa por este estandarte. Ha perdido su importancia. Ya ni se sabe lo que es. Yo nunca he visto uno. No voy a consentir que por eso corras peligro. ¡Es que te quiero! ¿No me entiendes? ¡Te quiero! ¡No puedes hacerte matar, pues yo también moriría si algo te ocurriera! ¡No puedes dejarme por un trocito de seda que ha perdido su sentido y su objeto y que ya no significa nada para nadie!

—Para mí —murmuré— lo significa todo.

—¿Todo? —exclamó ella—. ¿Más que yo también?

—Eso es —dije— otra cosa...

—¡Contéstame! ¿Más que yo también?

—Sí.

Al instante lamenté haberlo dicho. Pero sabía que no podía dar otra respuesta. Dejó resbalar sus manos de mis hombros y se apartó un paso de mí. Por unos instantes nos quedamos uno frente al otro, silenciosos en la oscuridad. Finalmente dijo ella con la voz cambiada:

—Prende luz. Voy a buscar las velas.

—Pero decías que no ibas a hacerlo. Yo iré.

—No —dijo ella—. Yo las buscaré.

Encendí un fósforo cuya llamita nos deslumbró un momento, pero ni siquiera cuando nuestros ojos se acostumbraron de nuevo a la luz, ella no me miró. Quería decir alguna cosa, pedirle que tratara de comprender, pero me fue imposible pronunciar palabra; además ella ya había echado a andar y yo la seguí con el fósforo. Traté de tomarle la mano, al menos, pero me la retiró. Así subimos en silencio el declive cubierto de escombros y llegamos a los escalones. Nos quedamos unos minutos detrás del tapiz, escuchando, y luego entramos en el cuarto de las herramientas. De allí pasamos muy despacio al pasillo de la calefacción. Todas las puertas tapizadas que daban a las salas estaban abiertas y por todas partes las luces habían quedado encendidas.

Saqué la pistola y me detuve en el pasillo, haciéndole una seña a Resa para que siguiera adelante.

Frente a nosotros se hallaba el salón contiguo a aquel en que se había desarrollado la tragedia de Anschütz y Somerset. La puerta de comunicación estaba derrumbada y en el suelo se encontraba todavía el cuerpo de Anschütz. A Somerset no lo vi, debían habérselo llevado. En la chimenea se había extinguido el fuego. Todo estaba en completo silencio. Resa se deslizó dentro, sacó con rapidez algunas velas de los candelabros de la pared y ya estaba a punto de volver cuando su mirada reparó en Anschütz. Se quedó inmóvil un momento, luego se acercó a él y lo miró. Finalmente se arrodilló a su lado y tras un momento de vacilación empezó a buscar en sus bolsillos sin encontrar nada; los ingleses lo habían registrado también para comprobar su identidad. Finalmente sacó su reloj y dos o tres papeles o cartas, pero seguía arrodillada mirándole la cara.

Esta cara ya se había vuelto como de cera, con la nariz

puntiaguda; tenía ya el aspecto de un extraño, en todo caso de alguien que ya está en otro lugar. Su expresión era distante. Había pasado a mejor vida, nosotros nada le importábamos ya.

Acabé por sentirme intranquilo, alguien podía entrar en cualquier momento, pero Resa ya se había levantado y volvía sin ruido a mi lado. Cuando se acercó me di cuenta de que estaba palidísima y que la mano con que me entregaba las cosas de Anschütz le temblaba.

—¿Qué tienes? —susurré metiendo estas cosas en mi bolsillo.

—Nada —suspiró ella moviendo la cabeza—. Vámonos.

La única razón de que nadie estuviera allí al acecho era que los ingleses, en la confusión general y no familiarizados con el lugar, no habían entendido los acontecimientos que habían conducido a la muerte de Somerset. Posiblemente pensaran que Anschütz era el único enemigo.

Al llegar de nuevo a los escalones prendimos una de las velas. Era una vela de estilo barroco, retorcida y pintada. Primero ardió solo con una pequeña llama, luego, a medida que la cera al derretirse dejaba la mecha libre, cada vez con más claridad. Volvimos a bajar por el declive cubierto de escombros y atravesando el pasadizo llegamos al primer sótano, pero apenas habíamos vuelto a enderezarnos, al salir del pasadizo, cuando Resa, como atacada por una repentina debilidad, se apoyó contra mí. Estaba temblando y sus frías manos estaban estremecidas.

—¿Qué tienes? —le pregunté—, ¿qué te pasa?

—No me encuentro bien —balbuceó ella.

La levanté en brazos y la llevé al otro rincón, donde antes había visto los bloques de piedra, y allí la hice sentar. Su cabeza cayó hacia atrás buscando apoyo en la pared, y sus ojos quedaron entreabiertos como cuando alguien está a punto de desmayarse.

—¡Dios mío, Resa! —exclamé—, ¿qué es lo que te pasa?

Ella hizo un esfuerzo para levantarse pero cayó hacia adelante casi inconsciente; yo la sostuve. Me senté a su lado y ella dejó caer la cabeza sobre mi hombro.

—Creí que iba a caerme —balbuceó—, pero ya se me pasa... no sé... cuando vi la cara de Anschütz... fue tan terrible...

—¿Por qué? ¿Y por qué te acercaste a él?

—Por sus cosas. Y me pareció que debía mirarlo otra vez... Trataré de olvidar aquella cara. —Y como si quisiera borrar de veras esta impresión apretó su cara todavía más contra mi hombro y me di cuenta de que lloraba. Le dije palabras de consuelo, pero en vez de tranquilizarse se agarró a mí, su llanto se convirtió en un sollozo que sacudía todo su cuerpo y cuanto más trataba de tranquilizarla más desenfrenadamente daba rienda suelta a sus nervios. Al fin me callé y me limité a mirar desconcertado su completo desconsuelo. Sin embargo, me di cuenta de que apretaba la mano contra su boca y se mordía los dedos, o para tratar de dominarse, o al menos para no traicionarnos con su ruidoso llanto. Tal vez a causa del eco en la bóveda me pareció como si no llorara ella sola, sino que sollozaran también otras mujeres invisibles, las que en otros tiempos habían huido a través de estos sótanos, mujeres apoyadas contra los hombros de sus esposos fugitivos del pasado, cuando habían ocurrido las tragedias del Konak..., presentes todavía de un modo fantasmal al cabo de años y años.

Al fin dejé la vela y empecé a acariciar el cabello de Resa. Sin embargo, tardó unos cuantos minutos más en tranquilizarse: seguía llorando en voz baja, como un niño pequeño, acurrucada contra mi brazo. La penosa impresión que había provocado en mí su crisis se convirtió en un sentimiento de infinita compasión, de una compasión como la que deben sentir todos los hombres por las mujeres a las que hacen infelices...

Levanté su cara hacia mí, sequé sus lágrimas con besos y repetí mi pregunta de por qué lloraba. Incapaz de hablar todavía, se limitaba a menear la cabeza. Le pregunté si era por Anschütz.

—Sí —balbuceó ella al fin—, primero había llorado al ver a Anschütz muerto en el suelo, pero luego —agregó— seguí llorando porque soy muy desgraciada.

—¡Resa! —exclamé yo.

—¡Y porque tú ya no me quieres!

Traté de explicarle que no había dicho tal cosa.

Ella no me contestó, se secó las lágrimas, luego se enderezó y de repente me pidió que le mostrara el estandarte.

Me llenó de asombro.

—Sí —insistió ella—, muéstrame el estandarte, al que quieres más que a mí.

—Pero eso no es verdad —dije—. No me comprendiste bien..., no es más que un trozo de tela.

—Enséñamelo —dijo—. Quiero verlo.

Meneé la cabeza y traté de sonreír, pero ella me miró a los ojos con una expresión tan rara que al fin me desabroché la guerrera y saqué el brocado. Resa lo agarró en el acto, con ese típico gesto de premura con que las mujeres tocan algo cosido o bordado, que resulta más familiar para ellas que para un hombre, pero yo retiré la tela y la extendí sobre mis rodillas. Con un destello se desplegó el águila bicéfala abriendo sus garras escarlata y con chispeante susurro se abrieron sus alas, a cuya sombra se había cobijado el mundo. A la incierta luz de la vela salía de la enseña un continuo relampagueo centellante como si tuviera vida y se moviera despidiendo rayos de colores iridiscentes.

Resa la miró largo rato con el ceño fruncido mientras yo, levantando los ojos, miraba la cara de Resa, que en el círculo luminoso de la vela, agitado por una corriente de aire, me parecía tan irreal, lejana y misteriosa como el símbolo del brocado; el instante mismo en que se encontraron aquella seda sagrada y los sentimientos de esta mujer fue tan irreal como un sueño.

Muy pronto, sin embargo, nos despertó de este el ruido de una persona que se acercaba a tientas y tropezaba con las paredes del pasadizo: era Anton, quien, visto que tardábamos tanto en volver, se había encargado de la difícil misión de irnos a buscar sin luz. Parpadeó un momento a la luz de la vela y luego dijo indignado:

—¡Perdón si interrumpo! Pero pensaba que mi alférez no se hallaría ya entre los vivos. Y en vez de eso los señores se recrean en mirar bordados a la luz de una vela mientras el señor capitán está parado en la más negra oscuridad, descargando su ira contra mí. Si los señores quieren darme entretanto una vela para que tengamos luz nosotros también, pueden unírsenos más tarde, pues al fin y al cabo estamos huyendo y jugándonos la vida.

—Cállate —le dije yo—, ya vamos. —Nos levantamos, volví a esconder el estandarte en mi pecho y Resa secó las lágrimas de sus mejillas. Luego seguimos a Anton, que nos precedía rezongando, y llegamos al fin junto a Bottenlauben, que dio un suspiro de alivio al ver que traíamos las velas.

Primero avanzamos por el pasadizo que se abría en la pared transversal de la bóveda de cañón, progresando ahora con mucha mayor seguridad a la luz de las velas. Atravesamos varios sótanos, entre ellos incluso uno de forma muy rara, hexagonal, coronado por una cúpula. Pero de allí no salía ningún camino más; estaba atascado por un derrumbamiento de tierras y tuvimos que volver a la bóveda de cañón.

Ya al volver pensé que si por estas bóvedas realmente había un camino que se utilizara a veces, en el suelo habría huellas de pasos en las que hasta ahora no habríamos reparado pero que nos indicarían por dónde debíamos ir; con un aire tan estancado, en esos sótanos las huellas tardarían años en borrarse. Y en efecto, al volver a la bóveda de cañón nos dimos cuenta de que, además de nuestras propias huellas, había una especie de caminillo estrecho formado por pisadas, como un sendero de caza que salía del pasadizo por donde habíamos entrado antes y desaparecía en el pasadizo de la pared longitudinal. Decidimos seguirlo.

Pero solo nos condujo a través de una bóveda a otra segunda, donde terminaba. Pronto averiguaríamos la causa de esto. Creíamos que aquí el camino volvía a subir, pues a la izquierda unos escalones subían hacia un

terraplén más alto. Pero al acercar nuestras luces resultó
que se hallaba cegado por la tierra. En cambio vimos
finalmente que toda la pared de enfrente estaba rodeada
por un charco de agua. Este charco nos explicó en pocos
instantes el porqué de la desaparición del sendero: al
subir el Danubio, las aguas subterráneas entraron y bo-
rraron todas las huellas.

Al menos ahora sabíamos que la dirección que habíamos tomado, hasta el momento al menos, era la acertada. En consecuencia seguimos adelante, atravesando
un pasadizo que otra vez parecía recién abierto, pero
que era muy bajo, y, cuando pudimos enderezarnos otra
vez, nos vimos frente a una verdadera maraña de sótanos muy pequeños, que todo lo más tenían el tamaño de
un gabinete. En general tuvimos la impresión de no encontrarnos ya en sótanos sino en verdaderas habitaciones, aunque evidentemente sepultadas. Sus paredes, a
pesar de que hacía mucho que el revoque se había caído
debido a la humedad, parecían haber estado blanquea-
das e incluso pintadas, pues los escombros eran de varios colores, los cielos rasos eran bóvedas planas y los
diferentes aposentos no se comunicaban ya por meros
pasadizos sino por verdaderas aperturas de puertas, y
había muchas, pues las habitaciones se comunicaban
todas entre sí; era un auténtico laberinto de cuartos y
cámaras. En todas partes el suelo de losas estaba cubierto de restos de revoque y barro seco. Este barro ya
no presentaba más pisadas, pero al iluminarlo vimos
que se hallaba enteramente cubierto por un raro dibujo,
como hecho por impresiones de patitas de pájaros; huellas de ratas, según dijo Anton.

Aunque temiéramos perdernos en esta maraña de habitaciones, no nos quedaba más remedio que internarnos en ella. Después de atravesar varios de los pequeños sótanos, tuvimos ya la impresión, en efecto, de haber perdido la dirección; si bien no se trataba de una dirección, porque desde el comienzo no sabíamos a dónde nos conducía el camino, pero había en todas partes tantas puertas y pasajes que propuse que antes de progresar más sería mejor volver al punto de partida y marcar el camino, tal vez con montoncitos de piedras, para que, en caso de llegar a perdernos, pudiéramos al menos regresar a los sótanos más grandes. En consecuencia volvimos atrás, pero al cabo de pocos pasos nos dimos cuenta de que ya no sabíamos por dónde habíamos venido.

—Por este pasadizo —dijo Bottenlauben.

—No —dijo Resa—; por aquel.

Y mientras nos mirábamos unos a otros, presos por primera vez de verdadera angustia, oímos voces.

Era tan improbable que aparte de nosotros hubiera ahí abajo alguien más que hablara, que al principio no prestamos atención; luego pensé que sería Anton que había empezado otro monólogo, pero vi que permanecía callado. Tampoco las voces se distinguían como tales, sino que primero eran como un rumor confuso, como soplar de viento, y su eco, entremezclado con unos cuantos sonidos más agudos, una especie de gorjeos, como ocurre a veces en las conversaciones telefónicas de larga distancia, cuando parece que se oye como si en el agua subieran burbujas a borbotones. Pero muy pronto nos dimos cuenta de que, en efecto, eran voces entremezcladas, algunas muy distintas, pero la mayoría de tono sordo y gutural, parecido al ruido de una gran masa de gente que conversara.

Si hubieran sido solo unas cuantas voces hubiéramos podido suponer que aquí abajo, aparte de nosotros, había algunas personas más hablando entre ellas, pero no parecía posible que fueran tantas. ¿Qué podría hacer aquí semejante multitud y cómo había podido llegar? De repente, un repentino y ridículo miedo a oír voces que no provenían de bocas humanas me dominó con más fuerza que el temor de ser descubiertos. Era comprensible la repugnancia que me producía la oscuridad que nos rodeaba, estos estrechos pasadizos, pozos y bóvedas de fauces abiertas, donde, si no nos habíamos perdido ya, estábamos a punto de perdernos. Hasta entonces habíamos tratado de dominar esa repugnancia, pero ahora, cuando las sombras que nos circundaban empezaron a emitir voces, no pudimos defendernos ya contra el terror más primitivo que trepaba por nosotros, nos cortaba un poco el aliento y soplaba a través de nuestros cabellos helando sus raíces. Hay gente que ha pasado por muchos combates y, sin embargo —o por eso mismo—, no se atreve a atravesar una habitación a oscuras; hay personas muy valientes que no temen a ningún adversario, pero sí las apariciones de los cuentos de brujas. Hay adultos que jamás se desprenden de los terrores de su infancia, pues el terror es en efecto más fuerte que el valor.

Al empezar el inexplicable rumor de voces fuimos presa todos, sin ponernos de acuerdo con una sola palabra ni asustarnos mutuamente, de un repentino horror irreprimible, infantil, casi bestial ante lo desconocido que nos rodeaba. Resa se agarró a mí y Anton quedó tieso como un palo. Era inevitable que entre las voces que oíamos ahora también creyéramos distinguir palabras, pronunciadas con la entonación de personas que conocíamos pero que de ningún modo podían estar presentes allí; era como si la mezcolanza de una gigantesca multitud de hombres, muertos y vivos, se viniera acercando, no sabíamos por dónde, y cada vez se volviera más fuerte, hasta que finalmente, en nuestra imaginación, llenó nuestros oídos como un tronar y retumbar infinito.

Era posible que, aunque ya estuviéramos dominados por este terror, o precisamente por ser este cada vez más fuerte, buscáramos aún desesperadamente una explicación natural del fenómeno, para no caer sin apoyos en las garras del terror; sea como fuere, se me ocurrió de repente una idea que podía significar una explicación:

—¡Los ingleses! —grité—. ¡Son los ingleses que nos persiguen!

En el mismo momento ya se había desvanecido nuestro espanto, tomé a Resa del brazo y echamos todos a correr a través de las bóvedas, en la dirección que supusimos acertada. Ya no hacíamos caso alguno de lo que nos rodeaba, corríamos nada más, y sin embargo nos dimos cuenta de que después de un corto trecho el ruido de voces, en vez de quedar atrás, se iba haciendo cada vez más fuerte, convirtiéndose en un estridente silbido y chillido... y un instante después nos hallábamos ya enfrente, o mejor dicho, en medio de la explicación del fenómeno.

Era bastante repugnante. Habíamos llegado corriendo a un espacio grande y nos encontrábamos en el umbral de otra gran bóveda de cañón de extensión muy larga, parecida a un corredor, cuyo suelo, sin embargo, ya no consistía en escombros, sino que era un canal de agua cuya superficie brillaba con tintes negruzcos, y que ocupaba casi todo su ancho. Solo frenando en el último momento pudimos evitar caer dentro; y en el escaso espacio que lindando con las paredes se extendía a ambos lados del agua, el suelo estaba cubierto literalmente de ratas. Había animales de todos los tamaños, incluso inconcebiblemente grandes, casi del tamaño de un conejo, en un apretado rebaño que corría entremezclado, saltando los unos sobre los otros, dando saltos mortales y cayendo sobre nuestros pies, subiéndose por las paredes del canal y dejándose caer al agua; también el agua rebosaba de ellas, mientras que los pasajes de los lados eran un hervidero ingente de ratas, montones, rebaños, regimientos, legiones, que nos miraban con los innumerables puntitos de sus ojos como otras tantas chispas verdosas.

Si ya antes nos había desazonado el silbido de las bestias que, con la rara acústica de las bodegas, sonaba como voces humanas, ahora no nos horrorizó menos esta monstruosidad multiplicada por mil. Resa emitió un grito medio sofocado de asco y retrocedimos apretados a través de la entrada por la que acabábamos de llegar, pero las bestias tuvieron el atrevimiento de querer seguirnos a través del umbral; saqué mi pistola y disparé cinco o seis tiros contra ellas. Un eco gigantesco resonó repetidamente por las bóvedas.

Inmediatamente después de los tiros, todas las ratas se pusieron en movimiento en una determinada dirección, de derecha a izquierda, según nuestro punto de vista. Las pocas a las que los tiros habían alcanzado saltaron en alto dando vueltas de campana y las otras huyeron, y a través de la puerta vimos como echaron a correr por la galería, evidentemente en dirección al Danubio. A través de la puerta pasaban corriendo siempre nuevas manadas de animales, a veces en varias capas superpuestas, presas de un pánico cada vez mayor; era una estampida de monstruos desbocados, y las últimas pasaron por delante de nosotros casi volando, con la rapidez de proyectiles. El silbido aumentó, convirtiéndose en un estruendo casi insoportable para nuestros oídos, hasta que, a medida que los animales se alejaban a lo largo del corredor, disminuyó y finalmente se desvaneció en la lejanía. Necesitamos varios minutos para reponernos del asco asfixiante que había provocado en nosotros este río desbordado de inmundas bestias vibrantes y chillonas y para resolvernos a seguir su camino a lo largo del corredor. Ahora parecía desierto, solo aquella especie de acera que lindaba con el agua se hallaba enteramente cubierta por las defecaciones de los animales. Empezamos a andar por el corredor en la misma dirección que habían tomado las ratas en su huida.

La bóveda de cañón tenía una altura de unos dos hombres, medida desde la superficie del agua del canal, que se hallaba dos o tres pies por debajo del nivel de la acera. El agua estaba sucia, llena de unas algas negras filamentosas y putrefactas. A pesar de esto no tuvimos la impresión de que esta fuera una alcantarilla en uso. La construcción, al menos, era antiquísima, posiblemente pertenecía a la misma ciudad hundida y sepultada debajo de la actual, a la que pertenecían los aposentos o casas que habíamos atravesado, y parecía ser una instalación olvidada hacía mucho tiempo, una cloaca quizá de los tiempos antiguos, que, como un brazo del Danubio emparedado, nacía o del río mismo o de algún arroyo, pero en todo caso conducía de vuelta al río, solo que, en alguna parte, su curso había sido interrumpido, probablemente por algún derrumbamiento, pues el agua estaba estancada.

No pudimos determinar hasta dónde se extendía la bóveda de cañón a nuestras espaldas, pero en la dirección que seguíamos se extendía más de mil pasos. De vez en cuando pasábamos al lado de pozos o salidas que anteriormente tal vez habían conducido al exterior, pero que ahora se encontraban cegados por masas de tierra. Al cabo de un rato el canal doblaba ligeramente hacia la derecha e inmediatamente después volvimos a oír el silbido de las ratas.

La verdad es que esta vez eran muchas menos voces, pero en cambio se elevaban con un chillido de miedo, de ira y espanto. Vacilamos un momento, presas de nuevo del asco, pero al fin seguimos y pronto vimos frente a nosotros, sobre la acera, un montón de ratas entremezcladas, llenas de pánico salvaje, que sin embargo se movían siempre en el mismo lugar y tampoco se dispersaron cuando nos acercamos. No nos quedó otro remedio que tratar de pasar de algún modo a través de este montón. Resa temblaba de horror, pero yo la empujé hacia adelante y cuando llegamos muy cerca vimos que nos encontrábamos frente a uno de esos llamados reyes de ratas. Unos veinte o treinta animales, unidos por las colas desnudas y repugnantes, tiraban para todos lados y no se ponían de acuerdo sobre la dirección por donde huir. Bottenlauben avanzó con paso rápido y de un puntapié echó al canal todo aquel ovillo horroroso, que cayó en el agua con un sonoro *paf* mientras nosotros salíamos corriendo.

Pocos minutos después, de repente aparecieron rocas en lugar de las paredes de la bóveda, e inmediatamente después el corredor se ensanchó hasta formar una gruta irregular y muy elevada, cuyo techo consistía en formaciones rocosas naturales, mientras que el fondo se hallaba cubierto por las aguas del canal que aquí terminaba, formando una especie de estanque o laguna.

No alcanzamos a iluminar enseguida la gruta entera; pero cuando seguimos rodeando con nuestras velas en la mano el borde del estanque, pronto vimos salir de la oscuridad la pared de enfrente; al levantarse allí de las aguas el suelo de la gruta, mientras que el techo, formando ingentes pilastras y columnas, bajaba hacia él, el lugar se convertía en un laberinto de grutas o galerías que subían montaña arriba. Casi enfrente de la desembocadura de la bóveda de cañón por donde habíamos venido la laguna tenía su desagüe por una abertura baja por la que huyeron las ratas, según vimos por sus rastros, y que tenía que conectar rápidamente con el Danubio, pues la altura de la gruta nos indicaba que nos hallábamos ya debajo de las rocas sobre las cuales se encontraba la fortaleza y por ende también en las inmediaciones del río. Resolvimos evitar aquella salida y emprender nuestro camino hacia arriba a través de las grutas ascendentes.

Mientras rodeamos la laguna, cuyas aguas eran negras e inmóviles como las del Aqueronte, la orilla que ascendía hacia la montaña se ensanchaba poco a poco hasta formar una playa en la que los diversos niveles de las aguas habían dibujado repugnantes rayas de fango negro. La roca era de una blancura como de huesos, interrumpida de vez en cuando por vetas rojizas. Las paredes de la gruta y su techo estaban formadas por rocas muy irregulares, pero no con los cantos agudos, sino con formas redondeadas; pero donde empezaban las grutas secundarias, las rocas se convertían en algo verdaderamente fantástico. Parecía como si desde arriba hubieran caído velos de piedra, como para esconder la multitud de formaciones rocosas que evocaban animales o demonios, y al iluminarlas nos costó creer que todos estos hombres, grupos y figuras de piedra, estas madejas de roca que brotaban como grasa de riñones y se retorcían como serpientes o miembros humanos, fueran meras creaciones de la naturaleza. En efecto, todavía en las cercanías del agua descubrimos dos figurillas de piedra que sin duda alguna eran obra de manos humanas: una representaba un perro o un león pequeño con una cabeza humana barbuda, la otra un animal acurrucado parecido a un murciélago que exhibía una panza henchida y ciertos atributos femeninos de un modo repugnante. Las figuras estaban húmedas por el agua que goteaba del techo y a veces caía resonando en la laguna, una capa resbaladiza de algo como musgo o algas las cubría en parte.

Cuando empezamos a subir a través de las grutas pronto nos dimos cuenta de que seguíamos un auténtico camino cuesta arriba. En lugares de fuerte pendiente había escalones tallados en la roca, el laberinto de piedra se estrechaba cada vez más y finalmente desembocaba en una angosta grieta desde la cual otras grietas y canales de diferentes tamaños salían hacia todos lados, horadando la montaña entera como una esponja; pero la subida principal con sus escalones que ahora se sucedían casi ininterrumpidamente resultaba ya inconfundible y parecía muy usada, pues muchos de los escalones estaban gastados y bien pulidos. Volvimos a encontrar figurillas en los huecos de la roca, o bien talladas en la roca misma, que representaban animales achaparrados, muchas veces con una aterradora apariencia humana, con bucles en el cabello y escamas de pez. Casi todas ellas salían de la oscuridad en posiciones grotescas, como si formaran parte de la montaña, pues no se notaba gran diferencia entre las formaciones de la naturaleza y las hedras por la mano del hombre. La montaña entera estaba repleta de demonios petrificados, mezcla de hombre y bestia.

Habríamos escalado por la montaña tres o cuatro minutos cuando la grieta se ensanchó de repente hasta formar una nueva gruta; pero esta vez solo el suelo y varias de las paredes eran de roca natural; el techo y el resto de las paredes eran muros y parte de una de aquellas paredes contenía una fila de aberturas cerradas por fuertes rejas a través de las cuales entraba la luz de la luna.

Fue la primera visión del mundo exterior que nos salía al paso después de tantas horas, y nos confesamos que en ocasiones ya habíamos perdido la esperanza de volver a su superficie.

Debíamos encontrarnos ahora en uno de los sótanos de la fortaleza. Una escalera de ladrillo cimentada en la piedra llevaba a la pared coronada por los tragaluces y terminaba arriba, junto a una puerta de hierro.

Nos dijimos que ahora de nuevo hacía falta mucha prudencia, pues era de suponer que los ingleses ante todo hubieran ocupado la fortaleza. En consecuencia, primero apagamos nuestras velas y subimos a tientas los escalones.

Encontramos la puerta de hierro atrancada, como era de suponer. Además, no parecía conducir al aire libre, sino a alguna cámara contigua, pues a través de las rendijas que se abrían entre la puerta y el marco no entraba luz alguna. Tras reflexionar un momento, decidimos tratar de mirar, al menos, por uno de los ventanucos. Mientras Bottenlauben y Anton me sostenían por detrás para que no cayera, logré inclinarme hacia un lado, de modo que pude alcanzar con una mano las rejas del tragaluz más próximo. Luego lo agarré con la otra mano también, me alcé a pulso hasta la reja y miré hacia fuera.

Delante de mí se extendía, a la luz de la luna menguante, alta en el cielo, el patio de la fortaleza, lleno de caballos y tropas. Un escuadrón de caballería inglesa lo había ocupado.

Dándome impulso de nuevo, alcancé con los pies un escalón, y Bottenlauben y Anton me sujetaron por los hombros, atrayéndome hacia sí.

—¿Qué hay? —preguntó Bottenlauben.

—Ingleses —dije.

—Era de suponer —dijo él, al cabo de un momento.

Así que por allí no había salida.

Volvimos a bajar los escalones y examinamos el lugar. Inmediatamente, a nuestro lado vimos ahora que sobre un pedestal de ladrillo, como un catafalco, yacía la figura de un hombre esculpida en la misma piedra verde de la cual ya habíamos encontrado trozos en los sótanos de debajo del Konak. La figura era de mayor tamaño que el natural, tenía, según pudimos distinguir a la luz tenue, rasgos sencillos y estaba vestida a la antigua. Tenía las piernas cruzadas, y los brazos, uno yacía bajo la cabeza y el otro sobre el pecho.

No pudimos adivinar a quién representaba la figura; tampoco tenía atributo alguno por el cual pudiéramos deducir de quién era esta estatua. Mucho más tarde, sin embargo, por vías que sería demasiado largo describir aquí, me enteré de que el hombre de piedra antes había estado sobre las murallas de la fortaleza, confiriéndole la fama de inexpugnable. Cuando, a pesar de todo, el príncipe Eugenio logró conquistarla, mandó trasladar la figura a un sótano. Verdad es que a partir de entonces la fortaleza había pasado de mano en mano.

Sea como fuera, nuestro descubrimiento no nos sirvió de nada. Volvimos a encender otra vez una vela, protegiéndola con cautela con las manos para que su luz no se trasluciera por los tragaluces, y examinamos las paredes. Aquí también estaban muy horadadas, como una esponja. La mayoría de las aberturas, sin embargo, no eran lo bastante grandes para que pudiéramos pasar. Además de la grieta por la que habíamos subido solo había una abertura practicable, y resolvimos probar este camino.

Este ya no mostraba ninguna huella de que alguien hubiera pasado por él jamás; por el contrario, parecía haber conservado por completo el estado en que lo había creado la naturaleza. Primero se ensanchaba, pero muy pronto se estrechó. El suelo estaba formado por guijarros redondos de diversos tamaños, a través de los cuales salió a nuestro encuentro un fino hilo de agua. Unos cuantos murciélagos pasaron sobre nuestras cabezas. De nuevo había, como en el interior de una esponja, caminos y canales laterales, estrechos y retorcidos, cuyas aberturas nos miraban como mil ojos vacíos de una montaña que no revelara sus auténticos misterios. Tal vez solo se revelaran a aquellos seres capaces de atravesar estos caños de roca, pequeños semihombres o animales demoníacos como los que habíamos visto petrificados, acurrucados en las hendiduras de nuestro camino. Desde entonces, muchas veces he vuelto a recordar las secretas profundidades de aquella roca de la fortaleza. Me llamó la atención su parecido con los llamados Montes Calvario. Los Montes Calvario se consideran, en general, restos de un mundo anterior medio humano, medio bestial, y tal vez, acaso, demoníaco, que quedaron en pie por encima de las capas de rocas y cantos rodados con las cuales los mares de épocas posteriores habían llenado el terreno primordial; en su seno, se opina, llevaban a cabo su actividad los achaparrados lémures, duendecillos mezcla de hombre y bestia, hombres pez y feos y lascivos engendros de lo demoníaco, hasta que, símbolo de la luz, en lo alto se erigió la cruz y se edificaron capillas y monasterios, con lo que en las oscuras profundidades los monstruos quedaron convertidos en piedra.

El corredor, por el cual seguimos adelante, se volvió al final tan estrecho que solo pudimos seguirlo a rastras y cuando ni siquiera de este modo podíamos avanzar apenas, y ya nos preguntábamos si no sería mejor dar la vuelta, vimos surgir ante nosotros un brillo azulado como rayo de luna, y después de haber progresado con un extremo esfuerzo veinte o treinta pasos más, primero sobre la roca, luego sobre tierra blanda y apartando al final una espesura de ramas de zarza, nos vimos de repente en libertad. Estábamos en medio del barranco de la colina coronada por la fortaleza, que en esta parte descendía en rápida pendiente hasta el Danubio. Entre vapores de niebla apareció ante nosotros, a la luz de la luna, la cinta inmensa del río reluciente y un paisaje infinito de las tierras que se desvanecían en lontananza.

11

Por lo pronto nos quedamos sentados, agotadísimos, a la salida de la cueva; luego, Bottenlauben opinó que no debíamos tener el atrevimiento de salir más adelante ni bajar, pues era de suponer que las murallas de la fortaleza que teníamos encima estuvieran ocupadas por centinelas ingleses encargados de observar las pendientes. Las zarzas, que aunque marchitas eran abundantes, y la alta hierba sin cortar, nos escondían por el momento a sus miradas.

Debían ser las tres de la mañana y nos hallábamos, después de todos nuestros esfuerzos, cansadísimos. Al menos gozábamos ahora del aire libre como de un precioso don, suspiramos de alivio por haber escapado de la montaña y miramos a nuestro alrededor, siempre escondidos por los arbustos.

Pudimos discernir con claridad una parte de la ciudad y el puente de pontones todavía existente. Es claro que, ante esta vista, empezamos a reflexionar sobre cómo llegar a la otra orilla. Sabíamos que tanto el puente de pontones como el del ferrocarril estaban ocupados por los ingleses, por lo que eran intransitables para nosotros. No nos quedaba otra posibilidad para cruzar el Danubio que tratar de hacerlo en un bote.

Ya ayer, cuando atravesamos los puentes, habíamos visto, en efecto, botes de todos los tamaños, varios barcos de carga, remolcadores y otras embarcaciones ancladas en las orillas del río. Además, entre la ciudad y la fortaleza había dos pequeños puertos, en los cuales, desde donde estábamos ahora, también distinguimos barcos y botes. Lo difícil era saber cómo podríamos llegar abajo sin ser vistos y apoderarnos de alguna embarcación. Era de suponer que además de los centinelas que vigilaban desde las alturas de la fortaleza, también las orillas del río estuvieran ocupadas por centinelas o al menos fueran recorridas por patrullas a pie o a caballo. Verdad es que no notábamos nada que lo confirmara: todo estaba tranquilo y no se veía a nadie, ni siquiera gentes de la ciudad. No queríamos correr el riesgo de ser capturados ahora, después de haber salvado tantos obstáculos y contemplado la orilla salvadora, así que deliberamos largo rato sobre el modo en que se podría bajar hasta el río y conseguir un bote, cuando de repente se produjo un acontecimiento que nos sacó del apuro.

En la margen húngara, en las cercanías del puente de pontones, sonaron de repente unos disparos, a los cuales siguió inmediatamente un traqueteo bastante fuerte de fuego de fusilería. Al mismo tiempo notamos encima de nosotros, sobre las murallas de la fortaleza, cierto movimiento, y también en nuestra orilla de la ciudad empezaron a sonar disparos, pero sobre todo el fuego de la otra orilla se hacía cada vez más intenso, proyectiles aislados llegaron silbando hasta nosotros, enterrándose en la pendiente, provocando el contrafuego de la fortaleza, y en un instante estalló un estrépito infernal. No sabíamos qué ocurría, pero más tarde nos enteramos. La división de húsares, que se hallaba todavía estacionada en Eörmenjesch, al recibir la noticia de que tropas inglesas habían pisado la orilla húngara, salió en avanzadilla y, aprestándose al combate, había atacado la cabeza de puente con alrededor de mil quinientos fusiles y sus destacamentos de ametralladoras.

Frente a este fuego dominante, que atravesando los juncos caía sobre los ingleses, estos parecieron darse cuenta de que no iban a poder conservar esta cabeza de puente. Para evitar el peligro de caer prisioneros todos, evacuaron sus posiciones a tiempo, antes de haber visto todavía a los húngaros, y, protegidos por los juncos, ante la vista de sus adversarios, echaron a correr por el puente. Pero entonces se metió en la danza la artillería de los húsares y empezó a cubrir el puente de granadas, y los ingleses, creyendo tal vez que los húngaros intentarían seguirlos hasta la orilla de Belgrado, resolvieron en el acto destruir el puente.

Los ingleses tienen, por naturaleza, mucho entendimiento acerca de palancas, poleas, tirantes y demás adminículos mecánicos, así que, cuando ocuparon el puente, no habían escapado a su atención las grúas y maquinarias destinadas a asegurar el paso de los monitores. Ahora, al pasar corriendo por su lado, pusieron en movimiento el mecanismo y dejaron, por lo pronto, nadar a la deriva los pontones desmontables que formaban el paso para los barcos. Pero como si esto no fuera bastante, arrancaron también, a medida que se retiraban, las anclas de algunas barcazas siguientes o soltaron sus amarras, de modo que tampoco las demás anclas pudieron resistir el empuje de la corriente y se soltaron del fondo. Al cabo de muy poco tiempo una parte importante del puente de pontones se hallaba a la deriva.

Casi simultáneamente sonó por la izquierda otra fuerte detonación; también el puente ferroviario que conducía a Semlin había sido volado una vez más. Los ingleses, que no sabían a qué fuerzas se enfrentaban, habían resuelto destruir ambos puentes para no poner en peligro la posesión de la ciudad conquistada.

Decidimos aprovechar la confusión general. Con los proyectiles silbando sobre nuestras cabezas, bajamos corriendo la pendiente y nos dirigimos a los puertos, sin que nadie se interpusiera en nuestro camino. Encontramos varios botes, parecidos a gabarras, amarrados a la orilla, aunque asegurados con cadenas y candados. Saltamos a una de las gabarras y rompimos el candado pegando contra la cadena con los remos que encontramos en el fondo del bote. Enseguida nos arrastró la corriente y nos llevó río abajo.

El fuego de los húngaros fue cediendo poco a poco, probablemente habían llegado a la cabeza de puente ya evacuada. Jirones de niebla, desprendidos por la presión de tantos disparos, se acercaron y nos envolvieron en el momento oportuno. La corriente nos hizo pasar entre los restos del puente de pontones, luego atravesamos el lugar donde había estado el puente inferior, en que había encontrado su fin nuestro regimiento, y el bote siguió deslizándose río abajo, hasta salir de los límites de la ciudad, y media hora más tarde, después de atravesar todo un conglomerado de isletas, atracó en la orilla húngara, cerca de Pancsova.

Pancsova es una ciudad pequeña, pero bastante grande como para reflejar la catástrofe que entonces ya se producía en todas partes. Un gran número de militares que habían logrado llegar a esta orilla, en su mayoría en barcos, además de campesinos de los alrededores, pequeños burgueses y, en general, refugiados de todas clases; parecían no tener en el alborear de este cinco de noviembre otro deseo más ardiente que el de ocupar por asalto los pocos vagones que se hallaban a disposición en la línea lateral del ferrocarril, proveniente de Nagy-Becskerek, para ponerse a salvo de las tropas aliadas. Bastó una mirada a toda esta gente para hacernos comprender que, si aquí había tales escenas, semejante estado de cosas debía reinar ya en todas partes. Los militares sobre todo, en parte sin impedimenta, en parte sobrecargados con cosas tomadas en el último momento, en su mayoría desarmados, ajenos a toda disciplina, pertenecían a formaciones tan diversas que pudimos deducir, al verlos, la cantidad de tropas que se hallaban ya en disolución. El suelo de las calles estaba cubierto de máscaras antigás, cartuchos, palas y cascos, «cacerolas heroicas», como les llamó Bottenlauben dirigiéndoles una mirada furibunda. La gente, al parecer, no pensaba en volver a luchar jamás, solo querrán volver a casa, habían abandonado las formas, ya no eran más que un rebaño sin guía, el soldado se volvía proletario; era el final.

Hubiera sido ridículo buscar aquí un puesto de mando para ponernos a sus órdenes. Habíamos escapado de los ingleses solo para caer en este caos. Los húngaros en su mayoría permanecían en sus puestos, pero todos los demás, polacos, checos, croatas y rumanos, habían olvidado que hasta ahora formaban un Estado común, lo abandonaban todo, recogían aquí y allá lo que creían útil y emprendían su camino hacia casa.

Nos dijimos que para nosotros también sería lo más indicado volver a Austria y ponernos a las órdenes del emperador. Ya hubo un tiempo en que Austria solo llegaba hasta el río Morava, ahora este volvería a ser su límite. Los países coloniales estaban perdidos. Lo veíamos claramente. Así que la gente a nuestro alrededor podía seguir gritando en todos sus idiomas, que no comprendíamos, allá ellos. Nosotros regresábamos al Imperio. El Imperio era sagrado. El Imperio no podía perecer.

Cuando alrededor de las seis de la mañana un tren compuesto por algunos vagones de tercera clase, sucios y sin luz, que entre todos no conservaban ni una ventana entera, solo añicos de vidrio en los marcos, entró en el andén, se llenó en un instante. Nosotros logramos entrar en él gracias, sobre todo, a los vigorosos brazos del altísimo Bottenlauben, que encabezaba nuestro grupo y apartaba a todos a un lado, mientras que Anton y yo flanqueábamos a Resa. Finalmente nos encontramos en uno de los pasillos, pero la masificación era algo nunca visto. Los compartimentos estaban tan llenos que ni una aguja hubiera podido caer al suelo, y la gente se sentaba en fila hasta en los estantes para equipajes. En nuestro pasillo el aspecto no era diferente. El retrete había sido conquistado por varios oficiales del estado mayor, que se habían hecho fuertes allí y defendían su posición con uñas y dientes.

Dos horas después, el tren seguía en la estación. Se levantó el día y una neblina húmeda y hedionda, mezclada con olores de hollín y humo, lo cubrió todo. Nuestros vecinos de corredor empezaron finalmente a ponerse cómodos como pudieron, sentándose sobre sus equipajes. Pero nosotros no teníamos. Tuvimos que permanecer de pie, apretados como sardinas en lata, y el olor de la multitud sin lavar desde hacía semanas solo era tolerable porque no había vidrios en las ventanas. Bottenlauben nos contempló y meneó la cabeza. No sabíamos por qué movía la cabeza de ese modo. Creo que por todo. No nos quedaba otra cosa que hacer que mover la cabeza. En el fondo lo único que nos extrañaba era que no hicieran todos el mismo gesto. Pero no lo hacían. Parecía no habérseles ocurrido. No maldecían, parecían conformes con el giro de los acontecimientos; no estaban indignados, simplemente regresaban a casa. Y nosotros, en medio de ellos, también volvíamos a casa. Más tarde también nosotros empezamos a acostumbrarnos a la situación.

Finalmente, como el tren continuaba parado en la estación y veíamos que nuestro viaje iba a durar mucho tiempo, compramos sus asientos a cuatro personas que ocupaban uno de los compartimientos para podernos sentar. Les dimos, con generosidad, cien coronas por cada uno. Anton observó que hubiéramos podido conseguir los asientos más baratos, pero aún no éramos auténticos hombres de la nueva época.

Las personas que nos habían vendido sus asientos pasaron al pasillo y allí se sentaron en el suelo. No parecía importarles mucho.

Entretanto, la gente seguía entrando por las ventanillas, porque ya no era posible hacerlo a través de las portezuelas, otros escalaban al techo del vagón. Al fin, el tren se puso en marcha.

Nuestro viaje hasta Szeged duró veinticuatro horas, y todavía tuvimos suerte, pues en Nagy-Becskerek y Nagy-Kikinda el tren estuvo medio día parado. Allí al menos tuvimos ocasión de proveernos de algunos alimentos y cigarrillos. La gente de nuestro compartimiento era bastante bonachona y tuvo la amabilidad de no tomarnos a mal a Bottenlauben y a mí que fuéramos oficiales. Por la noche taparon las ventanas con sus abrigos. El colmo de la locura era una mujer que llevaba consigo un niño pequeño. Charlaba con todos y contó que, en realidad, no tenía necesidad de viajar, pero como los abuelos del niño, que vivían en Kaschau, no lo habían visto aún, y como su marido era ferroviario y viajaba gratis, iba a mostrar el nietecito a los abuelos. No parecía sentirse muy incómoda, ni tampoco le impresionaba que algo extraordinario pasara en el mundo. En general, la gente no parecía inquietarse nada por el hecho de que todo amenazara con volver al caos primigenio. Anton tuvo que ocuparse mucho del niño. Cuando la madre salía a buscar algo, o cosa por el estilo, él se quedaba con el niño hasta que la madre, al cabo de media hora, o de una, volvía serpenteando entre la multitud. El niño no tenía más que año y medio, pero ya tomaba café, que la mujer preparaba de vez en cuando en un hornillo de alcohol. Resa dijo que era un niño muy lindo, solo que, por desgracia, estaba muy sucio. Todos estábamos muy sucios. Resa jugó con el niño, que se reía y le tocaba la cara con sus manitas. Pero lo que más le gustaba eran las patillas de Anton. Anton, en cambio, se interesó mucho por los dientecitos del niño, evidentemente porque los suyos eran propensos a caer. Miró el interior de la boca del chico, se quitó luego sus guantes de hilo blanco, tocó con un dedo los dientecitos y luego, con un súbito gesto de inconsciencia, se llevó un dedo a su boca para comprobar si los suyos estaban firmes todavía. Le grité para que se dejara de tonterías.

Él se asustó y balbuceó:

—Disculpe, mi alférez, solo quería comprobar el estado de los dientes...

La mujer le preguntó si entendía algo de niños y si estaba casado.

—No, buena mujer —dijo Anton—, no estoy casado, soy un viejo soldado que siempre tuvo que llevar armas y no tuvo tiempo de traer hijos al mundo. Lo que es criar, en cambio, he criado a varios, por ejemplo al señor alférez, aquí presente, cuyos dientes me han dado muchísimo que hacer, pues gritaba día y noche cuando le salieron y yo tenía que pasearlo en brazos por la habitación y cantarle. ¿Te acuerdas, mi alférez?

Y mientras yo le dirigía miradas amenazadoras y meneaba la cabeza por sus bobadas, la mujer se dirigió a Resa, sin motivo alguno, y le preguntó si tenía hijos. Al oír esto, Resa se sonrojó, y al ver su turbación yo también sentí que la sangre me subía al rostro. Además, en cierto momento mi mirada tropezó con la suya y lo inexplicable de aquella mirada me perturbó todavía más; ya no veía en ella la muchacha, sino la mujer, y para dominar mi timidez grité:

—¡Basta ya de hablar de niños!

Pero Anton, evidentemente para animar el ambiente, exclamó:

—No diga eso, mi alférez. —Y, dirigiéndose a Resa, agregó—: Espero poder acunar también los hijos de vuestra señoría.

Tanto como había detestado a Resa antes de conocerla, de repente parecía haberle tomado una gran simpatía.

En medio de esto llevábamos el estandarte imperial a Szeged.

Llegamos allí a la mañana siguiente. Al final habíamos dormido la mayor parte del tiempo sin ocuparnos de nuestros vecinos. Bastante baqueteados, dejamos el tren y deseamos buen viaje a la mujer del niño, pues ella seguía hasta Kaschau.

Había sido nuestra intención conseguir habitaciones en algún hotel para bañarnos y descansar. Pero nos dijeron que no las había en ninguna parte. Era extraño que ni siquiera nos importara mucho a nosotros. Estas veinticuatro horas de viaje desde Pancsova nos habían cambiado. No hace mucha falta lavarse en el momento en que se derrumba un país. De este modo no se destaca uno demasiado del ambiente.

El abrigo de Bottenlauben estaba impregnado de tierra de tanto arrastrarse debajo de la fortaleza de Belgrado, y nuestras pellizas también estaban roñosas. Teníamos las caras negras de hollín y los cabellos de Resa estaban completamente despeinados. Sin embargo, le favorecían.

Finalmente nos lavamos las caras bajo un grifo, rodeados por unos cuantos soldados que recogían agua con sus escudillas. Toda la estación rebosaba de tropas que volvían de Rumania. Los edificios tenían banderas de color rojo, blanco y verde, en señal del levantamiento nacional húngaro.

Vimos pasar los trenes desde el andén. Estaban formados por vagones de ganado repletos de soldados. Caballos y artillería ya casi no se veían. Habían quedado abandonados en las fronteras. Tampoco había ya trenes de pasajeros, o si pasaba alguno, iba lleno a reventar. Hubiera sido imposible meterse en él.

La mayoría de las formaciones militares se habían disuelto, las tropas, entremezcladas sin orden, simplemente se iban a casa. Al lado de ellas, sin embargo, había regimientos que se mantenían. Eran regimientos húngaros, polacos o checos. Habían adornado sus vagones y viajaban cantando. Tenían esperanzas en Hungría, Polonia y Checoslovaquia. ¿En qué teníamos esperanzas nosotros? Nada más que en el Imperio. El Imperio era sagrado. Y resurgiría.

Solo en casos muy raros las tropas checas se habían dejado desarmar por los húngaros. Desde el andén en que nos encontrábamos vimos pasar un transporte que parecía muy disciplinado. Los soldados disponían de bastante espacio, era evidente que habían conseguido a la fuerza el número de vagones necesarios, y los oficiales, disponían de dos vagones propios. En la ventanilla de uno de estos se hallaba un teniente coronel, quien nos miró durante un rato. Finalmente nos preguntó qué esperábamos allí.

Le dijimos que esperábamos salir de ese lugar.

Él nos contestó que probablemente tendríamos que esperar mucho. Luego volvió a mirarnos, sobre todo a Resa, y pareció reflexionar. Al fin preguntó qué hacía allí esa señorita.

—Viene con nosotros —le dijimos.

—¿A dónde se dirigen? —preguntó él.

—A Viena —le contestamos.

Vaciló un momento más, luego se retiró de la ventanilla.

Bottenlauben, entretanto, miraba los vagones de los oficiales y dijo que le parecía que había mucho espacio y que, sencillamente, debíamos meternos en ellos. Anton, en cambio, a quien nadie le había preguntado, dijo enseguida que él no se sentaría en el mismo tren que los checos.

Yo ya estaba a punto de taparle la boca cuando el teniente coronel bajó del tren y vino a nuestro encuentro. Dijo que nos invitaba en su nombre y en el de sus oficiales a tomar asiento en el tren. Al mismo tiempo aparecieron varios señores en las ventanillas.

Le dimos las gracias. Yo di un empujón a Anton y subimos.

El teniente coronel, que se llamaba Morawetz, dijo que había conversado con sus oficiales y que estos no habían tenido inconveniente en que nos invitara. Al decir esto se encogió ligeramente de hombros, pero nos presentó a algunos de los oficiales. Aunque el transporte se dirigía, siguió contándonos, directamente a Checoslovaquia, los alemanes de entre la tropa y gran parte de los oficiales serían llevados a Austria probablemente desde Budapest, e hizo muchas observaciones más acerca de la situación.

La acogida que se nos dispensó, probablemente sobre todo a causa de Resa, no pudo ser más amable. Todo el tiempo estuvimos rodeados de jóvenes oficiales que no le quitaban los ojos de encima. Pero los bajaban enseguida cuando ella, casualmente, miraba a uno de ellos. Bottenlauben y yo recibimos un compartimiento entero, Resa medio para ella sola. La verdad es que se tomaron toda clase de molestias para hacernos sitio.

Al fin estábamos sentados, y aunque los mullidos asientos nos daban sueño, tuvimos que seguir conversando; finalmente dejamos a Resa que contestara a todos mientras nosotros mirábamos por las ventanillas.

Fuera hacía un buen día.

Al fin el tren se puso en marcha.

El viaje hasta Presburgo duró tres días. El viaje en conjunto transcurría tranquilo y casi sin impresiones. Desde Budapest la mayoría del regimiento siguió hacia Checoslovaquia, pero los vagones de oficiales y algunos de los de la tropa se dirigían hacia la frontera de Austria.

Tuvimos que conversar a menudo con los oficiales; todos hacían la corte a Resa, olvidándose de la situación insegura que tenían que afrontar. La belleza auténtica perturba los sentidos siempre y en todo lugar. Cuando nos hallábamos solos casi siempre permanecíamos callados; Bottenlauben y yo nos mirábamos de vez en cuando, o Resa se sentaba a mi lado y me tomaba las manos. A menudo tenía lágrimas en los ojos y decía que ya no la quería.

No supe decirle más que algunas palabras insignificantes. Le acariciaba el pelo y no sabía qué más decir. Pero muchas veces, cuando nadie me observaba, sacaba de debajo de la guerrera el estandarte y lo desplegaba sobre mis rodillas. Me quedaba mirándolo, y al final ya ni mirarlo necesitaba. A veces cerraba los ojos y tocaba con los dedos el bordado como un ciego palpa un objeto, imaginándome el estandarte en vuelo, seguido por escuadrones y más escuadrones. Soñaba con el día en que de nuevo sería clavado en un asta e izado al frente de un regimiento. A mí me correspondía devolverlo, luego alzaría el vuelo de nuevo.

Entonces miramos también las cartas que Resa había encontrado en los bolsillos de Anschütz, y resolvimos mandarlas, junto con el reloj, a la señora de Anschütz (quien, dicho sea de paso, me comunicó más tarde que los ingleses, al cabo de algunos meses, le habían devuelto también todo lo demás). Las cartas que teníamos en la mano las había escrito la señora de Anschütz y dejamos de leerlas al darnos cuenta de lo íntimas que eran. Junto a estas cartas, sin embargo, se hallaba también una hoja de puño y letra de Anschütz que nos intrigó y provocó algunas discusiones entre nosotros. Resultaba que, según podíamos darnos cuenta, el contenido se refería al capitán Hackenberg y a aquellos acontecimientos que produjeron la muerte de Heister, es decir, contenían la opinión que Anschütz se había formado sobre aquellos hechos. Ya nos había sugerido que había pensado mucho en esto durante sus últimos días. El texto de la hoja no estaba en prosa, sino que se hallaba cubierta con líneas y estrofas en verso, muy corregidas y, dicho sea de paso, bastante imperfectas; la persona que hablaba de sí misma en esta poesía parecía no ser Anschütz, sino otra persona, probablemente el mismo Hackenberg. Las líneas decían:

Viajé una vez a Oriente.
Vi gente armada
cubierta con yelmos.
Había un hombre
a caballo, con dos perros,
conveníanme los cuatro.

Una liebre
mostré a los perros.
Los asuzé y me siguieron.
Galopó él detrás.
Entre la maleza
arranqué al jinete del caballo.

Donde cayó él álceme yo.
Vestí del muerto
continente y ropas.
Monté su caballo,
silbé a sus perros.
Junto a las mesnadas volví.

Cabalgué en círculo,
tracé un conjuro,
sobre el cuenco de mi mano soplé.
Se quebró el puente
y, los yelmos hundidos,
se llevó los muertos el río.

Luego seguían, sin transición, diecinueve líneas más, las cuales, según más tarde pude darme cuenta por casualidad, ya no eran de Anschütz, sino, en gran parte al menos, de antiquísimas leyendas. Decían así:

De quince dioses
y diosas catorce
provengo yo.
Primero fue Skeaf.
Este ya era mi hijo.
En el decimoquinto miembro
me engendré otra vez.
Grim dime por nombre,
Gangmatt me llamé,
soberano, el del yelmo,
señor de conjuros y embrujos,
el envuelto en el manto,
el alto que ciega a los guerreros.

Har me llamo ahora,
Ygg llamábame entonces,
hace mucho me llamé Thund.
Un nombre solo
nunca tuve
desde que viajé entre los hombres.

Parecía que el muerto, en una especie de trastorno, tal
como se habían manifestado sus presentimientos de
muerte, creyera que Hackenberg, a quien él consideraba
el causante de la desgracia de todos nosotros, y por lo
tanto de la suya, no era él mismo, sino una especie de
fantasma o demonio que se había apoderado del cuerpo
de Hackenberg, o más bien que habían sido hasta cuatro demonios los que habían entrado en los cuerpos de
Hackenberg, su caballo y sus dos perros para perdernos. Verdad era que Anschütz había intentado explicar-
nos estos fantásticos puntos de vista, pero dejó el tema,

probablemente por la pregunta de Bottenlauben de si se había vuelto loco. Él, que ahora estaba más allá, quizá sabría ya el porqué de todo aquello. Bottenlauben sostuvo largo rato la hoja en sus manos con una expresión reflexiva que no parecía debida solo al doloroso recuerdo del muerto, y más tarde volvió a tomarla varias veces para leerla de nuevo.

—Todo esto —dijo al fin— es en verdad muy extraño... Si Anschütz, que conocía a Hackenberg de antes, afirma aquí que el que se reunió con nosotros no era Hackenberg, habría que suponer entonces que el verdadero Hackenberg yacía muerto en alguna parte... entre la maleza, como dice la poesía.

—No tanto como eso —observé yo—, también dice que otro se apoderó de su cuerpo.

—Pero no por mucho tiempo, lo habrá abandonado más tarde... ¡Pobre Anschütz! Si no hubiera muerto tal vez se habría vuelto loco. ¡Quizá ya lo estaba! Al final decía cosas muy raras... Sin embargo, no es del todo imposible que aquel viejo realmente...

Se interrumpió, me devolvió la hoja y finalmente habló de otra cosa. Volví a tener la impresión de que pensaba más en aquel viejo de lo que confesaba.

De todos modos el asunto seguía siendo tan oscuro y tan misterioso como muchas otras cosas que ocurrieron en aquella época. Pasaron entonces cosas monstruosas. ¿Por qué no había de alcanzar entonces, de forma más evidente que en otros momentos de menos tensión, la mano de lo invisible lo visible, y tocarnos a cada uno de los que asistimos al hundimiento del Imperio, del mismo modo que habría de manifestarse al resucitar el Imperio?

El nueve de noviembre, a las once de la mañana, nos hallábamos en Presburgo.

El tiempo había sido bueno durante todo el viaje, también lo era ahora y sobre el andén, a pleno sol, se encontraban los oficiales húngaros y decían que tenían orden de pedir nuestras armas, pues no podíamos cruzar la frontera armados.

Eso enfureció de tal manera a Bottenlauben que les preguntó a gritos si tanto se preocupaban por Austria para no dejarnos pasar armados. Yo en cambio me quité la pistola y la puse sobre la mesa donde ya se encontraban las armas de los demás; ahora ya no importaba. Luego dirigí una mirada a Bottenlauben y él, aunque parezca extraño, se quitó también la pistola y la depuso.

—Tenemos que pasar, a toda costa. No tiene sentido perder mucho tiempo con esta gente.

Nuestra repentina sumisión pareció llenar a los otros de sospechas. Comoquiera que fuera, dos de ellos se nos acercaron ahora y nos registraron en busca de más armas. Por supuesto no encontraron nada, pero a aquel que me registraba a mí le llamó la atención que tuviera algo escondido debajo de mi guerrera. Era el estandarte.

Antes de que pudiera impedirlo había abierto de golpe dos o tres botones sobre mi pecho y vio brillar el oro del bordado.

—Las enseñas de campaña —dijo— también deben ser entregadas.

Por supuesto, antes que entregar el estandarte, estaba resuelto a coger alguna de las pistolas que estaban sobre la mesa y pegarle un tiro, pero solo dije, de un modo impasible, que los estandartes no eran armas.

—Hay que entregarlos igualmente —contestó él.

—¿Ah, sí? —dije yo—. Pues no lo creo.

—Créalo o no —respondió él—, tiene que entregar el estandarte.

—Tráigame —le dije entonces— al comandante del puesto para que me confirme eso.

—El comandante no se molestará por usted —dijo él.

—Lléveme a su presencia —pedí.

Mi interlocutor miró un momento a los demás y luego dijo que aceptaba.

Contaba con ello. Solo me preocupaba que Bottenlauben, en un acceso de rabia, pusiera fin a la escena de forma prematura. Pero se dominó y, con un gesto, les indiqué a él y a Resa que me siguieran. Miré al oficial que debía acompañarnos y me pareció que podría con él.

Mientras dejábamos el andén y bajábamos una escalera para llegar al edificio de la estación cruzando un pasadizo, le dije a Resa en francés:

—Tú te vas a Viena sola con Anton; Bottenlauben y yo trataremos de cruzar la frontera por otro lado y llegar al ferrocarril del norte para ir en él a Viena. Calculo que llegaremos durante la noche, o, a más tardar, mañana por la mañana. Que Anton nos espere en la estación. ¿Me has entendido?

—Sí —dijo ella.

—Entonces quédate atrás sin llamar la atención.

—¿En qué lengua hablan? —preguntó el oficial.

—En italiano —dije yo—. Somos triestinos.

Mientras tanto llegamos a la escalera que volvía a subir. Al doblar la esquina, Resa se quedó atrás.

—No —dijo el oficial mientras subíamos la escalera—,

no era italiano. Era francés. ¿Me cree usted tan inculto que no lo puedo distinguir?

Me volví para ver si todavía estaba Resa, pero ya había desaparecido detrás de la esquina.

—¿Ah, sí? —dije luego—. ¿Francés? ¿Le parece? Pero desde luego no lo habrá entendido...

Él vaciló antes de contestar, era evidente que no había comprendido.

—Vea usted —dije yo—, en efecto era italiano, pero puedo usar también otro lenguaje. —Y diciendo esto, con un rápido movimiento lo derribé de un golpe.

Puse en aquel golpe toda la rabia que sentía contra aquel hombre; el caso es que cayó al suelo inmediatamente, rodó por las escaleras y su cabeza golpeó contra el canto de un escalón. No nos ocupamos más de él, sino que corrimos escalera arriba. En ese momento solo dos o tres personas se hallaban en la escalera. No sabían qué pasaba y, mientras nos miraban con asombro, ya habíamos alcanzado la plataforma superior y entrado en la estación. Aquí volvimos a caminar muy despacio, como si nada hubiera pasado, atravesamos una sala de espera y salimos de la estación a la calle. Luego, en cambio, nos dimos mucha prisa para desaparecer en la ciudad.

Si alguien nos había perseguido, nadie nos alcanzó.

El hombre a quien yo había derribado difícilmente hubiera podido perseguirnos tan pronto, y los demás debieron haber olvidado nuestras caras y uniformes.

Mi única preocupación era que hicieran hablar a Resa o a Anton. Pero este se había quedado en el tren durante el registro de armas, que a él no le atañía, pues hacía mucho que no tenía fusil, y en cuanto a Resa después supimos que había tenido el acierto de esconderse en un vagón de tropas hasta haber pasado la frontera. Los oficiales de nuestro vagón, cuando se inquirió por nosotros con tanta insistencia, se dieron cuenta de que algo debía haber ocurrido, pero al ser interrogados se limitaron a hacer un gesto de indiferencia. No sabían quiénes éramos, dijeron. Solo habíamos viajado con ellos un corto trecho, no habían averiguado nada acerca de nosotros, y además pertenecíamos, como bien se veía, a otros regimientos, etcétera.

El resultado fue que Resa y Anton llegaron a Viena sin contratiempos. Bottenlauben y yo, en cambio, vagamos primero un rato a través de la ciudad observando si alguien nos había seguido. Cuando vimos que no, nos pusimos a buscar un carruaje. Teníamos la intención de viajar en él todo lo que pudiéramos hacia el norte, hasta poder pasar a través de los centinelas húngaros que sin duda estaban distribuidos a lo largo de la frontera, y llegar al ferrocarril.

Pero la mayoría de los cocheros o arrieros nos comunicaron que no podían hacerse cargo de un viaje tan largo. Los caballos estaban muy mal alimentados, y el dinero que podían pedir perdía valor de día en día. En una palabra, no querían. Temíamos, con tanto buscar, haber puesto sobre nuestra pista a eventuales perseguidores, cuando finalmente se nos ofreció una ocasión para viajar.

Nos hablaron de un hombre joven que había desenganchado sus caballos en el patio de una posada. Había llegado el día anterior de la región de Nagy-Levard, a donde volvería dentro de unas horas. Este lugar quedaba, según nos informaron, en nuestra dirección (que habíamos indicado muy vagamente). Tal vez nos llevaría.

Al ver al mozo y el carruaje tuvimos la impresión de que se trataba del cochero de alguna finca, dispuesto a hacer alguna ganancia extraordinaria. En efecto, el carruaje resultó ser el de un terrateniente, una especie de coche de caza con buenos y ligeros caballos, mandado a la ciudad para hacer compras, que ya encontramos colocadas bajo los asientos. El mozo pareció contento de que se le presentara la oportunidad de ganar unas cuantas coronas; convenimos el precio, y después de haber comido rápidamente en la posada dejamos Presburgo hacia las dos de la tarde.

Primero nos dirigimos a Deveny-Ujfalu, luego por Zohor y Nagy-Magasfalva a Magyarfaluczuk. El día era relativamente caluroso, íbamos bien sentados con una manta sobre las rodillas, y el cochero charlaba en su alemán defectuoso sobre esto y lo otro. Al llegar a Magyarfaluczuk debían ser las seis de la tarde y empezaba a hacerse de noche. Estábamos ya decididos a dejar el carruaje y pedir que al abrigo de la oscuridad nos condujeran por algún camino a Stillfried, ya en territorio austriaco, cuando nos informaron de que el Morava, como toda la región, se hallaba ocupado por fuertes contingentes húngaros, menos por causa de los austriacos que de los checos, quienes, según se decía, se acercaban en gran número con la intención de hacerse con estas regiones, cuya población, con excepción de la urbana, era eslava en su mayoría. Hasta tal punto habíamos llegado. Las antiguas naciones del Imperio empezaban a litigar entre sí por las fronteras.

Después de deliberar corto rato resolvimos seguir un

trecho más hacia el norte. En efecto, a la entrada de Magyarfaluczuk vimos puestos militares húngaros. En consecuencia seguimos hacia Gajary. La luna no había salido aún y los faroles de nuestro coche despedían luces temblorosas sobre el camino. Sobre el país se cernía un cielo nocturno negro azulado, increíblemente estrellado. Bottenlauben miró las estrellas y dijo que tenía la impresión de hallarse cerca de su hogar.

Así era, en efecto.

Pues lo que iba a ocurrir en las horas siguientes puede considerarse, si se quiere, una casualidad sin sentido. Yo, sin embargo, con el tiempo he llegado a convencerme de que no hubo nada más forzoso, más lleno de sentido, que la desgracia que nos ocurrió justo después. Todo ocurrió tal como tenía que suceder. Yo, que más tarde he creído que tuve la culpa de ello, no hubiera podido evitarlo. Lo que ha concluido, concluido está. En aquel momento las estrellas se veían con tanta claridad, y Bottenlauben las contempló durante tanto tiempo, que ahora estoy convencido de que su destino estaba escrito en ellas, y que él se hundió con ellas.

Alrededor de las ocho pasamos por Gajary. Al otro lado del pueblo nos dieron el alto en medio de la carretera bordeada de álamos.

Eran vanguardias checoslovacas, con las que habíamos tropezado.

Mientras varias personas estaban en el círculo de luz de los faroles y nos hacían algunas preguntas a las cuales contestó el cochero en lengua eslava, nosotros ya adivinamos lo que pasaría.

Miramos las caras de aquella gente y vimos que era infantería bien uniformada y disciplinada, cuando apareció un oficial y nos preguntó en alemán qué buscábamos allí.

—Volvemos de la guerra —contestó Bottenlauben al cabo de un instante—, e íbamos a visitar a unos amigos que viven más allá en la Baja Austria, para quedarnos con ellos unos días antes de seguir viaje.

El oficial trató de mirarnos las caras pero vio poco o nada, porque nos encontrábamos sentados detrás de los faroles en la oscuridad. Luego preguntó cómo se llamaba el lugar a donde nos dirigíamos.

Bottenlauben, completamente ajeno a esta región, no le contestó nada, y a mí tampoco, con la confusión del momento, se me ocurrió ningún nombre. Hubiera podido nombrar Dürnkrut, que debía estar situado ahora a nuestro lado, más allá del Morava, pero el nombre no quiso acudir a mi memoria, tal vez porque desde el comienzo no había contado yo con deshacernos de los checos fácilmente. En todo caso nuestro silencio y quizá también el contorno de la gorra plana alemana de Bottenlauben despertaron sospechas en el oficial, quien dijo que no era muy probable que nos encontrásemos de noche en esta región por las razones que dábamos; en todo caso nos ordenó que bajáramos del coche y lo siguiéramos.

Bien hubiéramos podido hacerlo. Probablemente solo nos hubieran sometido a un interrogatorio y nos hubieran permitido seguir después. Pero nos sacó de quicio, a mí al menos, el hecho de ser detenidos tan cerca de nuestra meta. Además temí que fueran a encontrar el estandarte y se produjera una escena como la de Presburgo. Resolví no dejar llegar las cosas a este extremo.

El oficial se encontraba al lado de Bottenlauben, quien estaba sentado a mi derecha, y esperaba que bajásemos del coche. Entre tanto me levanté un poco de mi asiento, me incliné hacia adelante y tomé las riendas delante de las manos del mozo. Luego saqué de repente el látigo del tubo del pescante y pegué con toda mi fuerza a los caballos sobre las grupas. Al mismo tiempo di un fuerte tirón a las bridas hacia la izquierda. Los caballos se alzaron con gran ímpetu, volviéndose hacia la izquierda, el coche giró sobre su eje, los caballos saltaron la cuneta y corriendo enloquecidos se lanzaron entre dos álamos a campo traviesa. Al pasar sobre la cuneta el coche casi se volcó. El mozo quiso protestar y arrancarme las bridas de las manos, pero como ya detrás de nosotros empezaron a traquetear los tiros le grité que lo iba a abofetear si no obedecía y le mandé apagar los faroles para que no nos vieran.

Lo hizo impulsado por su temor, pues detrás de nosotros el fuego se hacía cada vez más intenso. Conduje los caballos a ciegas en medio de los campos ensombrecidos. Corríamos el riesgo de volcar de un momento a otro y rompernos el cuello, pero al menos ahora con los faroles apagados los proyectiles no pasaban tan cerca de nosotros, sino que se perdían en otras direcciones.

A pesar de esto no detuve los caballos hasta haber visto frente a mí una fila de sauces, que probablemente señalaban la próxima orilla del Morava. El fuego a nuestras espaldas había cesado. Dejé los caballos al trote, y dije:

—Hemos tenido suerte, conde Bottenlauben, de no tropezar con una verja o con una fosa; si Dios quiere, aquí ya no habrá más puestos fronterizos. Perdóneme usted de todas maneras el improvisado galope.

Pero no tuve respuesta alguna.

—¡Conde Bottenlauben! —dije.

Al ver que de nuevo todo permanecía en silencio, detuve los caballos y me volví.

Bottenlauben se había deslizado del asiento y se había tirado entre el asiento de delante y el de atrás y no se movía.

Creí que se me detenía el corazón.

—¡Conde! —grité—. ¿Qué le pasa? ¿Está herido?

Parecía increíble que no hubiera sido despedido del carruaje. Pero, al inclinarme sobre él y tocarlo, lleno de angustia me di cuenta de que se había asido a los asientos. También podía hacerse entender aún.

—Cadete —pronunció—, no se pare. Nos van a alcanzar. Llévenos a lugar seguro.

Luego se desmayó. No podía ver dónde estaba herido. Pero, cuando volví a enderezarme, mis guantes estaban llenos de sangre. Durante un momento sentí una debilidad en las rodillas como si yo también hubiera sido alcanzado.

—¡Ven aquí! —ordené al mozo balbuceando—. Sostén al conde. —Luego, mientras el cochero pasaba hacia atrás por encima del asiento delantero, yo me senté en el pescante, tomé las bridas y puse el coche en marcha.

El prado arenoso por el que habíamos venido seguía hasta el Morava. Me dirigí a él en línea recta. Estaba tan aturdido, temiendo por Bottenlauben, que ni me fijé hacia dónde iba. Solo entonces me di cuenta de lo que significaba este hombre para mí. Por entre los sauces bajé a ciegas hasta el río. No había puestos allí. Si hubiéramos tropezado con uno tal vez habría tratado de destrozarlo solo con el látigo. Tenía que atravesar el río. Tenía que atravesarlo, encontrar gente en alguna parte y mandar a buscar a un médico. La orilla bajaba en una ligera pendiente. Los caballos vacilaron un momento, les areé en los lomos, dieron un tirón y entraron vacilando al agua. El carruaje los siguió.

El agua llegó enseguida más arriba de los ejes. Por suerte el coche era muy alto, de esos pensados para proporcionar un vasto panorama desde sus asientos y poder disparar desde ellos durante la cacería. Las ruedas avanzaban penosamente por el lodo. Pero parecía que habíamos pasado la mayor profundidad, pues el fondo volvió a levantarse. Poco a poco las ruedas salieron del agua, los caballos escalaron el talud de la otra orilla, recibieron un latigazo más y terminaron de sacar el carruaje.

El camino seguía por encima de sembrados de invierno donde las ruedas volvieron a hundirse con bastante profundidad.

—¡Apoya la cabeza del conde sobre el asiento! —le grité al mozo.

—Sí —contestó, y vi que ya había colocado sobre su regazo la cabeza del desmayado—. ¿A dónde va usted? —preguntó.

—¡Cállate! —grité.

Inmediatamente después llegamos a un sendero y vimos surgir los contornos de un pueblo. Era Jedenspeugen.

En las casas todavía había luz. Seguí hasta la plaza de

la iglesia. Allí había una casa de una planta, debía ser la casa parroquial.

Salté del coche y golpeé la puerta de tal modo que acudieron corriendo el cura y una criada.

—¡Traemos un herido! —dije saliéndoles al encuentro—. Ayúdenme a transportarlo hasta la casa. Manden a por un médico.

Con ayuda del cochero y del cura saqué a Bottenlauben del coche. El cura dijo que allí no había médico, el más próximo se hallaba en Dürnkrut.

—Entonces —dispuse— que el cochero vaya allá con la sirvienta y traiga al médico.

El cura y yo llevamos a Bottenlauben escaleras arriba y lo tendimos sobre la cama en el cuarto del cura. Seguía desmayado y con la cara blanca como la cera. Le quitamos el abrigo y la guerrera, que estaba empapada de sangre. Ahora apareció también la herida. El proyectil había entrado por detrás en la región más o menos de los riñones y vuelto a salir a la izquierda del estómago. La herida sangraba en abundancia.

—¿Tiene usted —pregunté al cura— algunos vendajes?

Él trajo un botiquín. Puse dos toallas en los orificios de la bala y empecé a vendar a Bottenlauben con un trozo de tela que rompí en tiras.

Con esto volvió en sí. Abrió los ojos pero no pudo mover la cabeza.

—¿Dónde estamos, cadete? —preguntó.

El cura que lo sostenía dijo que estábamos en la parroquia de Jedenspeugen. Entre tanto yo había terminado el vendaje de urgencia y lo dejamos descansar otra vez.

—¿Cómo se siente? —pregunté lleno de temor—. ¿Tiene dolor?

Otra vez se hallaba tendido, con los ojos cerrados, y luego dijo despacio que no sentía dolor. Preguntó cómo era la herida. Yo le dije que le atravesaba el cuerpo.

—¿Ah, sí? —dijo—. Esos... esos proyectiles modernos lo atraviesan todo.

Parecía como si fuera a desmayarse otra vez.

—¡Conde! —exclamé—. ¡Ánimo! El médico llegará enseguida.

No contestó inmediatamente, sino que siguió con los ojos cerrados, pero parecía vencer su estado de debilidad. Al cabo de unos minutos volvió a abrir los ojos.

—Cadete —murmuró—, acércate. Yo... no puedo hablar muy alto.

Cuando me habló de tú, sentí una punzada en el corazón. Me incliné sobre él.

—Cadete —susurró y me miró a la cara muy cerca con los ojos muy abiertos—, es una solución, en todo caso.

—¿Qué es una solución, conde Bottenlauben? —dije con torpeza.

—No seas tan aprensivo, cadete —dijo mientras la sombra de una sonrisa aparecía en su boca—. Es muy amable de tu parte apenarte así por mí... pero ya han caído tantos... tal vez ya no tiene sentido el querer sobrevivir a esta guerra a toda costa, ¿por qué he de ser yo...?

—¡Conde Bottenlauben! —exclamé—. ¿Qué está diciendo? Pronto llegará el médico, le pondrá un vendaje y usted...

Levantó un poco la mano e hizo un levísimo gesto de resignación.

—Para ti —dijo— es otra cosa. Eres muy joven todavía. Volverás a casa... y devolverás tu... —aquí volvió a sonreír un poco—, tu estandarte... Pero yo...

—¡Dios mío, conde Bottenlauben! —dije—. ¡No se desanime! ¡No hable de estas cosas! ¡Reúna sus fuerzas, las necesita hasta que el vendaje...!

Me interrumpí, pues su cara se había puesto blanca otra vez.

—Está bien —murmuró—. Luego permaneció inmóvil varios minutos y nosotros lo mirábamos llenos de angustia. Finalmente, sin volver a abrir los ojos, empezó a hablar otra vez.

—Caballerito —dijo—, a los otros... a los otros quizá ya les va muy bien otra vez.

—¿A qué otros? —pregunté yo.

—A los... otros...

Y luego agregó:

—Al ejército.

—¿A qué ejército, conde Bottenlauben?

No contestó, y su mano buscó algo en el aire. Le di la mía y él se asió a ella.

—Sin embargo, es muy difícil —murmuró—. A mí se me corta el aliento. Como oficial —balbuceó—, debería dominar mis nervios... pero es muy difícil... yo...

Con eso volvió a desmayarse. El sudor apareció en su frente. El cura me preguntó si Bottenlauben era católico. No comprendí en el primer momento qué quería.

—No —dije luego—, creo que es luterano... probablemente... no lo sé...

Poco después llegó el médico. Miró a Bottenlauben y vaciló un momento; luego tuvimos que incorporarlo inconsciente; el médico le sacó el vendaje; por las heridas todavía salía sangre. El vendaje improvisado no había detenido la hemorragia, y la sangre manchaba la cama. El médico le renovó el vendaje. Poco después Bottenlauben empezó a delirar. Creí ver que hablaba con Anschütz.

Hacia las diez se murió.

Me quedé sentado hasta medianoche sin dejar de mirarlo.

Después me levanté, metí la mano dentro del bolsillo izquierdo de su guerrera, con la que lo habían cubierto, y saqué el medallón de identidad que se hallaba cosido allí.

—Padre —dije mientras abría el estuche y leía la cédula—, este muerto es el conde Otto von Bottenlauben y Henneberg, capitán de los húsares de la guardia real de Sajonia. Dele sepultura. El dinero que encuentre en el uniforme inviértalo en el sepelio, el resto repártalo entre los pobres del pueblo. Aquí encontrará usted escrito a quién tiene que notificar la muerte del conde.

Dicho esto, le di el estuche. Luego me fui.

Frente a la casa encontré esperando todavía al mozo con el carruaje. Dijo que también en el coche había dos impactos y que notó que uno de los caballos estaba herido. No sabía cómo haría para volver a casa.

Me encogí de hombros, le di dinero y me fui.

Me fui hacia Dürnkrut a pie. Allí me introduje en uno de los trenes llenos de soldados que pasaban incesantemente.

Hacia las seis llegamos a Viena.

El tren había parado mucho antes de la estación. Seguimos andando al lado de los rieles. En el andén estaba Anton.

Me preguntó inmediatamente dónde estaba Botten-lauben.

Le conté lo que había pasado y miramos al vacío sin decir nada.

Finalmente atravesamos la estación y salimos a la calle.

En el cielo ardía una gigantesca aurora.

12

Nos fuimos a la casa de Crenneville. Crenneville, me dijo Anton mientras subíamos al coche, no había vuelto todavía. El piso había estado cerrado, y Anton tuvo que hacerlo abrir por los porteros después de haber llevado a Resa a casa de sus padres. Nuestro coche era un viejo carricoche de origen francés. Tenía neumáticos de goma maciza y producía un ruido ensordecedor. Anton me dijo que los padres de Resa habitaban en el barrio de las embajadas, en la calle Rennweg. Su padre tenía el título de presidente, al menos la servidumbre lo nombraba así. Los Lang, decía Anton, parecían gente muy adinerada. Al menos eso había deducido él a juzgar por las apariencias. Y Resa era una señorita bellísima. ¿Qué íbamos a hacer ahora? Ejército... ya no había. Las tropas que combatían contra Italia venían de regreso a través de Austria, pero estaban disolviéndose, dejando tras de sí carros, caballos, cañones e impedimenta. Sin embargo no había saqueos. Solo el populacho estaba saqueando aquí y allá, en las estaciones y en el campo. Pero tiros no había en ninguna parte. El emperador se encontraba en Schönbrunn. Además había un gobierno nacional propio, pero de comer no había nada. En todos los establecimientos se apagaba la luz a las nueve de la noche, pues no había ya carbón ni electricidad. Resa había dicho que fuera a visitarla a casa de sus padres. Él, Anton, había conversado mucho con Resa. Le gustaba extraordinariamente. También le había contado muchas cosas de mí. Que fuera a visitarla.

Mientras tanto, yo miraba las calles. Estaban desiertas y su aspecto era de abandono. Vagaban por ellas unas cuantas personas igualmente abandonadas. Subimos las escaleras de la casa de Crenneville y abrimos la puerta. Olía a alcanfor, las ventanas estaban cerradas, las cortinas y los muebles cubiertos con fundas. Anton no había tenido tiempo de arreglar nada, pues había pasado toda la noche esperándome en la estación.

Paseé por las habitaciones y me sentí sobrecogido enseguida por un sentimiento de extrema soledad. Me sentía como si tuviera que irme al frente otra vez, ni siquiera me decidía a tomar asiento. ¿Qué iba a hacer yo aquí? Estaba solo. Había perdido la costumbre de estar solo. Nadie me había mandado venir. Lo mismo hubiera podido estar en otro lado. A nadie le importaba ya dónde estuviera yo. Sencillamente me había dejado ir. Podía marcharme a donde quisiera. Hubiera querido volver, pero no había adónde. Tenía la sensación de que en alguna parte debía estar todavía el regimiento, al este, en los hospitales, en las prisiones, en el río, bajo tierra. Allá se hallaban Czartoryski, el coronel, Broehle y Anschütz. Pero yo ya no pertenecía a ellos. En alguna parte seguía existiendo el regimiento, pero no sabía dónde.

Me quedé mirando unos cuantos cuadros que colgaban en las paredes y que representaban batallas: Novara, Custoza, el ataque de Bechtoldsheim con sus ulanos. Yo conocía estos cuadros desde la infancia. La tropa, con uniformes blanco y verde oscuro, se hallaba en ellos combatiendo como si todo estuviera en orden. ¿Y si todo no hubiera estado en orden? Ellos podían luchar fácilmente. Ellos no sabían lo que era la guerra.

Las alfombras en todas partes estaban enrolladas, solo había unos cuantos muebles muy sencillos. Crenneville tenía mucho gusto, pero poco dinero. Aquí estaba yo, con mi uniforme de campaña cubierto de suciedad, y tenía la impresión de que no debía tocar nada; ya no era este el piso en que había vivido de niño, estas cosas se me habían vuelto extrañas, pues venía de un lugar muy diferente; la verdad es que no había vuelto, seguía en otra parte y no podría regresar jamás.

Pues nada importaba que la guerra hubiera terminado; en realidad no había terminado esta guerra, no. Una guerra auténtica no se termina. Antiguamente uno volvía, vencido o no, y se acostaba. Ahora ya no había vencedores, ni siquiera vencidos, solo había gentes que habían vuelto a casa porque creían que con esto terminaba la guerra. Pero la guerra seguía. Seguía dentro de todos los que habían vuelto a casa. Es que, en realidad, no habían vuelto. Seguían en campaña. La traían consigo y la llevaban dentro de sí y, aunque a su alrededor todo volviera a ser como antes, ellos no se podían adaptar. Seguían llevando la guerra dentro de sí, sin liquidar, imposible liquidarla. La guerra no se dejaba engañar por el hecho de que se le hubieran escapado. En casa se encontraron con que la guerra los había acompañado. Se hallaban en sus casas, indecisos, con la impresión de que tenían que volver a salir enseguida. Pero ya era tarde. Ahora tenían que arreglar cuentas consigo mismos por haber vuelto.

También yo había vuelto, pero ahora que había regresado tenía la impresión de que tenía que volver a marcharme. Pues me había dejado engañar al creer que era posible regresar. Nadie que se haya ido vuelve jamás. Tampoco podía volver yo al lado de ellos, los que no se habían dejado engañar, los que habían visto claro que no tenía sentido querer regresar, y que simplemente se habían quedado. Anschütz lo había visto y se había quedado, y finalmente Bottenlauben. Este también se había quedado. Solo había vuelto yo. Yo era el último. Estaba solo. Llevaba el estandarte. Tenía que devolverlo, pero tal vez no había sido yo quien lo había traído de vuelta, tal vez él me había traído de vuelta a mí. Ahora solo tenía que entregarlo, luego podía irme. Pero ya no iba a saber adónde.

Hacia la una salí de la casa. Me había costado un esfuerzo quitarme el uniforme y, después de haber tomado un baño, volví a ponérmelo. Luego me acosté sobre la cama y dormí unas cuantas horas. Después me encontré más roto que antes. Cuando al fin salí, Anton me preguntó si iba a casa de Resa y le dije:

—Sí, allá voy.

Pero enseguida me olvidé de esto.

Me hice conducir a los cuarteles de dragones, en Breitensee. Los cuarteles estaban vacíos y los patios llenos de barro, pues por la mañana había llovido. Las caballerizas también se encontraban vacías, solo en las oficinas estaban sentados unos cuantos suboficiales que aquí habían permanecido sentados tal vez durante toda la guerra. Les dije que había traído de vuelta un estandarte y que ante todo tuvieran la bondad de levantarse mientras yo les hablaba. Se levantaron entonces con bastante asombro, y preguntaron:

—¿Qué estandarte?

—Bueno, un estandarte —dije yo.

Parecían no comprender muy bien de qué hablaba y finalmente uno preguntó qué quería con este estandarte.

—Entregarlo —contesté.

—Bueno —dijeron—, venga.

Yo dije que solo se lo entregaría a un oficial.

Oficiales, me dijeron, ya no había. Solo consejos de soldados. Los oficiales no se habían presentado. Al oír esto me encogí de hombros, los suboficiales se encogieron de hombros también, nos miramos todavía un momento, y luego me fui.

Me fui a los cuarteles del Stift y a los cuarteles del Heumarkt y a los cuarteles de infantería de los *Hoch- und Deutschmeister*. Pero en todas partes se repitió lo mismo. En los cuarteles de infantería ni siquiera sabían lo que era un estandarte. Cada vez que entraba en uno de los cuarteles, el sudor me perlaba la frente por miedo a que pudiera haber alguien que fuera a aceptar el estandarte. Pero nadie lo aceptó. Anschütz y Bottenlauben y Heister habían caído por el estandarte, pero ahora nadie quería aceptarlo. Innumerables hombres debían haber caído por este estandarte. Y ahora no se encontraba uno siquiera que lo aceptara.

Finalmente tuve noticia de que tres o cuatro mil oficiales se habían reunido en el palacio imperial, según decían para protegerlo contra los saqueos, pero en realidad porque proyectaban algo. También en las calles había muchos oficiales que no llevaban ya la escarapela imperial, sino la roja y blanca. Había además muchos oficiales extranjeros que habían estado prisioneros y fueron liberados. Ahora paseaban como por una ciudad extranjera que estuvieran visitando. En general toda la gente de la calle caminaba como si nada hubiera pasado. Siempre que ha pasado algo, la gente hace como si nada hubiera pasado. Es verdad que se decía que el proletariado se estaba sublevando. Pero debía ser en otra parte. Aquí, en todo caso, no se sabía nada de ello. La guerra se ocultaba en todas partes y a toda costa. Pero la guerra no se deja ocultar. Volvió a levantar su cabeza más tarde en todas partes, como una víbora. Escupió su veneno sobre esta paz que no era paz.

En el camino al palacio imperial resolví que de ningún modo entregaría el estandarte a una gente como la que al parecer había ahora en todas partes. Ni aunque me lo pidieran. Ya no lo quería entregar de ningún modo. Al haber tomado esta resolución sentí un gran alivio. Me di cuenta de que había estado tan profundamente deprimido solo porque había temido perderlo. Pero ahora estaba decidido a quedarme con él. Ya ni siquiera sentía pena de que no lo hubieran querido. No me importaba que pudiera quedarme con él solo porque no me lo reclamaba nadie. Los muertos y yo lo teníamos ahora a medias. Hubiera tenido que devolvérselo a los muertos, en todo caso, pero a los vivos ya no.

Las enormes verjas del palacio imperial se hallaban cerradas. Unos cuantos oficiales, fusiles al hombro, se encontraban ante ellas. Detrás de las verjas había unos cuantos más, muchísimos en los patios y centenares acuartelados en todos los corredores y estancias. En efecto, debían ser en total varios miles.

Saludé a los oficiales que se hallaban delante del portón y ellos me correspondieron, fusil al hombro, con unas leves inclinaciones y una cortesía como uno ya no estaba acostumbrado a ver. Me quedé todavía un rato mirando a través de las verjas, luego me permitieron pasar.

Más tarde se ha sostenido con frecuencia que con uno o dos regimientos de los que había en tiempos de paz, se hubiera podido dominar entonces toda la revolución. Bueno, dos de estos regimientos se acuartelaban en aquellos tiempos en el palacio imperial. Incluso todos compuestos de oficiales. Nunca antes rey ni emperador había podido disponer de semejantes cuerpos de guardia de nobles y oficiales. Sin embargo, no derrotaron a la revolución. Es que estos miles no eran ya regimientos como en tiempos de paz. Ni siquiera podían compararse a unos cuantos batallones de tropa común como la que había antes. Habían vuelto de la guerra. Pero el asunto era que no debían haber vuelto. No eran ya oficiales, ni siquiera eran soldados, ya no eran nada. Tampoco la revolución era una revolución, solo era lo que quedaba cuando todo lo demás había desaparecido.

El antiguo ejército había muerto, sus muertos eran ahora los que vivían, y los que seguían con vida eran los muertos. Tres o cuatro mil de estos muertos se hallaban todavía en el palacio imperial. Se reunían en los patios, celebraban consejos en los corredores, se daban cita en la sala de guardia, en el vestíbulo de caza, en el salón de ceremonias, en la escuela de equitación española, en los salones de la emperatriz. Celebraban consejos durante toda la noche y hasta muy entrado el día siguiente. Me encontré con unos cuantos amigos del regimiento de Las Dos Sicilias, juntos pasábamos de una sala a otra y escuchábamos a los generales que nos hablaban. Un interminable río de oficiales fluía a través de las altas puertas abiertas de par en par, el humo de los cigarrillos llenaba las estancias formando nubes, los tapices de seda y los marcos dorados de los cuadros de batallas brillaban como a través de una niebla, las gigantescas arañas de cristal tintineaban levemente, y todas esas conversaciones entremezcladas formaban un interminable y sordo murmullo que se oía por todas partes como un oleaje.

La servidumbre que todavía quedaba hacía esfuerzos para servir refrigerios a aquellos miles, pero ni de lejos alcanzaba la vajilla. Hacia las dos de la mañana nos tiramos sobre unos divanes de seda para dormir unas horas, pero al despertarnos a la mañana siguiente el cuadro seguía siendo el mismo. Nunca antes tantos oficiales habían estado solos entre ellos, nunca antes como ahora se encontraban reunidos en un lugar del imperio en el que cada pulgada de suelo era sagrada, nunca antes se pudo tener la impresión, como en estas horas, de que estos hombres debían ser capaces de hacer lo imposible. Pero no lo hicieron. Verdad es que tomaron resoluciones, pero enseguida volvieron a abandonarlas. Todo terminó en disensiones, cansancio y agotamiento. Cuando volvieron a separarse a la tarde siguiente, tal vez se habían dado cuenta de que no eran ellos mismos los que se habían reunido sino solo sus sombras. Ellos no habían vuelto de la guerra, sino que se habían quedado con las banderas, con los cañones, en las trincheras, junto a los cadáveres de sus caballos, junto a los muertos. Lo que había vuelto eran apariciones. Los muertos allá afuera no estaban muertos, estaban resucitando con gloria sangrienta. Los que habían vuelto vivos eran los muertos de verdad.

Cuando en medio de un grupo salí por un portalón del palacio, debían ser las tres de la tarde. Saludé y me fui. El cielo se hallaba encapotado y bajo él los ruidos de la calle se amortiguaban. El aire era tibio, era una tarde suave que hubiera podido ser igual en París o en otra parte de Francia. En ese instante, me dirigí hacia casa. Hubiera podido venir de cualquier parte donde me hubieran invitado a almorzar. Había terminado y me dirigía a casa.

Atravesé el pasaje que une la plaza que está delante del palacio y la plaza José; inmediatamente al otro lado hay, a la izquierda, un gran muro que en la planta baja no tiene ventanas; ahora este muro está pintado de amarillo, en aquel entonces todavía era gris, oscuro.

Pegado a este muro había un cartel blanco, de unos dos palmos de ancho y tres de alto, y estaba encabezado con el águila imperial.

Había unas cuantas personas frente a él, leyéndolo, y luego siguieron andando; otros venían, se detenían y leían. Yo también me detuve y leí el cartel.

Era una proclama del emperador. La última. Olvidé su texto. En su mayor parte se trataba solo de formalismos. El emperador delegaba en el gobierno nacional el poder que ya había asumido este hacía tiempo, y luego seguía un párrafo que significaba algo como que él no deseaba más derramamiento de sangre. Y al final se leía: «Eximo a mis tropas de su juramento de lealtad», y seguía luego alguna otra frase más, después la firma del emperador, la contrafirma de un ministro y luego nada más; solo muy abajo, en el margen, se leía: «Imprenta de la Corte y del Estado».

Miré todavía un rato las palabras «Imprenta de la Corte y del Estado», luego volví a enderezarme y seguí andando. Caminé dos o tres minutos más y dije: «Eximo a mis tropas de su juramento de lealtad». Luego empezó a sonar en mis oídos una voz, una voz solitaria; al cabo de un momento creí reconocerla, y de repente me di cuenta de que era mi propia voz. Decía: «Ante Dios Todopoderoso, prestamos sagrado juramento...». Siguió hablando durante un rato, luego de repente se le unió una segunda voz. Me asusté, pues por cierta inflexión me di cuenta de que era la voz de Anschütz. Poco después se unía a ellas una tercera, era la voz de Bottenlauben. Y una cuarta voz se unió a ellas, una quinta, una sexta y una séptima. No podía distinguirlas ya, pero bien podían haber estado entre ellas las voces de Broehle, Czartoryski y el coronel. Luego eran ya una docena de voces, y más tarde las voces de escuadrones enteros. Hablaban de un modo claro, mucho más claro que de costumbre, lento y solemne, casi como un tañido de campanas, y las acompañaba un sordo murmullo, como la resonancia de una gran bóveda, como si salieran de las catacumbas bajo la fortaleza de Belgrado. Al fin ya eran como las voces de muchos regimientos, muy altas; el eco resonante se henchía y por último, gigantesco y poderoso, todo un ejército pronunció:

—Ante Dios Todopoderoso, prestamos sagrado juramento... no abandonar nuestras tropas, cañones, banderas y estandartes...

Mientras tanto seguía andando, pero debía ser incapaz de ver por dónde iba; tampoco oía nada del ruido de la calle que me rodeaba, solo oía el tronar inconmensurable y poderoso de las voces de aquellos que habían cumplido el juramento a la bandera y lo habían sellado con su sangre. El emperador, para descargar la conciencia de los vivos que lo habían quebrantado, no tenía derecho ya a anular el juramento que los muertos habían prestado. Su ejército era el auténtico. Ellos pronunciaban el juramento y mi voz se unía a la de ellos.

Cuando volví a casa y Anton me abrió la puerta empezó a recibirme con reproches: que no le había mandado decir dónde me encontraba, que ya había preguntado en casa de Resa y en todas partes donde suponía que podría estar. Pero cuanto más seguía hablando, tanto más parecía descubrir en mi cara una expresión que al fin lo hizo enmudecer; meneó la cabeza y yo me fui a mi habitación.

Anton la había arreglado entre tanto. Crenneville todavía no había regresado. Me tiré sobre la cama sin quitarme la pelliza y miré al techo.

Después de algún tiempo sonó el timbre. Oí que alguien entraba en el vestíbulo y conversaba con Anton uno o dos minutos. Poco después dejó pasar a Resa.

Me quedé inmóvil un momento más, luego me levanté y fui a su encuentro.

Tenía puesto un abrigo de castor y un sombrerito.

Nos miramos; yo le dije:

—Bottenlauben ha muerto.

—Lo sé —dijo ella y miró al suelo—. Anton me lo contó. Lo siento mucho por él.

Permanecimos los dos con la vista en el suelo, después ella volvió a mirarme y preguntó:

—¿Dónde estuviste? ¿Por qué no has venido a verme?

—Tuve que hacer —dije—. Pero en realidad ya no tengo nada que hacer aquí. Mañana quiero visitar la tumba de Bottenlauben mañana.

Ella permaneció callada, luego preguntó:

—¿De veras no quieres venir a verme?

—Perdóname —dije— que no te haya invitado a sentarte —ella asintió con un movimiento de cabeza, pero no se sentó—. ¿Tus padres saben que estás aquí?

—No —contestó ella—, pero creo que estarán encantados de conocerte. ¿No quieres tomar una taza de té en casa esta tarde? Vienen algunas personas con las que te puedes distraer..., ni siquiera tendrás que hablar mucho conmigo. Yo... yo solo vine porque Anton estuvo en casa buscándote. Solo quería saber si ya habías regresado, en otro caso no hubiera venido. Hace mucho que no me concedes el menor derecho. Ni siquiera me besas ya... Soy muy desgraciada. Me parece que ya ni piensas en mí, pues cada vez que nos volvemos a ver me miras como a una extraña. ¿Qué te he hecho, que ya no me quieres? ¿Por qué fingiste primero quererme y luego, cuando lograste que te quisiera, no quisiste nada más conmigo? ¿Por qué llevarme a tal punto que hubieras podido hacer conmigo lo que quisieras..., solo para luego hacer como si no me conocieras? ¿Por qué me hiciste esperarte y después no viniste? ¿Qué interés puedes tener en torturarme así? ¿Cómo puedes olvidar tan de repente todo lo que me has dicho de tu amor? ¿Cómo puedes, Dios mío, cómo puedes hacer todo esto? ¡Yo —exclamó— quisiera hacer lo mismo y olvidarte, pero no puedo! Ya sé que es muy incómodo que te diga todo esto, ya sé que soy indiferente para ti y que incluso ahora vas a odiarme, pero no puedo remediarlo, ¡porque te quiero!

Había exclamado todo aquello como aquel que de repente ya no puede dominarse más; luego dejó caer los brazos que me había tendido y se quedó así, mientras yo la miraba y no concebía como toda esta deslumbrante belleza se había vuelto tan indiferente para mí. Pero así era, la olvidaba continuamente. En general, a cada momento olvidaba la mayor parte de lo que pasaba, era como si no estuviera presente, como si me hallara en otra parte, continuando conversaciones empezadas hace días con personas que en algunos casos ni siquiera seguían con vida. Tampoco concebía que Resa estuviera cerca de mí, para mí se encontraba lejos todavía, cada noche tenía que cabalgar hacia ella y, abajo, en la calle detrás del Konak, esperaban mis caballos para volver cabalgando luego, y durante el día estaban aquí Bottenlauben y Anschütz... ¿Qué hacía Resa aquí?

—Escúchame —dije por fin—, si tus padres saben que hemos vuelto juntos y Anton ha estado en tu casa dos veces ya..., en una palabra, me resultaría muy violento que en tu casa me crean descortés o que supongan que tengo una razón para no presentarme. Iré más tarde con toda seguridad. ¿Me dices que viene gente para el té? Vete a tu casa, yo iré más tarde. Lamento que te parezca que no me porto contigo como debiera. Pero no sé cómo explicártelo ahora, creo que en general es difícil de explicar; ya lo he intentado pero no me entendiste...

—¡Ni quiero entenderte! —exclamó con violencia—. Puedes explicármelo diez veces, cien veces más y no lo entenderé. Ni quiero volver a oírlo tampoco. Después de todo no soy más que una mujer. Eso es lo que siempre olvidas. Me separaste de ti y creíste haber arreglado todo con tener la franqueza de dármelo a entender abiertamente, pero con eso no se arregla nada. ¡Nada en absoluto!

Había cambiado de tal manera que la miré perplejo. En sus ojos ardía la indignación. Había hecho falta, en efecto, aquel estallido para recordarme, en el estado en que yo me hallaba desde hacía unos días, que en el fondo era mucho, muchísimo, lo que me ligaba a ella...

—¿Qué quieres entonces —le pregunté al fin con la vista baja— que te diga? No puedo decirte más de lo que ya te dije.

—¡Quiero que me digas —exclamó ella— si debo irme ahora para no volver nunca más! ¡Pues de veras lo haré!

—No quiero perderte —murmuré—. Dame tiempo.

—¿Tiempo? ¿Para qué?

—No lo sé... pero sé que me hallo en un estado del que no tengo entera conciencia... estoy esperando... pero no sé qué es lo que espero... es que nada ha terminado...

—¡Sí! ¡Todo ha terminado! ¿Qué podría ocurrir todavía que te hiciera volver a mí?

—No puedo hacer otra cosa —dije— que volver a rogarte que tengas paciencia conmigo... Perdóname si te he hecho daño o si crees que te he faltado. Quizá he faltado a todos... y me temo que ya no podré repararlo..., pero no he podido hacer otra cosa.

Enmudecí mientras ella me miraba largo rato con los ojos llenos de dolor. Esperé que dijera algo más, pero aunque movía los labios no profirió palabra.

—Resa... —dije y quise acercarme, pero ella me detuvo con un gesto—. Es verdad que es inconcebible —continué— que no haya ido a verte desde que he vuelto...

Ella habló y había que adivinar casi las palabras en sus labios.

—No tienes por qué venir ya, si no quieres.

—Iré, por supuesto —dije yo.

Permaneció callada.

—¿Seguro? —preguntó al fin.

—Seguro —dije y con eso la atraje hacia mí y la besé; cuando nos separamos su corazón latió por un instante junto al lugar en que yo llevaba el estandarte sobre mi corazón.

En casa de los Lang había mucha gente, pero ya no se veía ni un uniforme. En su mayoría el círculo era de industriales y banqueros y sobre todo mujeres, muchas de ellas bonitas, algunas incluso muy bonitas. No sé por qué razón había creído que los padres de Resa me iban a decepcionar, pero tenían muy buena estampa, sobre todo su madre, que según se decía era de muy buena familia. El padre de Resa era un hombre de amplitud de miras y de mucho mundo, y me llevó mucho tiempo descubrir en él algunas huellas que traicionaran que no pertenecía del todo al ambiente en el que le gustaba moverse... Hablé con los padres de Resa solo unos minutos; parecía que por el momento, probablemente porque había otra gente por medio, no querían mencionar el hecho de que yo había traído a Resa de vuelta. Solo dijeron que habían sentido un extraordinario placer porque su hija hubiera sido objeto de tantas distinciones por parte de la archiduquesa. Dije que eso no se podía negar. Más tarde Lang me llevó aparte y me agradeció en pocas palabras que hubiera traído a Resa. Luego se produjo una pausa, tal vez esperara alguna declaración. Para evitar malentendidos le dije que para nosotros, para mí y mis iguales, esta vuelta de la guerra había sido muy dolorosa. Que provenía de una familia en la que los hijos, al hacerse oficiales, recibían una silla y cien florines. Dije que tenía la impresión de haberlo perdido todo y que ya no tenía nada más que perder.

Me miró un rato pensativo y luego dijo que yo era todavía muy joven, que no tenía que mirar las cosas así, el mundo no había terminado, tal vez empezaba ahora. Si podía serme útil en algo podía contar con él. Agradecí su gentileza.

Después hablé durante un rato con Resa, pero apenas la escuchaba, observaba medio distraído la gente. De las depresiones de la guerra al parecer allí no se sentía nada, era un mundo distinto. Tampoco era la vida mundana que había sido interrumpida al empezar la guerra, era otra nueva, con un nuevo estilo. Más tarde llegó gente con traje de noche y parecía que la reunión iba a prolongarse. Se abrieron dos salones más, y vimos que la casa estaba muy bien amueblada. Vi una cantidad de trajes de noche que ya debían proceder otra vez de París, uno de brocado de oro con tirantes de purpurina, otros de color fresa y celeste y unos guantes con vueltas bordadas con perlas. Los colores me mareaban, ya no estaba acostumbrado a ellos. Continuamente se servía whisky, licores holandeses y champañas franceses. Me di cuenta de que algunas de aquellas personas me miraban. Primero eché la culpa al uniforme de campaña que llevaba, luego me dije que tal vez la gente se interesaba al vernos conversando a Resa y a mí. Me separé de ella con una inclinación de cabeza y trabé conversación con otras muchas personas, pero nadie hablaba ya de lo que estaba pasando, parecía cosa del pasado, aunque todavía estuviera ocurriendo. Se hablaba de literatura, viajes, empresas. Más tarde me senté un rato en el diván de otro saloncito junto a una persona muy bonita que resultó llamarse Valerie Kaufmann. A nuestro lado se bailaba, los músicos tocaban *Salomé* y un boston, *Destinée*, que en aquel entonces era muy conocido. La hermosa, a mi lado, mencionó de pasada que Resa era encantadora, y luego habló de otra cosa. Volviendo a hablar de Resa dijo que habían sido muy amigas, pero que ahora se veían muy poco. En este momento oí de nuevo las voces.

Eran otra vez las voces de los caídos que habían empezado a hablar a mi oído, primero algunos, luego muchos, luego innumerables. Hablaban despacio y solemnes a través de las conversaciones que tenían lugar a mi lado y a mi alrededor, y otra vez sonaban como un oleaje resonante en inmensas cúpulas. Prestaban juramento. Decían: «Ante Dios Todopoderoso...» y recitaban el juramento entero, que el emperador había revocado aunque habían caído por él. Pero no aceptaron la revocación. Eran el ejército, y cumplían el juramento.

No lo cumplían ya por el emperador, lo cumplían solo por sí mismos. Las banderas ante las cuales se lo habían prestado eran del emperador, pero el emperador les había quitado su carácter sagrado. Ellas así volvían al emperador. La gloria quedaba con los muertos. También el estandarte que yo seguía llevando bajo mi uniforme, la enseña de los muertos, volvía al emperador. Los muertos se la devolvían.

Dirigí una mirada indiferente a la persona sentada a mi lado, y me levanté murmurando unas palabras. Ella me miró asombrada mientras yo me inclinaba y abandonaba el salón. Atravesé las habitaciones, salí al vestíbulo y pedí mi pelliza.

Cuando me puse el quepis y tomé mis guantes, Resa de repente apareció a mi lado.

—¿Quieres irte? —preguntó rápida, poniéndome su mano en el brazo.

—Sí —dije en voz baja.

—¿A dónde vas?

—Tengo que hacer.

Me miró y parecía darse cuenta de que intentaba hacer algo extraño.

—Estás muy pálido —dijo. Ella lo estaba también—. ¿No quieres decirme —rogó— adónde vas?

—Me voy —dije apartando la vista de ella— a devolver algo que tengo conmigo.

—¿Algo que tienes contigo?

—Sí.

—¿El estandarte?

La miré ahora un instante y dije:

—Sí. El estandarte.

—¿A quién quieres entregárselo?

Quise decir algo pero no me salió. Al cabo de un momento ella preguntó:

—¿Me permites al menos acompañarte?

—¿Conmigo?

—Sí.

Hubiera podido preguntarle qué quería o qué le importaba a dónde me dirigía... En efecto, ¿por qué se metía en estos asuntos? Pero no sé por qué encontré comprensible de repente que ella me preguntara por mis intenciones... y de repente me gustó que quisiera acompañarme. Acaso hasta había esperado que me lo pidiese. Quizá ya no quería ir solo.

—Bueno —preguntó ella—, ¿me dejas acompañarte?

Vacilé un segundo más y luego dije:

—Sí. Ven.

Tomó un abrigo de piel y se lo echó por los hombros. Luego dejamos la casa. Eran las seis y media de la tarde.

En la calle había algunos coches, evidentemente esperaban la salida de los invitados. Me acerqué a uno de los choferes, me incliné hacia él y le dije en voz baja dónde debía llevarnos.

Me miró con asombro, luego subimos al coche.

El coche era malo, como todos en aquella época, traqueteaba sobre el pavimento; había llovido y la luz escasa de los faroles se reflejaba en las calles.

Viajamos casi media hora, primero por barrios elegantes, luego por suburbios y por calles largas y mal iluminadas, por las cuales vagaban pocas personas que parecían sombras. Finalmente entramos en una alameda cubierta de hojas muertas y el coche se detuvo ante un portón de grandes verjas, abiertas de par en par. Era el portón de Schönbrunn.

Bajamos y mandamos que nos esperara el coche. Dos centinelas se hallaban bajo el dintel. Llevaban los fusiles a la espalda, las manos en los bolsillos de sus abrigos y fumaban cigarrillos. No nos impidieron la entrada y, atravesando la gran plaza de armas, nos dirigimos al palacio. Un viento húmedo y tormentoso arremolinaba las nubes en el cielo. El palacio estaba muy iluminado. De todas las ventanas salían luces. En la entrada esperaban varios coches verdeoscuro con los motores en marcha. En diversos lugares había centinelas y lacayos de librea.

—Quédate aquí y espérame —le dije a Resa. Luego entré.

Nadie me impidió el paso. Me dirigí hacia la derecha atravesando un corredor de la planta baja y pasé por dos puertas de vidrio; encontré dos o tres personas, pero nadie reparó en mí. Subí la gran escalera y entré en la antecámara de la guardia, donde no había nadie; abrí las puertas de las salas contiguas, que eran salones de audiencias; en todas partes había luz, pero no había nadie. Volví otra vez al vestíbulo; en lo alto de las escaleras oí las voces de la gente que se hallaba abajo; por lo demás reinaba el silencio. Ahora, a la izquierda, creí oír algo como un murmullo confuso de muchas voces. Primero me pareció oír de nuevo las voces solo en mi interior, pero enseguida me di cuenta de que eran voces reales. Abrí la puerta a mi izquierda y entré en un salón enorme, pomposamente decorado en oro y blanco, pero aún no se veía a nadie. Las voces, no obstante, se oían ahora de un modo mucho más distinto, evidentemente provenían de salas contiguas.

Atravesé la sala, que mediante una fila de columnas se dividía en dos, y otra segunda que estaba tapizada con seda de color rojizo. Luego me dirigí hacia la derecha y avancé en dirección a las voces. Era un gran número de voces entremezcladas que hablaban de un modo amortiguado; el sonido venía al mismo tiempo de cerca y de más lejos, como si las personas que hablaban estuvieran en varias salas. Se hallaban con seguridad en las antesalas que conducían a las habitaciones del emperador, atravesando las cuales se llegaba ante su presencia.

Al pasar por el salón blanco y oro y la sala con paredes recubiertas de seda color rojizo, me había desabrochado tres o cuatro botones a la altura del pecho y llevaba la mano sobre el estandarte. Estaba resuelto a pasar entre la gente que esperaba en las antesalas, sin dejarme cortar el paso ni por funcionarios de la corte ni por guardias o ayudantes, ya nadie podía mandarme, el emperador había eximido a sus tropas del juramento de lealtad, así que podía hacer lo que quisiera y entrar donde me pareciera. Iba a entrar a decirle al emperador:

—¡He aquí el estandarte del regimiento María Isabel! ¡Tus muertos te lo devuelven!

Mis pasos resonaban sobre el suelo y al lado se oía la conversación entremezclada de mucha gente. De repente enmudeció, se produjo un completo silencio, y yo, que entretanto había llegado a la puerta de la sala, vi que, a través de una sucesión de salas en fila, maravillosamente decoradas y con todas sus puertas abiertas, se extendía una larga hilera doble de funcionarios de la corte, guardias, oficiales y lacayos. Las gigantescas arañas de cristal ardían con todas sus luces, en los suelos se reflejaba la suntuosidad de los ambientes, mientras los hombres de las dos filas se hallaban mudos e inmóviles; tampoco cuando aparecí yo en la puerta y se oyeron mis pasos, nadie se volvió hacia mí, todos miraban en la dirección opuesta. Me detuve un momento, y luego me acerqué a una de las filas.

No se volvieron, miraban al frente o a lo largo de las salas, sus caras tenían una expresión rara y nadie hablaba. Una extraña impresión opresiva se apoderó de mí.

—¿Qué ocurre? —pregunté a media voz a un caballero que vestía un uniforme bordado en oro de funcionario del Estado, con espadín y anteojos, y llevaba el bicornio bajo el brazo. Me miró un momento, pero no contestó y se separó de mí algunos pasos.

Me quedé muy asombrado. A mi lado estaba un lacayo con librea, muy entrado en años, que no sé por qué me recordaba a Anton, y que miraba para adelante con expresión desolada. Me incliné hacia él.

—¿Qué pasa aquí? —le pregunté en voz baja.

Tampoco él contestó en seguida.

—Sus Majestades —murmuró al fin sin levantar la cabeza— nos abandonan.

No había captado por completo el sentido de estas palabras cuando se produjo un movimiento en las filas expectantes. Al mismo tiempo se oyeron pasos por la derecha y el emperador y la emperatriz, seguidos de unos pocos caballeros, se acercaban por el pasillo abierto entre las dos hileras. Las filas se inclinaban. La emperatriz caminaba muy erguida; el emperador, en cambio, llevaba el quepis muy calado, no miraba a nadie y solo de vez en cuando agradecía los saludos a paso rápido. Entraron en los dos grandes salones de la izquierda. Ahora los presentes se enderezaron, permaneciendo en sus lugares corto rato, mientras que desde abajo se oía la salida de los coches, evidentemente los mismos que yo había visto esperando, luego se disolvieron las filas y todo el mundo abandonó las salas.

Me quedé inmóvil en mi lugar uno o dos minutos, luego me enderecé, me dirigí de nuevo a la derecha y seguí mi camino. No tomé el camino de los que se habían ido, sino que continué en la misma dirección que llevaba, como si el emperador estuviera todavía allí y yo me dirigiera a él para hacerle entrega del estandarte. Se había ido ya, pero yo aún iba hacia él. Nadie me detuvo. Atravesé una sala carmesí en cuyas paredes había enormes cuadros que representaban batallas, luego otra azul con pinturas que reproducían grandiosas procesiones a pie y a caballo, y un gabinetito donde muchas porcelanas chinas estaban dispuestas sobre pequeños anaqueles en las paredes. Finalmente llegué a una sala en cuya chimenea ardía un gran fuego, junto al cual unos cuantos suboficiales llevaban haces enteros de banderas y estandartes.

Los miré un momento y pregunté qué estaban haciendo.

—Quemamos las banderas —dijeron—, para que no caigan en manos del enemigo.

La seda de las banderas, que llevaban a la chimenea como haces de ramas, se arrastraba por el suelo con el ruido de las hojas muertas. Las largas cintas se arrastraban y la seda quebradiza, antigua y ensangrentada de las banderas susurraba al moverse. Estaban quemando las enseñas de campaña de todo ejército. Quebraban sobre sus rodillas las acanaladas astas pintadas y lo arrojaban todo a las llamas, brocados, maderas, sedas y restos de laureles. Todo estaba seco y marchito. Las llamas crepitaban y se levantaron muy altas, devorando las banderas.

Las banderas, por las cuales durante siglos cayeran

tantos regimientos, las águilas que habían sido el honor del Imperio, las enseñas de campaña de los muertos, se quemaban crepitando. Sin cesar sonaba el estallido de las astas quebradas y los atados de seda sagrada caían continuamente en las llamas. El emperador ordenó quemar las banderas que los muertos le habían devuelto. Entonces también yo saqué el estandarte, que tenía guardado junto a mi corazón, y lo arrojé al fuego.

En el mismo momento quise retirarlo, como el abanderado que arranca un estandarte del fuego sobre un puente en llamas, pero era tarde, las llamas ya habían hecho presa en él.

Las banderas se quemaban, los estandartes ardían, miré al fuego donde en medio de llamas crepitantes se hundían las enseñas entre brasas sangrientas. Sin embargo, en el momento en que se hundían me pareció como si resucitaran. Como se enderezan las llamas de nuevo, así ellas volvían a elevarse de las brasas. Miré fijamente al fuego y vi, por encima de las banderas que se hundían ardiendo, cómo resucitaba un enjambre de enseñas, un bosque fantasmal de banderas y estandartes, hecho ya no con terciopelos, sedas y brocados, sino de las mismas llamas devoradoras. Tampoco eran las antiguas banderas con sus bordes de medios rombos rojos y blancos, negros y amarillos, sino otras nuevas. Era todo un bosque de banderas que se elevaba por encima del pueblo entero. Luego el fuego volvió a replegarse sobre sí mismo, la visión desapareció, y solo unas cuantas llamitas aletearon aquí y allá en la cueva negra de la chimenea; al fin estas también se apagaron y no quedaron más que cenizas grises.

Hacía mucho que se habían ido los suboficiales, y yo

me encontraba todavía frente a las cenizas. La quema había terminado, me enderecé y me fui también.

Volví atravesando la sala en que se hallaban las porcelanas chinas, la sala azul donde se encontraban los cuadros con pomposas procesiones, la sala carmesí con sus cuadros de batallas, la sala color rojizo, el gran salón oro y blanco. Salí al vestíbulo, bajé las escaleras y atravesé el largo corredor con sus puertas de vidrio; al final estaba Resa.

Cuando la vi me detuve un momento y seguí caminando a su encuentro. Allí estaba ella, de pie, y me miraba. Estaba esperando. Estaba allí como si me hubiera esperado siempre, como si supiera que yo volvería cuando todo lo demás hubiera terminado y que ella tenía que estar allí, pues ya no me quedaba nadie más que ella.

Me detuve frente a Resa y la tomé en mis brazos con un movimiento vacilante e inseguro. Luego en voz baja le rogué:

—No me dejes solo ahora.

Ella apoyó la cabeza en mi hombro y escondió la cara, y yo besé su cabello y la abracé. Así permanecimos largo rato.

Luego volvimos al coche.

«El nacionalismo es la indignidad de tener un alma
controlada por la geografía.»
GEORGE SANTAYANA

Desde LIBROS DEL ASTEROIDE queremos agradecerle el tiempo
que ha dedicado a la lectura de *El estandarte*.
Esperamos que el libro le haya gustado y le animamos
a que, si así ha sido, lo recomiende a otro lector.

Al final de este volumen nos permitimos proponerle
otros títulos de nuestra colección.

Queremos animarle también a que nos visite
en www.librosdelasteroide.com y en www.facebook.com/librosdelasteroide,
donde encontrará información completa y detallada sobre todas nuestras
publicaciones y podrá ponerse en contacto con nosotros
para hacernos llegar sus opiniones y sugerencias.
Le esperamos.

❄

A*

978-84-15625-61-2